Gröls Verlage

„BÜCHER SIND WIE FALLSCHIRME. SIE NÜTZEN UNS NICHTS, WENN WIR SIE NICHT ÖFFNEN."

Gröls Verlag

Redaktionelle Hinweise und Impressum

Das vorliegende Werk wurde zugunsten der Authentizität sehr zurückhaltend bearbeitet. So wurden etwa ursprüngliche Rechtschreibfehler *nicht* systematisch behoben, denn kleine Unvollkommenheiten machen das Buch – wie im Übrigen den Menschen – erst authentisch. Mitunter wurden jedoch zum Beispiel Absätze behutsam neu getrennt, um den Lesefluss zu erleichtern.

Um die Texte zu rekonstruieren, werden antiquarische Bücher von Lesegeräten gescannt und dann durch eine Software lesbar gemacht. Der so entstandene Text wird von Menschen gegengelesen und korrigiert – hierbei treten auch Fehler auf. Wenn Sie ebenfalls antiquarische Texte einreichen möchten, finden Sie weitere Informationen auf www.groels.de

Viel Freude bei der Lektüre wünscht Ihnen das Team des Gröls-Verlags.

Adressen

Verleger: Sophia Gröls, Im Borngrund 26, 61440 Oberursel

Externer Dienstleister für Distribution & Herstellung: BoD, In de Tarpen 42, 22848 Norderstedt

Unsere „Edition | Werke der Weltliteratur“ hat den Anspruch, eine der größten und vollständigsten Sammlungen klassischer Literatur in deutscher Sprache zu sein. Nach und nach versammeln wir hier nicht nur die „üblichen Verdächtigen“ von Goethe bis Schiller, sondern auch Kleinode der vergangenen Jahrhunderte, die – zu Unrecht – drohen, in Vergessenheit zu geraten. Wir kultivieren und kuratieren damit einen der wertvollsten Bereiche der abendländischen Kultur. Kleine Auswahl:

Francis Bacon • Neues Organon • **Balzac** • Glanz und Elend der Kurtisanen • **Joachim H. Campe** • Robinson der Jüngere • **Dante Alighieri** • Die Göttliche Komödie • **Daniel Defoe** • Robinson Crusoe • **Charles Dickens** • Oliver Twist • **Denis Diderot** • Jacques der Fatalist • **Fjodor Dostojewski** • Schuld und Sühne • **Arthur Conan Doyle** • Der Hund von Baskerville • **Marie von Ebner-Eschenbach** • Das Gemeindekind • **Elisabeth von Österreich** • Das Poetische Tagebuch • **Friedrich Engels** • Die Lage der arbeitenden Klasse • **Ludwig Feuerbach** • Das Wesen des Christentums • **Johann G. Fichte** • Reden an die deutsche Nation • **Fitzgerald** • Zärtlich ist die Nacht • **Flaubert** • Madame Bovary • **Gorch Fock** • Seefahrt ist not! • **Theodor Fontane** • Effi Briest • **Robert Musil** • Über die Dummheit • **Edgar Wallace** • Der Frosch mit der Maske • **Jakob Wassermann** • Der Fall Maurizius • **Oscar Wilde** • Das Bildnis des Dorian Grey • **Émile Zola** • Germinal • **Stefan Zweig** • Schachnovelle • **Hugo von Hofmannsthal** • Der Tor und der Tod • **Anton Tschechow** • Ein Heiratsantrag • **Arthur Schnitzler** • Reigen • **Friedrich Schiller** • Kabale und Liebe • **Nicolo Machiavelli** • Der Fürst • **Gotthold E. Lessing** • Nathan der Weise • **Augustinus** • Die Bekenntnisse des heiligen Augustinus • **Marcus Aurelius** • Selbstbetrachtungen • **Charles Baudelaire** • Die Blumen des Bösen • **Harriett Stowe** • Onkel Toms Hütte • **Walter Benjamin** • Deutsche Menschen • **Hugo Bettauer** • Die Stadt ohne Juden • **Lewis Caroll** • *und viele mehr….*

August Strindberg

Inferno

Übersetzung von Christian Morgenstern

Inhalt

Personen:

Gott, der Ewige, Unsichtbare

Gott, der böse Geist, Usurpator, der Fürst dieser Welt

Luzifer, der Lichtbringer, gestürzt

Erzengel

Engel

Adam und Eva

Erster Akt

Im Himmel

Gott und Luzifer, *jeder auf seinem Thron, von Engeln umringt.*

> **Gott**, *ein Greis mit harten, fast boshaften Mienen, langem, weißem Bart und kleinen Hörnern wie der Moses Michel Angelos.*

> **Luzifer**, *jung und schön, mit Zügen von Prometheus, Apollo und Christus; von weißer, leuchtender Gesichtsfarbe; mit flammenden Augen und weißen Zähnen. Um das Haupt eine Strahlenkrone.*

Gott Genug der Untätigkeit, die unsere Kräfte verzehrt! Bewegung ins All!

Noch einmal will ich zu schaffen wagen. Mag ich, mißlingt's, mich verlieren und unter die namenlose Menge versinken.

Seht hin! da unten, zwischen Mars und Venus, liegen noch einige tausend Kilometer meines Reiches brach. Da will ich eine neue Welt schaffen: Aus Nichts soll sie entstehen und in Nichts einst wieder zurückkehren. Die Geschöpfe, die da leben werden, sollen sich Götter dünken wie wir, und ihre Kämpfe und Überhebungen sollen in uns vortreffliche Zuschauer finden. Die Welt der Narrheit sei ihr Name. Was meint mein Bruder Luzifer dazu, der mit mir dieses Reich im Süden der Milchstraße teilt?

Luzifer Mein Herr und Bruder, dein schlimmes Herz will Leid und Unglück. Ich verabscheue deinen Plan.

Gott Was meinen die Engel zu meinem Vorschlage?

Die Engel Der Wille des Herrn geschehe!

Gott Amen! Und wehe denen, welche die Narren über ihren Ursprung und Beruf aufklären!

Luzifer Wehe denen, welche böse gut und gut böse nennen, welche aus dunkel hell, aus hell dunkel, aus bitter süß und aus süß bitter machen! Ich fordere dich vor den Richterstuhl des Ewigen!

Gott Das wart' ich ab. Denn, begegnest du dem Ewigen öfter als einmal all die zehnmal zehntausend Jahre, da er in diese Breiten hier kommt?

Luzifer So will ich den Menschen die Wahrheit sagen, auf daß deine Absichten zuschanden werden.

Gott Verdammt seist du, Luzifer! Und unter der Welt der Narren sei dein Platz, damit du ihre Qualen siehst; und die Menschheit soll dich den Bösen nennen!

Luzifer Du wirst siegen, denn du bist stark wie das Böse! Und der Menschheit wirst du Gott heißen, du, ihr Verleumder, ihr Satan.

Gott Hinunter mit dem Empörer! Auf, Michael, Raphael, Gabriel, Uriel! Stoßt ihn hinab, Samael, Azarel, Azael, Mehazael! Blast, Orieus, Paymon, Egyn, Amaimon!

Luzifer *(wird vom Wirbelwind hinweggerissen und in den Abgrund gestürzt).*

Zweiter Akt

Auf Erden

Adam und Eva unter dem Baum der Erkenntnis. Dann **Luzifer** *in Gestalt einer Schlange.*

Eva Diesen Baum sah ich noch nie zuvor.

Adam Dieser Baum ist uns verboten.

Eva Wer hat das gesagt?

Adam Gott!

Luzifer *(tritt auf)* Welcher Gott? Es gibt mehrere.

Adam Wer redet da?

Luzifer Ich, Luzifer, der Lichtbringer, der euer Glück wünscht und unter euren Leiden leidet. Erblicket den jungen Morgenstern, der der Sonne Rückkehr verheißt! Das ist *mein* Stern, und ein Spiegel überragt ihn, der das Licht der Wahrheit widerstrahlt. Wenn aber die Zeit erfüllt ist, wird er Hirten vom Felde nach einer Krippe leuchten, darin mein Sohn, der Erlöser der Welt, geboren werden wird.

Sobald ihr aber von diesem Baume esset, werdet ihr wissen, was gut und böse, und erkennen, daß das Leben ein Übel ist, daß ihr keine Götter seid, sondern daß euch der Böse mit Blindheit geschlagen hat und euer Dasein sich abrollt, die Götter lachen zu machen. Esset davon, und ihr werdet das Geschenk der Erlösung von allen Schmerzen empfangen, die Freude des Todes!

Eva Ich möchte wissen und erlöst werden! Iß, Adam! *(Sie essen die verbotene Frucht.)*

Dritter Akt

Im Himmel

Gott und Uriel

Uriel Wehe uns, mit unserer Freude ist es aus.

Gott Was ist geschehen?

Uriel Luzifer hat die Staubgeborenen über unsere Kniffe aufgeklärt; sie wissen alles und sind glücklich.

Gott Glücklich! Wehe ihnen!

Uriel Noch mehr, er hat ihnen die Freiheit geschenkt, so daß sie zum Nichts zurückkehren können.

Gott Sterben! ... Gut! ... Nur mögen sie sich mehren, bevor sie sterben! Es werde die Liebe!

Vierter Akt

In der Hölle

Luzifer *(gebunden)* Seit die Liebe in die Welt gekommen, ist meine Macht erloschen. Kain erlöste den Abel; aber erst, nachdem sich dieser mit seiner Schwester schon fortgepflanzt. Ich will sie alle erlösen! – Ihr Wasser, Meere, Quellen, Bäche, die ihr den Funken des Lebens auszulöschen vermögt, steiget, tretet aus euren Ufern!

Fünfter Akt

Im Himmel

Gott und Uriel

Uriel Wehe uns! Mit unserer Freude ist es aus!

Gott Was ist geschehen?

Uriel Luzifer hat die Gewässer empört; nun steigen sie und erlösen die Sterblichen.

Gott Ich weiß! Aber ich habe zwei der am wenigsten Aufgeklärten gerettet, die niemals die Lösung des Rätsels erfahren sollen. Ihr Schiff ist auf dem Ararat gelandet, und sie bieten Sühnopfer dar.

Uriel Aber Luzifer hat ihnen eine Pflanze gegeben, deren Saft ihre Torheit heilt, – die Rebe. Ein Tropfen Wein, und sie werden sehend.

Gott Die Unsinnigen! sie wissen nicht, daß ich ihr Kraut mit den Eigenschaften der Betörung, der Betäubung und des Vergessenmachens begabt habe, auf daß sie sich nicht mehr erinnern, was ihre Augen gesehen haben.

Uriel Wehe uns! Was macht das Torenpack da drunten?

Gott Sie bauen einen Turm und schicken sich an, den Himmel zu erstürmen. Ha, Luzifer hat sie fragen gelehrt! Gut; ich will ihre Sprache verwirren, daß sie Fragen fragen ohne Antworten, und mein Bruder Luzifer verstumme!

Sechster Akt

Im Himmel

Gott und Uriel

Uriel Wehe uns! Luzifer hat seinen einigen Sohn gesandt, daß er den Menschen die Wahrheit verkünde.

Gott Was sagt er?

Uriel Geboren von einer Jungfrau, will dieser Sohn gekommen sein, die Menschen zu erlösen und durch seinen Tod den Schrecken des Todes aus der Welt zu schaffen.

Gott Was sagen die Menschen?

Uriel Die einen verbreiten, daß er Gott, andere, daß er der Teufel sei.

Gott Was verstehen sie unter dem Teufel?

Uriel Luzifer!

Gott *(in Zorn geratend)* Mich reut, den Menschen auf Erden gemacht zu haben; er ist stärker geworden als ich. Ich weiß nicht mehr, wie ich diese Masse von Toren und Narren lenken soll. Amaimon, Egyn, Paymon, Orieus, nehmt mir diese Last ab; stürzt den Ball, daß er sich in den Abgründen verirre! Fluch auf das Haupt der Rebellen. Und den Galgen auf die Stirn des verdammten Planeten, als Zeichen des Verbrechens, der Züchtigung und der Leiden.

Egyn und Amaimon *(treten auf)*

Egyn O Herr! Euer schlimmer Wille und das verkündete Wort haben ihre Wirkung getan! Die Erde stürmt auf ihrer Bahn dahin; die Gebirge stürzen zusammen, die Wasser überschwemmen das Trockene; die Achse zielt nach der eisigen Nacht des Nordens; Pest, Hungersnot verheeren die Völker; die Liebe ist in tödlichen Haß gekehrt, die kindliche Ehrfurcht in Vater- und Muttermord. Die Menschen glauben sich in der Hölle, und Ihr, o Herr, seid gestürzt.

Gott Zu Hilfe! Mich reut meiner Reue!

Amaimon Zu spät. Alles geht seinen Gang, seit Ihr einmal schwach gewesen seid …

Gott Mich reut, Funken meiner Seele in unreine Gefäße gelegt zu haben, welche mich durch ihre Zuchtlosigkeiten … erniedrigen …

Egyn zu Amaimon Was redet er, der Alte!

Gott Meine Tatkraft versiegt, wenn sie sich von mir entfernen; ihre Sittenverderbnis befleckt mich; der Aberwitz meiner Nachkommenschaft rächt sich an mir. Was habe ich begangen. Ewiger! Hab Erbarmen mit mir! … Da er den Fluch geliebt hat, falle der Fluch auf ihn; und weil er keine Freude am Segnen gehabt hat, so weiche auch der Segen von ihm! …

Egyn Was ist ihm?

Gott Herr, Ewiger, keiner unter den Göttern ist, der dir ähnlich sei, und deine Werke sind ohnegleichen. Denn du bist groß und du tust Wunder; du bist Gott, du allein!

Amaimon Er schwärmt.

Egyn So muß es kommen, daß –

> wollen Götter sich vergnügen,
> die Sterblichen sie drum betrügen.

I. Die Hand des Unsichtbaren

Mit einer wilden Freude wandte ich dem Nordbahnhof den Rücken; denn soeben hatte der Zug mein Frauchen zur Ferne entführt, wo unsere plötzlich erkrankte Kleine der Mutter harrte. Das Opfer war vollbracht. „Also auf baldiges Wiedersehen" klang mir noch in den Ohren, aber ich ahnte nur zu gut, daß es ein Abschied auf Nimmerwiedersehen gewesen war. Und in der Tat habe ich seit damals, November 1894, bis heute, Mai 1897, meine vielgeliebte Gattin nicht wiedergesehen.

Bald darauf saß ich im Café de la Régence und zwar am selben Tische, an dem ich eben noch mit meiner Frau gesessen, meiner schönen Kerkermeisterin, die Tag und Nacht meine Seele belauert, meine geheimen Gedanken erraten und, voll Eifersucht auf meine Liebe zur Erkenntnis, den Lauf meiner Ideen überwacht hatte …

Die wiedergeschenkte Freiheit verjüngt und erhebt mich, und tief unter mir liegt die Großstadt, so klein. Was ist mir jetzt noch der Sieg, den ich auf diesem Schauplatz geistiger Kämpfe erfochten: daß ich auf einer Pariser Bühne gespielt wurde! Bedeutete das für mich doch nichts Geringeres als die Erfüllung eines Jugendtraumes, wie er von all den zeitgenössischen Schriftstellern meines Landes geträumt wird und nun allein von mir verwirklicht worden ist. Aber gleichviel. Das Theater stieß mich, wie alles, was man einmal erreicht hat, ab, und die Wissenschaft zog mich an. Meine Wahl zwischen Liebe und Wissenschaft hat sich für letztere entschieden, und läßt mich über dem Opfer meiner eigenen Liebe ganz vergessen, daß ich zugleich ein schuldloses Weib auf dem Altar meines Ehrgeizes oder, sagen wir, meines inneren Berufes opfere.

Denselben Abend noch durchwühlte ich in meinem ärmlichen Studierzimmer im Quartier latin meinen Schrank und zog sechs Tiegel aus feinem Porzellan, deren Preis ich mir seinerzeit heimlich vom Munde abgespart, aus ihrem Versteck hervor. Eine Lampe und eine Stange reiner Schwefel vollendeten das Laboratorium. Nachdem ich dann noch im Kamin ein Schmiedefeuer angefacht, verriegelte ich die Tür und ließ die Vorhänge herab; denn Caserio ist erst vor drei Monaten hingerichtet und Paris noch nicht so beruhigt, daß man sich ohne Gefahr mit chemischen Experimenten beschäftigen kann.

Die Nacht bricht herein, der Schwefel brennt wie flammende Hölle, und, als es Morgen wird, habe ich das Vorhandensein von Kohlenstoff in diesem für einfach gehaltenen Körper festgestellt und glaube damit ein großes Problem gelöst, die herrschende Chemie gestürzt, und mir selbst die Sterblichen verstattete Unsterblichkeit erworben zu haben.

Meine von der unmäßigen Hitze gedörrten Hände schuppen sich und machen mir beim Auskleiden schmerzhaft bemerklich, um welchen Preis ich meine Eroberung gemacht habe. Als ich aber allein im Bette liege, in dem noch alles an die Frau erinnert, überkommt mich ein tiefes Glücksgefühl. Aus einer seelischen Reinheit, einer männlichen Jungfräulichkeit heraus betrachte ich die vergangene Ehe als etwas Unreines und ich möchte nur jemanden haben, dem ich für meine Befreiung aus ihren trüben und nun ohne viel Worte gelösten Banden danken könnte. Die unbekannten Mächte haben die Welt so lange ohne ein Lebenszeichen von sich gelassen, daß ich im Laufe der Zeit zum Atheisten geworden bin.

Aber ich möchte so gern danken! Irgend jemandem! Mich drückt diese aufgezwungene Undankbarkeit!

Ich bin so eifersüchtig auf meine Entdeckung, daß ich nichts tue, was zu ihrem Bekanntwerden führen könnte. Schüchtern, wie ich in solchen Angelegenheiten bin, lasse ich Autoritäten Autoritäten und Akademien Akademien sein und experimentiere ruhig weiter. Aber die Risse meiner Hände verschlimmern sich, die Schrunden springen auf und füllen sich mit Kohlenstaub, das Blut sickert hervor und ich kann zuletzt nichts mehr berühren, ohne die unerträglichsten Schmerzen zu empfinden.

Voll wilder Anklagen wende ich mich gegen jene unbekannten Mächte, die es sich zur Aufgabe gemacht zu haben scheinen, mein ganzes Leben und Streben durch ihre Verfolgungen zu vergällen, ziehe mich, menschenscheu, von allen

Gesellschaften zurück, lehne alle Einladungen ab und verleugne mich vor allen meinen Freunden. Schweigen, Einsamkeit breitet sich um mich, das erhaben-schreckliche Schweigen der Wüste, in der ich mich trotzig an dem Unbekannten messe, Leib an Leib, Seel' an Seele ...

Der Kohlenstoff im Schwefel wäre nachgewiesen, nun gilt es noch den Wasser- und Sauerstoff. Aber was ist mit ungenügenden Apparaten und ohne Geld zu machen? Dazu sind meine Hände schwarz und blutig, schwarz wie mein Elend, blutig wie mein Herz. Denn ach, während alledem schrieben wir uns, meine Frau und ich, verliebte Briefe. Aber meine Erfolge als Chemiker lassen sie kalt; sie antwortet mit Krankheitsberichten über das Kind und gibt nicht undeutlich zu verstehen, für wie eitel sie meine Wissenschaft halte und wie töricht es sei, dafür Geld zu vergeuden.

Da packt mich der Teufel, und in einer Anwandlung gerechten Stolzes tue ich mir selbst das Leid, den Selbstmord an, und gebe in einem unverzeihlich nichtswürdigen Briefe Weib und Kind den Laufpaß, indem ich mich stelle, als ob eine neue Liebschaft meinen Geist beschäftige.

Der Hieb sitzt. Meine Frau antwortet mit einer Klage auf Scheidung.

Welcher Kummer, welche Sorgen, die über mich Mörder und Selbstmörder hereinbrechen! Niemand teilt meine furchtbare Einsamkeit, und ich bin zu stolz, jemanden aufzusuchen.

Hoch über dem Spiegel eines Meeres treibe ich dahin ... Das Ankertau hab' ich kühn durchhauen – aber wo ließ ich die Segel?

Inzwischen taucht das Schreckbild einer unbezahlten Rechnung inmitten meiner wissenschaftlichen Arbeiten und metaphysischen Spekulationen auf und erinnert mich wieder an die Erde.

So kommt Weihnachten heran. Ich habe die Einladung einer skandinavischen Familie, deren Atmosphäre mir wegen ihrer peinlichen Unregelmäßigkeiten mißfällt, derb abgelehnt. Am Abend aber tut es mir leid und ich gehe doch hin. Man setzt sich alsobald, und das Abendessen beginnt unter einem Heidenlärm. Die jungen Künstler sind von einer unbändigen Ausgelassenheit und fühlen sich hier wie zu Hause. Eine Vertraulichkeit der Bewegungen und Mienen, dazu ein Ton, der nicht in die Familie paßt, erfüllt mich mit unbeschreiblichem Mißbehagen, und in meiner Traurigkeit erscheint mir inmitten der Saturnalien das friedliche Haus meiner Frau. Eine plötzliche Vision zeigt mir den Salon, den

Weihnachtsbaum, die Mistel, mein Töchterchen und ihre verlassene Mutter ... Gewissensbisse überfallen mich, ich stehe auf, schütze ein Unwohlsein vor und gehe.

Durch die schreckliche Rue de la Gaieté, wo die gemachte Lustigkeit der Menge mich beleidigt, und die düstere, schweigsame Rue Delambre, eile ich nach dem Boulevard Montparnasse und werfe mich vor der *Brasserie des Lilas* auf einen Sessel.

Kaum aber, daß mich ein guter Absinth ein paar Minuten lang tröstet, als eine Bande Kokotten mit ihren Studenten des Wegs kommt und auf mich losstürzt. Man schlägt mich mit Ruten ins Gesicht, daß ich wie von Furien gejagt, meinen Absinth stehen lasse, um auf dem Boulevard St. Michel im Franz I. einen andern zu trinken.

Aber vom Regen in die Traufe! Ein neuer Trupp grinst mir sein: Heda, der Einsiedler! entgegen. Und ich fliehe, von Eumeniden gepeitscht, unter den foppenden Geleitfanfaren der Mirlitons nach Hause.

Der Gedanke an eine Züchtigung, als Folge meines Verbrechens, kommt mir nicht. Vor mir selbst fühle ich mich als unschuldiges Opfer einer ungerechten Verfolgung. Die Unbekannten haben mich gehindert, mein großes Werk fortzusetzen: so mußte, was sich nicht biegen wollte, brechen, bevor ich wagen konnte, die Hand nach der Krone des Siegers auszustrecken.

Ich habe unrecht gehabt und zugleich habe ich recht gehabt und werde recht behalten.

Diese Weihenacht schlief ich schlecht. Ein kalter Luftzug streifte mehrere Male mein Gesicht, und von Zeit zu Zeit weckte mich der Ton einer Gitarre.

Allmählich überkommt mich eine gewisse Hinfälligkeit. Meine schwarzen, blutigen Hände hindern mich am Auskleiden und am Ordnen meiner Toilette. Die Furcht vor der Hotelrechnung läßt mir keine Ruhe mehr, und ich wandere in meinem Zimmer, wie ein wildes Tier in seinem Käfig, auf und ab.

Ich schlafe nicht mehr, und der Wirt rät mir das Krankenhaus an. Es ist zu teuer, und man muß es vorher bezahlen, also ist es damit nichts. Aber mit einem Male beginnen die Armadern anzuschwellen –: also Blutvergiftung. Das ist der

Gnadenstoß. Das Gerücht davon verbreitet sich unter meinen Landsleuten, und eines Abends kommt die gute Frau, aus deren Abendgesellschaft ich auf eine nichtswürdige Weise ausgerissen war, sie, die mir zuwider war, die ich fast verachtet hatte, sie kommt zu mir, erkundigt sich, begreift mein Elend und bezeichnet mir unter Tränen das Krankenhaus als einzige Rettung.

Man stelle sich meine Hilflosigkeit und meine Zerknirschung vor, als mein beredtes Schweigen ihr endlich begreiflich macht, daß ich ganz ohne Mittel bin. Sie weint laut auf, da sie mich so gesunken sieht.

Sie will sofort unter den Skandinaviern eine Sammlung veranstalten und den Gemeindegeistlichen aufsuchen, denn sie selbst ist arm und von Sorgen des täglichen Lebens überhäuft. Die Sünderin hat Erbarmen mit dem Manne, der soeben sein rechtmäßiges Weib verstoßen.

Bettler, der ich bin, doppelter Bettler, da ich um Nächstenliebe durch die Vermittelung eines Weibes bitte! Ist da nicht eine unsichtbare Hand im Spiele, welche die unwiderstehliche Logik der Ereignisse lenkt? Und ich beuge mich dem Sturme, und gelobe mir, als ein neuer Mensch mich wieder zu erheben.

Der Wagen bringt mich nach dem St. Ludwigs-Krankenhaus. In der Rue de Rennes lasse ich einen Augenblick halten und kaufe ein paar weiße Hemden.

Ein Totenhemd für die letzte Stunde!

Warum beschäftigen sich meine Gedanken so mit der Nähe des Todes? ...

So bin ich denn glücklich interniert, darf nicht ohne Erlaubnis ausgehen, und sitze wie ein Gefangener da, von meinen umwickelten Händen zu vollkommener Untätigkeit verdammt. Mein Zimmer ist kahl, nur mit dem Notwendigsten versehen und ohne jede Spur von Schönheit. In der Nähe liegt der Gesellschaftssaal, wo vom Morgen bis Abend geraucht und Karten gespielt wird.

Es läutet zum Frühstück, und ich sehe mich in einer grausigen Tischgesellschaft. Wohin ich blicke, Köpfe von Toten und Sterbenden; hier fehlt eine Nase, da ein Ohr, dort ist eine Lippe gespalten, dort eine Wange zerfressen. Zwei davon sehen nicht wie Kranke aus, aber ihre Gesichter sind trüb und trostlos genug. Es sind zwei große Diebe der vornehmen Gesellschaft, die es infolge mächtiger Verbindungen durchgesetzt haben, aus dem Gefängnis als krank entlassen zu werden.

Ein ekelhafter Jodoformgeruch benimmt mir den Appetit, dazu zwingen mich die Bandagen der Hände, beim Brotschneiden und Einschenken die Hilfe meiner

Gefährten in Anspruch zu nehmen. Und um dies Bankett von Verbrechern und zum Tode Verurteilten herum geht in ihrer strengen weiß und schwarzen Tracht unsere treffliche Vorsteherin und bringt einem jeden seine Giftmedizin. Mit meinem Arsenikbecher trinke ich einem Totenkopf zu, der mir mit Digitalin nachkommt. So grausig das alles ist, muß man doch zugleich dankbar dafür sein. Man könnte rasend werden, für ein solches Nichts auch noch dankbar sein zu sollen.

Ich werde angekleidet, ausgekleidet, wie ein Kind gepflegt. Die Schwester gewinnt mich lieb, behandelt mich wie ein Baby, sagt mein Kind zu mir, und ich nenne sie wie alle andern Mutter.

Wie süß klingt dies Wort Mutter, das ich seit dreißig Jahren nicht mehr ausgesprochen habe! Die Alte, vom Orden des heiligen Augustin, wie eine Tote gekleidet – hat sie doch niemals das Leben gelebt! und sanft wie die Ergebung selber lehrt uns über unsere Leiden wie über ebensoviele Freuden lächeln; denn sie kennt die Wohltaten des Schmerzes. Kein Wort des Vorwurfs, keine Vorstellungen oder Ermahnungen. Ihre Instruktion erlaubt ihr, den Kranken auf eigene Faust kleine Freiheiten zu gestatten. So erlaubt sie mir, in meinem Zimmer zu rauchen und erbietet sich, mir Zigaretten zu drehen, was ich jedoch ablehne. So erwirkt sie mir die Erlaubnis unter der Zeit auszugehen, und als sie die Entdeckung gemacht, daß ich mich mit Chemie befasse, verhilft sie mir zu einer Empfehlung an den gelehrten Apotheker des Krankenhauses, der mir Bücher borgt und mich, nachdem er meine Theorie über die Zusammensetzung der einfachen Körper angehört, in seinem Laboratorium zu arbeiten einlädt. Diese Schwester hat eine Rolle in meinem Leben gespielt. Ich fange an, mich mit meinem Lose wieder auszusöhnen und mein Unglück, das mich unter dies gesegnete Dach geführt hat, als Glück zu preisen.

Der erste Band aus der Bibliothek des Apothekers öffnet sich von selbst, und mein Blick schießt wie ein Falke auf eine Zeile des Kapitels vom Phosphor. In kurzen Worten erzählt da der Verfasser, daß der Chemiker Lockyer durch die Spektralanalyse nachgewiesen habe, daß der Phosphor kein einfacher Körper sei, und daß sich die Pariser Akademie der Wissenschaften der Richtigkeit seiner Auseinandersetzungen nicht habe verschließen können.

Dieser unerwartete Beistand gibt mir neue Kraft. Ich nehme meine Tiegel mit den Resten des noch nicht völlig verbrannten Schwefels und übergebe sie einem

Bureau für chemische Analysen, das mir das Zertifikat bis zum nächsten Morgen verspricht.

Bei meiner Rückkehr ins Krankenhaus – es war gerade mein Geburtstag – finde ich einen Brief meiner Frau vor. Sie beklagt mein Mißgeschick, will mich wiedersehen, mich pflegen und mich lieben. Das Glück, trotz allem noch geliebt zu werden, ruft in mir das Bedürfnis zu danken hervor ... aber wem sollte ich danken? dem Unbekannten, der sich so lange nicht um mich gekümmert hatte?

Das Herz will mir brechen, und, ehe ich mich's versehe, schreibe ich wieder wie ein Liebhaber an meine eigne Gattin. Ich beichte ihr, wie meine sogenannte Untreue eitel Lüge gewesen und bitte sie um Verzeihung. Nur unser Wiedersehen will ich noch auf einen günstigeren Zeitpunkt verschoben wissen.

Den nächsten Morgen laufe ich nach dem Boulevard Magenta zu meinem Chemiker und bringe die Analyse in geschlossenem Kuvert nach dem Krankenhaus zurück.

Vor dem St. Ludwigs-Standbild im Hofe der Anstalt fallen mir die *Quinze-Vingt*, dies große Blindenhospital, die Sorbonne und die Heilige Kapelle ein, diese drei Werke des Heiligen, welche gleichsam „Vom Leiden durch Wissen zur Buße“ predigen.

Im wohlverschlossenen Zimmer öffne ich endlich das Schreiben, das über meine Zukunft entscheiden soll. Es lautet:

„Das unsern Versuchen unterworfene Pulver hat folgende Eigenschaften:

Farbe: grau-schwarz, hinterläßt Spuren auf Papier.

Dichtigkeit: sehr groß, größer als die mittlere Dichtigkeit des Graphit, es scheint ein harter Graphit zu sein.

Chemische Untersuchung:

Dieses Pulver verbrennt leicht, unter Entbindung von Kohlenoxyd und Kohlensäure. Es enthält also Kohle.“

Der reine Schwefel enthält Kohle!

Ich bin gerettet. Ich kann von heut an meinen Freunden und Verwandten beweisen, daß ich kein Narr bin, ich kann die Theorien rechtfertigen, die ich vor einem Jahre in meinem Antibarbarus vorgetragen, den man in den Zeitschriften wie das Werk eines Scharlatans oder Verrückten behandelt hat, ich kann meiner Familie, die mich infolgedessen wie einen Taugenichts, wie eine Art von Cagliostro fortgejagt hat, das Gegenteil beweisen.

Seht, meine Gegner, wie ihr nun zu Boden geschmettert seid! Mein Blut wallt in gerechtem Stolz, ich will das Krankenhaus verlassen, durch die Straßen schreien, vor dem Institut brüllen, die Sorbonne niederreißen ... aber meine Hände bleiben gebunden, und als ich draußen auf dem Hofe stehe, rät mir die hohe Ringmauer – Geduld.

Als ich dem Apotheker das Ergebnis der Analyse mitteile, schlägt er mir vor, das Problem einer Kommission *ad oculos* zu demonstrieren.

Ich jedoch, in meiner Scheu vor der Öffentlichkeit, schreibe statt dessen einen Aufsatz über die Sache und schicke ihn an den Temps, der ihn nach zwei Tagen bringt.

Die Parole ist gegeben. Man antwortet mir von allen Seiten. Man muß die Tatsache zugeben, ich habe Anhänger gefunden, ich bin in einer chemischen Zeitschrift eingeführt und in eine Korrespondenz verwickelt, welche die Fortsetzung meiner Untersuchungen fördert.

Eines Sonntags, dem letzten meines Aufenthalts im Fegefeuer des Heiligen Ludwig, beobachte ich vom Fenster aus den Hof. Die beiden Diebe gehen mit ihren Frauen und Kindern auf und ab und umarmen sich von Zeit zu Zeit mit glückstrahlenden Mienen wie Menschen, die das Unglück mit um so festerer Liebe aneinanderkettet.

Meine Einsamkeit bedrückt mich, ich verfluche mein Los und schelte es ungerecht, ohne daran zu denken, daß mein Verbrechen die ihrigen an Gemeinheit übersteigt. Der Hausmeister bringt einen Brief meiner Frau. Er ist von einer eisigen Kälte. Mein Erfolg hat sie verletzt und sie tut so, als wolle sie nicht eher daran glauben, als bis ich einen Chemiker von Fach zu Rate gezogen hätte; außerdem warnt sie mich vor allen Illusionen, die nur zu Gehirnstörungen führten. Was gewänne ich schließlich mit all dem? Könnte ich mit der Chemie eine Familie ernähren?

Noch einmal die Alternative: Liebe oder Wissenschaft! Ohne Zaudern schreibe ich einen letzten vernichtenden Brief und sage ihr ade, zufrieden mit mir wie ein Mörder nach seiner Tat.

Am Abend schlendere ich in meinem trübseligen Viertel umher und gehe über den St. Martins-Kanal. Er ist schwarz wie das Grab und so recht gemacht, sich darin zu ersäufen. Ich bleibe an der Ecke der Rue Alibert stehen. Warum Alibert? Wer ist das? Hieß nicht der Graphit, den der Chemiker in meinem Schwefel fand, Alibert-Graphit? Nun, was weiter? Seltsam, aber der Eindruck von etwas Unerklärlichem bleibt in meinem Geiste haften. Dann Rue Dieu. Warum *Dieu*, wenn Gott von der Republik abgeschafft worden ist? Rue Beaurepaire. Der *beau repaire* der Übeltäter ... Rue de Baudry ... Führt mich der Teufel? Ich gebe auf die Inschriften nicht mehr acht, verirre mich, kehre um, finde mich nicht mehr zurecht, schrecke vor einem Schuppen zurück, der nach rohem Fleisch und ekelhaften Gemüsen, besonders nach Sauerkraut stinkt ... Verdächtige Individuen streifen mich an und ergehen sich in rohen Ausdrücken ... Ich habe Angst vor dem Unbekannten, wende mich rechts, wende mich links und gerate in eine schmutzige Sackgasse, wo Unflat, Laster und Verbrechen zu wohnen scheinen. Dirnen versperren mir den Weg, Kerle grinsen mich an ... Die Szene von Weihnachten wiederholt sich, *vae soli!* Wer spielt mir diese hinterlistigen Streiche, sobald ich mich von Welt und Menschen trenne? Irgend jemand hat mich in diese Falle gebracht! Wo ist er, ich will mit ihm kämpfen!

Im Augenblick, da ich zu laufen beginne, geht ein mit schmutzigem Schnee gemischter Regen nieder ... Im Hintergrund einer kleinen Straße zeichnet sich ein großes, kohlschwarzes Tor gegen das Firmament ab, ein Zyklopenwerk, ein Tor ohne einen Palast, das sich auf ein Meer von Licht öffnet ... Ich frage einen Polizisten, wo ich bin. – Am St. Martins-Tor. –

Mit ein paar Schritten bin ich auf den großen Boulevards. Die Theateruhr zeigt ein Viertel auf sieben. Es ist gerade Feierabend, und meine Freunde warten wie gewöhnlich im Café Neapel. Hastig eile ich weiter, vergessen sind Krankenhaus, Kummer und Armut. Beim Vorbeigehen am Café du Cardinal stoße ich an einen Tisch, an dem ein Herr sitzt. Ich kenne ihn nur dem Namen nach, aber er kennt mich und in derselben Sekunde fragen mich seine Augen:

Du hier? Du bist also nicht im Krankenhaus? Dieser Klatsch!

Und ich fühle, daß dieser Mann einer meiner unbekannten Wohltäter ist; denn er erinnert mich daran, daß ich ein Bettler bin und nicht ins Café gehöre.

Bettler! Das ist das rechte Wort, das mir in den Ohren braust und mir die brennende Röte der Scham, Demütigung und Wut in die Wangen treibt.

Vor sechs Wochen setzte ich mich hier an den Tisch; mein Theaterdirektor setzte sich zu mir und nannte mich lieber Meister, die Journalisten überliefen mich mit ihren Interviews, der Photograph bat mich um die Ehre, meine Bilder verkaufen zu dürfen ... und heute, was bin ich heute? Ein Bettler, ein Gezeichneter, ein Verbannter der Gesellschaft.

Gestäupt, gehetzt, zum äußersten getrieben, laufe ich wie ein nächtlicher Herumstreicher den Boulevard entlang und heim zu meinen Aussätzigen. Da endlich und nur da, in meinem Kerker, fühle ich mich heimisch.

Wenn ich mein Los überdenke, erkenne ich wieder jene unsichtbare Hand, welche mich züchtigt und geißelt, ohne daß ich noch den Zweck errate. Will es mein Ruhm, daß mir die Welt ihre Ehren verweigert, muß ich gedemütigt werden, um wieder aufgerichtet, erniedrigt, um wieder erhöht zu werden?

Und der Gedanke kommt wieder und wieder: Die Vorsehung plant etwas mit dir, und dies ist der Anfang deiner Erziehung.

Im Februar verlasse ich das Krankenhaus, ungeheilt, aber genesen von den Versuchungen der Welt.

Zum Abschied habe ich die Hand der treuen Mutter, die mich ohne viel Worte den Weg des Kreuzes gelehrt hat, küssen wollen, aber ein Gefühl der Ehrfurcht wie vor etwas Geweihtem hat mich davon zurückgehalten.

Möge sie nun im Geiste diese Dankbezeugung eines Fremden empfangen, dessen Spur sich im fremden Lande verloren und verirrt hat.

II. Der Heilige Ludwig führt mich bei dem seligen Herrn Orfila ein

In einem bescheiden möblierten Zimmer setze ich nun den ganzen Winter hindurch meine chemischen Arbeiten fort, bleibe den Tag über zu Hause und gehe dann in ein Restaurant essen, wo Künstler verschiedener Nationalitäten einen Tisch gebildet haben. Nach dem Essen besuche ich die Familie, die ich in einem Augenblick der Rücksichtslosigkeit zurückgestoßen habe. Die ganze unruhige Künstlergesellschaft ist da und ich bin zu ertragen verurteilt, was ich vermeiden wollte: leichte Sitten, laue Moral, gewollte Pietätlosigkeit. Es gibt viel Talent unter diesen Leuten, unendlich viel Geist und eine wilde Genialität, die sich einen gefürchteten Namen erworben hat.

Jedenfalls bin ich in einer Familie, man liebt mich, und ich bin den Leuten dankbar, wenn ich mich auch gegen ihre kleinen Angelegenheiten, die mich nichts angehen, blind und taub stelle.

Hätte ich diese Leute aus ungerechtfertigtem Stolz geflohen, so würde es logisch gewesen sein, mich dafür zu strafen, aber in diesem Fall, wo mein Fernbleiben der Sehnsucht, mein Ich zu läutern, meine Persönlichkeit in einsamer Sammlung zu vertiefen, entsprungen war, verstehe ich die Methode der Vorsehung nicht, denn ich bin ein Mensch von so weichem Charakter, daß ich mich aus reiner Umgänglichkeit und Furcht, undankbar zu sein, jeder Umgebung anpasse. Nachdem ich nun aber durch mein Unglück und die Schande meiner Armut so lange aus der Gesellschaft verbannt gewesen, war ich immer noch froh, ein Obdach für die langen Winterabende zu finden, obschon die schlüpfrige Unterhaltung meinem Herzen wehe tat.

Da mir nun das Dasein der unsichtbaren Hand, die meinen Fuß über Stock und Stein leitet, zur Gewißheit geworden ist, fühle ich mich nicht mehr vereinsamt und beobachte mich streng in meinen Worten und Handlungen, obwohl es mir freilich nicht immer gelingt. Sobald ich aber gefehlt habe, fühle ich mich auf frischer Tat ertappt, und mit einer Pünktlichkeit und einem Raffinement bestraft, daß ich über das Eingreifen einer richterlichen Gewalt keinen Zweifel mehr hege. Der Unbekannte ist mir ein persönlicher Bekannter geworden, mit dem ich spreche, dem ich Dank sage, den ich um Rat angehe. Manchmal vergleiche ich ihn in meiner Einbildung mit dem Daimon des Sokrates, und das Bewußtsein, daß mir die unbekannten Mächte zur Seite stehen, verleiht mir eine Tatkraft und eine Sicherheit, die mich zu ungewohnten Anstrengungen antreiben.

Ein Bankrotteur der Gesellschaft, werde ich in einer anderen Welt wiedergeboren, wohin mir niemand folgen kann. Ehedem unbedeutende Ereignisse ziehen meine Aufmerksamkeit auf sich, meine nächtlichen Träume nehmen die Form von Ahnungen an, ich halte mich für einen Abgeschiedenen, und mein Leben verläuft in einer anderen Sphäre.

Nachdem ich den Kohlenstoff im Schwefel nachgewiesen, habe ich noch den Wasserstoff und Sauerstoff, auf die nach der Analogie geschlossen werden kann, aufzuzeigen.

Zwei Monate verstreichen mit Berechnungen und Vermutungen, als mir die zu den Versuchen notwendigen Apparate ausgehen. Ein Freund gibt mir den Rat, in das Untersuchungs-Laboratorium der Sorbonne zu gehen, das selbst Fremden offen steht. Da ich in meiner Zaghaftigkeit und meiner Scheu vor der Menge nicht daran denken mag, stehen meine Arbeiten still, und eine Ruhepause tritt ein. Eines schönen Frühlingsmorgens wache ich in bester Laune auf. Ich wandle durch die Rue de la grande Chaumiere nach der Rue de Fleurus, die nach dem Jardin du Luxembourg führt. Die hübsche, kleine Straße ist ruhig, die große Kastanienallee zieht sich leuchtend-grün, breit und gerade wie eine Rennbahn dahin, ganz im Hintergrunde erhebt sich die Davidsäule wie ein Markstein, und hoch über allem berühren die Wolken die Kuppel des Pantheon und das goldene Kreuz ihrer Spitze.

Entzückt bleibe ich vor dem bedeutenden Schauspiel stehen, als ich zufällig zu meiner Rechten ein Färbereischild erblicke. Und was sehe ich! Gemalt auf die Fensterscheibe der Werkstatt stehen da über einer silberweißen Wolke die Anfangsbuchstaben meines Namens, *A. S.*, und darüber wölbt sich ein Regenbogen.

Omen accipio! Wie heißt doch die Stelle der Genesis:

„Meinen Bogen habe ich gesetzt in die Wolken, der soll das Zeichen sein des Bundes zwischen mir und der Erde."

Ich berühre den Boden nicht mehr, ich schwebe im Äther und trete beflügelten Fußes in den Garten, der jetzt ganz einsam ist. Um diese Morgenstunde bin ich der ausschließliche Eigentümer dieses Parks samt seiner Rosenpracht, und ich kenne alle Blumen auf den Beeten, die Chrysanthemen, die Verbenen, die Begonien.

Über die Rennbahn hinweg erreiche ich den Markstein, gehe durch das vergitterte Tor nach der Rue Soufflot und wende mich nach der Seite des Boulevard Saint Michel, wo die Auslage von Blanchards Buchhandlung meine Aufmerksamkeit auf sich zieht. Ohne Vorbedacht nehme ich einen alten Chemieband von Orfila zur Hand, schlage ihn auf gut Glück auf und lese folgendes: „Der Schwefel ist unter die einfachen Körper eingereiht worden. Die geistreichen Versuche Davys und Berthollets des Jüngeren bestreben sich indessen den Nachweis zu erbringen, daß er Wasserstoff, Sauerstoff und eine besondere Base enthält, deren Ausscheidung bis jetzt noch nicht gelungen ist."

Man urteile über meine geradezu religiöse Ekstase vor dieser an ein Wunder grenzenden Enthüllung. Davy und Berthollet hatten den Wasserstoff und den

Sauerstoff aufgezeigt, ich den Kohlenstoff. Mir also kommt es zu, die Formel des Schwefels aufzustellen.

Zwei Tage später wurde ich in der naturwissenschaftlichen Fakultät an der Sorbonne (des Heiligen Ludwig!) inskribiert und im Untersuchungs-Laboratorium zu arbeiten ermächtigt.

Der Morgen, an dem ich mich nach der Sorbonne begab, war für mich ein feierliches Fest. Ich täuschte mich nicht über die Professoren, die mich mit der kühlen Höflichkeit, wie man sie eben einem fremden Eindringling schuldet, aufgenommen hatten. Ich wußte, ich würde sie nie zu überzeugen vermögen, aber ich empfand mit einer süßen stillen Freude zugleich den Mut des Märtyrers, der einer feindlichen Menge gegenübertritt; denn für mich und mein Alter war die Jugend der natürliche Feind.

Als ich über den Platz vor der kleinen Kirche der Sorbonne komme, finde ich ihr Portal geöffnet und trete, ohne einen rechten Grund zu haben, ein. Die jungfräuliche Mutter und ihr Kind lächeln mir freundlich zu; das Kreuz läßt mich wie immer kalt und ohne Verständnis. Mein neuer Bekannter, der heilige Ludwig, der Freund der Elenden und Aussätzigen, läßt sich von jungen Theologen huldigen. Sollte der heilige Ludwig mein Patron, mein Schutzengel sein, der mich ins Krankenhaus getrieben, damit ich, vom Feuer der Herzensangst geläutert, jenen Ruhm wiedererlangte, der zu Unehren und Verachtung führt ... sollte er mich nach Blanchards Buchhandlung geschickt, er mich hierher geführt haben?

Seht den Atheisten, wie abergläubisch er geworden ist!

Als ich die Votivtafeln für glückliches Bestehen der Prüfung erblicke, tue ich das Gelübde, daß ich im Fall eines Erfolges niemals Zeichen weltlicher Ehre annehmen will.

Die Stunde hat geschlagen, und ich laufe Spießruten durch die jungen Leute, die auf mein Vorhaben voll Hohn und Voreingenommenheit blicken.

Ungefähr vierzehn Tage sind verstrichen und ich habe unbestreitbare Beweise empfangen, daß der Schwefel eine dreifache Kombination aus Kohlenstoff, Sauerstoff und Wasserstoff ist.

Ich bedanke mich bei dem Chef des Laboratoriums, der an meinen Angelegenheiten, wie es scheint, keinen Anteil nimmt und verlasse dies neue Fegefeuer voll tiefer, unsäglicher Freude.

Wenn ich morgens nicht auf dem Kirchhof von Montparnasse spazieren gehe, besuche ich den Park des Palais Luxembourg. Einige Tage nach meinem Abschied von der Sorbonne entdecke ich bei dem Stern des Kirchhofs ein Grabdenkmal von klassischer Schönheit. Ein weißmarmornes Medaillon weist die edlen Züge eines alten Gelehrten, den mir die Sockel-Inschrift als den Chemiker und Physiologen – Orfila vorstellt. Es war mein Freund und Beschützer, der mich später so manchesmal durch das Labyrinth chemischer Versuche geführt hat.

Eine Woche darauf gehe ich die Rue d'Assas und wundere mich über ein klösterlich anmutendes Haus. Ein großes Schild klärt mich über das Wesen seiner Eigentümlichkeit auf: Hôtel Orfila.

Orfila, wo ich geh und stehe!

Die folgenden Kapitel werden erzählen, was sich in diesem alten Hause, in das mich die unsichtbare Hand jagen sollte, damit ich gezüchtigt, belehrt und vielleicht auch – erleuchtet würde, alles zugetragen.

III. Die Versuchungen des Teufels

Das Scheidungsverfahren schleppt sich langsam hin. Hier und da noch ein Liebesbrief, ein Ausruf des Bedauerns, Versöhnungsgelübde. Und endlich ein barsches Lebewohl auf immer.

Ich liebe sie, sie liebt mich, wir hassen uns mit dem Haß einer wilden, durch die Trennung nur gesteigerten Liebe.

Inzwischen suche ich, um die traurige Fessel endgültig zu zerreißen, nach einer Gelegenheit, meine Liebe durch eine andere zu ersetzen, und sogleich finden meine unredlichen Wünsche Erhörung.

An dem Mittagstisch unserer Kneipe erscheint eine englische Bildhauerin. Sie redet mich zuerst an und gefällt mir auf der Stelle. Sie ist schön, entzückend, vornehm, geschmackvoll angezogen und verführerisch durch ein künstlerhaftes

Sichgehenlassen. Alles in allem eine Luxusausgabe meiner Frau, deren veredeltes und vergrößertes Bild. Um sich mir gefällig zu erweisen, lädt der Älteste der Kneipe die Dame zu den Donnerstagabenden auf seinem Atelier ein. Ich gehe hin, halte mich aber beiseite, denn es geht mir gegen den Geschmack, vor einem Publikum, das sich über einen lustig macht, meine Gefühle bloßzustellen.

Gegen 11 Uhr erhebt sich die Dame und winkt mir mit den Augen. Ziemlich linkisch breche ich auf, verabschiede mich, biete dem jungen Weibe meine Begleitung an und führe es unter dem schamlosen Lachen der jungen Leute hinaus.

Voreinander lächerlich gemacht, gehen wir wortlos dahin, voll Verachtung gegen uns, als hätten wir vor dem spöttischen Pöbel nackt dagestanden.

Nun müssen wir noch durch die Rue de la Gaieté, wo die Zuhälter und ihre Dirnen uns, als seien wir Eindringlinge in ihr Gewerbe, mit ihren gemeinen Schimpfreden ohrfeigen.

Man ist nicht liebenswürdig, wenn man zähneknirschend am Pranger steht, und nicht weiß, wie man sich den Peitschenhieben entziehen soll. Endlich erreichen wir den Boulevard de Raspail. Ein feiner Regen rieselt plötzlich nieder und streicht uns wie mit dünnen Ruten.

Was liegt näher als, da wir ohne Schirm sind, in einem hellen, warmen Café Schutz zu suchen, und so weise ich denn mit der Geste eines *grand seigneur* auf das üppigste Restaurant von allen. Langsamen Fußes überschreiten wir glücklich die Straße ... pardauz, pardauz! Der Gedanke: du hast ja keinen Sou in der Tasche! trifft mich wie ein Fallbeil auf den Schädel.

Wie ich mich aus der Verlegenheit gezogen, habe ich vergessen, aber was ich niemals vergessen kann, sind die Empfindungen jener Nacht, als ich die Dame nach Hause gebracht hatte.

Diese doch gewiß harte und unmittelbare Strafe einer Hand, deren Geschicklichkeit ich bewundern mußte, scheint mir indessen noch ungenügend. Ich, der Bettler, hatte über die unerfüllten Verpflichtungen gegen meine Familie hinweg ein Verhältnis anknüpfen wollen, das ein anständiges Mädchen kompromittieren mußte. Das war ganz einfach ein Verbrechen, und so tat ich denn nach allen Regeln Buße. Ich verzichte auf die Gesellschaft des Restaurants, faste und vermeide alles, was die unselige Leidenschaft wieder hervorrufen könnte.

Aber der Verführer wacht. Eines Donnerstagsabends treffe ich die Schöne in einem orientalischen Kostüm wieder, das ihre Schönheit in einer Weise hebt, daß ich verrückt werde. Aber statt nun klipp und klar diesem Weibe die einzig mögliche Erklärung zu machen: ich liebe dich, ich vergehe, ich brenne bis in die Knochen von unkeuscher Leidenschaft! – statt dessen bin ich stumm und blöde vor ihr.

Am folgenden Tage bin ich wieder im Restaurant. Sie sitzt da, ist entzückend, liebkost mich mit ihrer einschmeichelnden Stimme und regt mich mit ihren Katzenaugen auf. Die Unterhaltung beginnt, und alles geht aufs beste, als im kritischen Moment die kleine Minna lärmend hereinstürmt. Die kleine Minna ist ein Künstlerkind, bald Modell, bald Maitresse, voll literarischer Interessen, ein gutes und überall willkommenes Mädchen. Ich kenne sie auch, und einen Abend sind wir gute Freunde gewesen, ohne die erlaubten Grenzen zu überschreiten. Also dieses Mädchen tritt ein, wirft sich – sie war ein wenig angetrunken – in meine Arme, küßt mich auf die Wangen und duzt mich.

Die Engländerin erhebt sich, zahlt und geht. Damit ist es nun aus.

Sie ist nie mehr wiedergekommen, dank Minnas, die mich übrigens vor jener Dame, aus Gründen, die auf sich beruhen mögen, gewarnt hatte.

Nichts mehr von Liebe! so haben die Mächte zu mir gesprochen, und ich resigniere in der festen Überzeugung, daß sich hier wie sonst ein höherer Zweck verbirgt.

Durch das Glück, das ich mit dem Schwefel gehabt, ermutigt, wende ich mich zum Jod. Kaum, daß ich im Temps einen Aufsatz über die Zusammensetzung des Jod losgelassen, sucht mich ein unbekannter Herr im Hotel auf. Er stellt sich mir als Vertreter sämtlicher europäischer Jodfabriken vor. Er hat soeben meinen Artikel gelesen und meint, wir sollen, sobald die Sache sich bestätigt, einen Krach an der Börse herbeiführen, der uns, wenn wir nur ein Patent in Händen hätten, Millionen einbringen könnte.

Ich gab ihm zur Antwort, daß er keine industrielle Erfindung, sondern lediglich eine, noch nicht einmal ausgereifte, wissenschaftliche Entdeckung vor sich habe, und daß mich die geschäftliche Seite der Sache zu wenig interessiere, um die Versuche in dieser Richtung fortzusetzen. Darauf empfahl er sich. Meine Wirtin, die früher zu ihm in Beziehungen gestanden, empfing die große Neuigkeit von ihm selbst, und ich wurde zwei Tage lang als zukünftiger Millionär betrachtet.

Der Kaufmann kam ein zweites Mal, diesmal ganz Feuer und Flamme. Er hatte Erkundigungen eingezogen und forderte mich, der festen Überzeugung, daß die Entdeckung vorteilhaft sei, auf, der erforderlichen Schritte halber womöglich nach Berlin zu fahren.

Ich dankte ihm und gab ihm den Rat, sich vor allem weiteren die notwendigen Analysen zu verschaffen.

Darauf bot er mir hunderttausend Franks, noch vor Abend zahlbar, wenn ich ihm folgen wolle ... Die Sache schien nicht geheuer.

Bei der Wirtin drunten erklärte er mich für einen Narren.

Die folgenden Tage trat eine Pause ein, in der ich Zeit zum Nachdenken hatte. Drohendes Elend, unbezahlte Schulden, eine ungewisse Zukunft auf der einen Seite, auf der anderen Unabhängigkeit, Freiheit meine Studien fortzusetzen, ein sorgloses Leben. Und schließlich – eine Idee ist ihren Preis wert. Reue erfaßte mich, aber ich hatte nicht den Mut, wieder Beziehungen anzuknüpfen, als mir eine Depesche des Kaufmanns mitteilte, daß ein Chemiker, Assistent an der *Ecole de médecine* und ein schon früher bekannter, jetzt außerordentlich berühmter Abgeordneter sich für mein Jodproblem interessierten.

So beginne ich also wieder eine Reihe regelmäßiger Versuche mit beständig gleichen Ergebnissen, um die Möglichkeit einer Ableitung des Jod vom Benzin nachzuweisen.

Inzwischen habe ich mit dem Chemiker eine Unterredung, und wir setzen einen Tag fest, an dem die entscheidenden Experimente stattfinden sollen.

Den Morgen, der die Sache mit einem einzigen Schlage entscheiden soll, nehme ich einen Wagen, und bringe meine Retorten und Reagenzien nach der Wohnung des Kaufmanns im Quartier du Marais. Der Mann war da, aber der Chemiker hatte sich des Festes halber, an das er nicht gedacht, entschuldigen lassen und einen der nächsten Tage zu unserer Sitzung anberaumt.

Ich hatte keine Ahnung davon gehabt, daß heute Ostern war. Das schmutzige Kontor mit seinem Blick auf die finstere, kotige Straße zerriß mir das Herz. Kindheitserinnerungen erwachten: Ostern, das selige Fest, wo die kleine Kirche, mit grünem Laub, Tulpen, Veilchen und Maiglöckchen geschmückt, sich zur ersten Kommunion auftat! Die jungen Mädchen, die in ihren weißen Kleidern wie Engel aussahen! ... Die Orgel! ... Die Glocken! ...

Ein Gefühl der Scham bemächtigte sich meiner, und ich kehrte tiefbewegt nach Hause zurück und fest entschlossen, jeder weiteren Versuchung, mit meiner Wissenschaft Schacher zu treiben, zu widerstehen. Ich schickte mich an, mein Zimmer von den es verengenden Apparaten und Reagenzien zu befreien. Ich kehrte aus, stäubte ab, räumte auf; dann ging ich Blumen, vor allem Narzissen, holen. Nachdem ich noch ein Bad genommen und die Wäsche gewechselt hatte, dünkte ich mich allen Schmutzes ledig. Darauf ging ich mit heiterer Seele nach dem Kirchhof von Montparnasse, wo mich weiche Gedanken und eine ungewöhnliche Zerknirschung überkamen.

O crux ave spes unica! So weissagten die Gräber mir mein Schicksal. Nichts mehr von Liebe! nichts mehr von Geld! nichts mehr von Ehren! Der Weg des Kreuzes der einzige, welcher zur Weisheit führt!

IV. Das wiedergewonnene Paradies

Den Sommer und den Herbst des Jahres 1895 zähle ich – trotz allem – zu den glücklichsten Abschnitten meines so bewegten Lebens. Alles was ich angreife, gelingt; unbekannte Freunde bringen mir Nahrung wie die Raben dem Elias. Das Geld fliegt mir zu, ich kann Bücher und naturwissenschaftliche Gegenstände kaufen, darunter ein Mikroskop, das mir die Geheimnisse des Lebens enthüllt. Der Welt abgestorben und auf die eitlen Freuden von Paris verzichtend, bleibe ich in meinem Viertel, wo ich jeden Morgen die Abgeschiedenen auf dem Kirchhof von Montparnasse besuche, worauf ich nach dem Park des Palais Luxembourg zu meinen Blumen gehe. Manchmal besucht mich ein durchreisender Landsmann und lädt mich ein, auf der anderen Seite des Wassers zu frühstücken oder ins Theater zu gehen. Ich lehne es ab, denn das rechte Ufer ist mir verboten, da es die sogenannte eigentliche Welt bedeutet, die Welt der Lebenden und der Eitelkeit.

Eine Art Religion hat sich in mir gebildet, ohne daß ich sie klar aussprechen könnte. Eher ein Seelenzustand als eine auf Theorien gegründete Meinung; ein Gemisch von mehr oder weniger zu Begriffen verdichteten Empfindungen.

Ich habe mir ein römisches Brevier gekauft und lese darin mit Sammlung; das Alte Testament tröstet und züchtigt mich in einer etwas dunklen Weise, das Neue Testament läßt mich kalt. Das hindert nicht, daß mich ein Band Buddhaismus stärker als all die übrigen heiligen Bücher beeinflußt, da hier das positive Leiden über die Enthaltsamkeit gestellt wird. Buddha ist mutig genug, im vollen Besitze seiner Lebenskraft und inmitten seines ehelichen Glücks auf Weib und Kind zu verzichten, wogegen Christus nur jeden Verkehr mit den erlaubten Freuden dieser Welt vermeidet.

Im übrigen grübele ich nicht mehr über die Empfindungen, die in mir entstehen, sondern verhalte mich völlig gleichgültig dagegen, indem ich für mich dieselbe Freiheit, wie ich sie allen andern lasse, beanspruche.

Das große Ereignis der Pariser Saison war die Parole Brunetières vom Bankerott der Wissenschaft. Seit meiner Kindheit in die Naturwissenschaften eingeweiht, später Anhänger Darwins, hatte ich das Ungenügende jener wissenschaftlichen Methode entdeckt, welche die Mechanisation der Welt behauptete, ohne einen Mechanikus gelten lassen zu wollen. Die Schwäche des Systems offenbarte sich in einem allgemeinen Niedergang der Wissenschaft, welche sich selbst eine Grenze gesteckt hatte, über die man nicht vorgehen sollte. *Wir* haben alle Probleme gelöst: Die Welt hat keine Rätsel mehr. Diese dünkelhafte Lüge hatte mich schon um 1880 gereizt, und ich hatte während der nun folgenden fünfzehn Jahre eine Revision der Naturwissenschaften unternommen. So hatte ich 1884 die Zusammensetzung der Atmosphäre und die Identität des Stickstoffs der Luft mit dem Stickstoff, der durch die Zersetzung eines mit Stickstoff gesättigten Salzes entsteht, in Zweifel gezogen. 1891 besuche ich das physikalische Laboratorium Lunds zu dem Zwecke, die Spektren dieser beiden Stickstoffarten, deren Verschiedenheit ich erkannt, zu vergleichen. Soll ich den Empfang schildern, den mir die gelehrten Mechanisten bereiteten? Nun, in diesem Jahre 1895, hat die Entdeckung des Argon meine vorgefaßten Annahmen bestätigt und meinen durch eine leichtsinnige Heirat unterbrochenen Untersuchungen einen neuen Aufschwung gegeben.

Die Wissenschaft machte keinen Bankerott, sondern nur die veraltete, entartete Wissenschaft, und Brunetière hatte zugleich recht und unrecht.

Indessen, da nun einmal jedermann die Einheit der Materie anerkannte und sich im wesentlichen für den Monismus erklärte, ging ich noch weiter und zog die letzten Konsequenzen der Lehre, indem ich die Grenze zwischen Materie und sogenanntem Geist aufhob. So hatte ich 1894 in dem Buche Antibarbarus die Psychologie des Schwefels erörtert, was ich dann mit Ontogonie oder Embryonal-Entwickelung des Schwefels vertauschte.

Anstatt die Manuskripte, die ich im Sommer und Herbst 1895 abgefaßt, nochmals umzuarbeiten, setze ich ausgewählte Stücke aus Sylva Sylvarum hierher, dessen erste Auflage Anfang 1896 in ein paar hundert Exemplaren erschienen, aber unverkauft und unbeachtet geblieben ist.

Sylva Sylvarum

Einleitung

In der Mitte meines Lebensweges setzte ich mich nieder, um auszuruhen und nachzudenken. Das Kühnste, was ich gewünscht und geträumt, hatte ich gehabt. Der Schande wie der Ehre, des Genusses wie der Leiden satt, fragte ich mich: was nun?

Alles wiederholte sich in ertötender Eintönigkeit, alles glich sich, alles kam wieder. Die Alten hatten gesagt: die Welt hat keine Geheimnisse mehr; wir haben die Auflösung aller Rätsel gefunden, wir haben alle Probleme gelöst. Wir haben mit Hilfe des Spektroskops gesehen, daß die Sonne keinen Sauerstoff besitzt, was sie jedoch nicht hindert, so gut wie Antimon in Chlor oder Kupfer in Schwefel zu brennen.

Wir haben die Kanäle des Mars gezeichnet, welche in fataler Weise den Widmanstettenschen Figuren der kosmischen Meteorkörper gleichen, und dabei sind wir erst in allerjüngster Zeit über das Innere Afrikas aufgeklärt worden und kennen noch immer weder Borneo noch die Polarmeere.

Eine Generation, die den Mut gehabt hatte, Gott abzuschaffen, den Staat, die Kirche, die Gesellschaft, die Moral niederzureißen, beugte sich noch vor der Wissenschaft. Und da, in der Wissenschaft, wo jede Freiheit herrschen sollte, lautete nun die Parole: Glaube der Autorität oder stirb! Keine Julisäule war noch auf dem Platz der alten Sorbonne errichtet worden, und das Kreuz überragte noch das Pantheon und die Kuppel des Instituts.

Es gab also nichts mehr auf dieser Welt zu tun, und ich beschloß, als unnütz, vom Schauplatze abzutreten.

Schon brannte die Weingeistlampe unter der Retorte, und das aus Blut und Eisen destillierte Eisenzyankali, goldgelb und in seinem erhitzten Zustande vom Dufte des gelben Labkrauts, war bereit, die Schwefelsäure aufzunehmen, welche, konzentriert, den Tod herbeiführt und, verdünnt, durch Gärung das Leben schafft. Diesmal sollte sie verdünnt werden, um den Tod herbeizuführen. – Welch ein geringfügiger Unterschied? Und welch erhabener Gegensatz!

Der Kohlenstickstoff, der Erzeuger eines blauen Salzes, wie er von einem gelben herstammt, begann sich zu entwickeln, jene unschuldigste aller Kombinationen, wo die reine Kohle mit dem indifferenten Stickstoff eine schreckliche Verbindung eingegangen ist, ein Wunder von Verbindung, davor die Wissenschaft ihre Unwissenheit hat bekennen müssen.

Die Dämpfe entstiegen dem Rezipienten, und sofort schnürte sich mir wie von Diphtheritis oder sauerstofflosem Leichengift die Kehle zu. Die Lähmung der Armmuskeln begann, und ich bekam Stiche im Rückenmark.

Ich unterbrach die Operation, als ein Geruch wie von bitteren Mandeln sich zu verbreiten begann; mir war, als sähe ich an einem Gartenweg einen blühenden Mandelbaum und hörte die Stimme einer alten Frau.

Die Stimme aber sagte: „So glaube doch nicht daran, mein Kind!"

Und ich habe nicht mehr daran geglaubt, daß das Welt-Geheimnis entschleiert sei, sondern habe manchmal allein, manchmal mit andern angefangen, über die große Unordnung nachzudenken, um zuletzt in ihr einen unbegrenzten Zusammenhang zu entdecken.

Dieses Buch ist das Buch von der großen Unordnung und dem unendlichen Zusammenhang.

Folge mir, Wanderer, wenn dich dein Weg mir vorüberführt, und du wirst freier atmen; denn in meiner Welt herrscht die Unordnung, und das bedeutet da nichts anderes als die Freiheit.

Das Zyklamen, ein Beispiel der großen Unordnung und des unendlichen Zusammenhangs

Ich streifte an der Donau umher, wo so viele Rassen vor mir umhergestreift waren und manche Spur noch auf Attilas Züge zurückwies. An diesem ungeheuren Strome, der in Schwaben entspringt und im Orient mündet und nicht nur dem Lauf der Sonne, sondern seltsamerweise auch dem der Erde zuwider läuft, wuchsen die verschiedensten Blumen.

Gewohnt, auf dieser Welt alle Dinge sich ewig wiederholen zu sehen, empfand ich eine um so größere Freude, als ich eine Pflanze fand, die ich vorher noch nicht gesehen hatte, nämlich das Alpenveilchen, das *Cyclamen Europaeum*, von dem sich eine Zierart, das Persikum, seit zehn Jahren in allen Blumenhandlungen findet.

Ich wurde von meiner alten Liebhaberei, zu klassifizieren und zu ordnen, erfaßt, riß die Pflanze aus, schnitt ihre Blüte ab und zählte fünf Staubgefäße und einen Stempel.

Das brachte mich nicht viel weiter, denn dieser Klasse, dieser Kategorie gehören so verschiedene Arten an, wie die Winde, der Nachtschatten, die Braunwurz und das Speerkraut.

Der erste Eindruck war der eines Veilchens gewesen. Blätter, Blüten, Geruch, die Art und Weise dem Boden zu entsteigen, alles sprach für ein Veilchen, aber es war keines.

Die Wurzel mit ihrer runden Scheibe erinnerte in überraschender Weise an *Aristolochia rotunda*, aber das war es auch nicht.

Einen Augenblick war ich schon im Begriff, es unter die Orchideen mit ihrem zarten Äußeren und ihrer größeren an Schmetterlinge erinnernden Blüte einzuordnen.

Wenn ich aber die Haselwurz unter den Haselbüschen daneben ansah, war ich überzeugt, daß mein Zyklamen eine Haselwurz sei, um so mehr, als diese letztere zu derselben Familie wie die Aristolochia gehört und noch dazu dieselben Heilkräfte wie das Zyklamen besitzt; die Wurzel ist bei beiden abführend und Erbrechen erregend.

Es hatte sogar etwas von dem zähen Blatt der Lilie, die Einfachheit in der Anordnung und den Glanz der Farbe, dazu ahmte die Scheibe der Wurzel, von der die Blätter ausgingen, die Form einer Zwiebel nach.

Zu Hause legte ich die Pflanze in eine Untertasse, und was glaubte ich da auf der Oberfläche des Wassers schwimmen zu sehen? Das Blatt einer Seelilie! Erging es mir nicht wie dem Polonius, der alles das in den Wolken sah, was Hamlet wollte? Aber ich wüßte nicht, daß mich irgendeine bestimmte Absicht geleitet hätte, ich hatte einzig und allein ein großes Magazin von Pflanzenbildern im Kopfe zum Vergleiche bereitliegen und war auch wirklich jedesmal, sooft ich eine Ähnlichkeit fand, auf der richtigen Fährte.

Ich weiß wohl, daß die Psychologen ein garstiges griechisches Wort zur Bezeichnung der Neigung, überall Analogien zu sehen, erfunden haben, aber das soll mir nicht bange machen, denn ich weiß auch, daß es überall Ähnlichkeiten gibt: denn alles ist überall und in allem.

Daß mein Zyklamen mit dem Osterluzei, der Haselwurz und dem Veilchen Ähnlichkeiten haben sollte, mochte, streng genommen, hingehen, obwohl diejenigen, welche einen Unterschied zwischen äußerlich und innerlich, zwischen wesentlichen und unwesentlichen Eigenschaften machen, die von mir gefundenen Ähnlichkeiten für unwesentlich gehalten haben würden. Aber ein Botaniker würde schwerlich zugegeben haben, daß es an eine Lilie oder Orchidee erinnerte.

Das Zyklamen jedoch ist den Orchideen oder Lilien darin wesentlich ähnlich, daß es mit einem Samenlappen ausschlägt und einsamenlappig ist, obwohl es in den Floren unter den Primulazeen (welche zweisamenlappig sind) aufgeführt wird.

Zur Zeit Tourneforts hätte ich mein Zyklamen zu den Infundibuliformen mit einblättriger, regelrecht trichterförmiger Krone oder wohl auch zu den Anomalen mit vielblättriger, nicht schmetterlingsartiger Krone, wozu man Orchidee und Veilchen rechnet, zählen können. Das hätte sich zur Not vertragen, aber freilich auch nur zur Not, da das Zyklamen wohl einen Trichter und freiliegende Blätter besitzt, aber regelmäßig ist.

Hätte ich mich an das Jussieusche System gehalten, so wäre ich geradezu auf den Holzweg gekommen, denn ich hätte das Zyklamen dann unter den Dikotyledonen gesucht. De Candolle würde mich erst recht irregeführt haben.

Daß das Zyklamen einen Samenlappen hat, ist freilich nicht ganz exakt, aber was ist überhaupt exakt in der Natur?

Wenn ich ein Samenkorn des Zyklamen unter das Mikroskop lege, sehe ich inmitten von Eiweiß einen kleinen, geraden Keim, der dem einer Konifere ähnelt. Wenn ich das Korn treiben lasse, bläht es sich auf, und ein einziges Blatt, von gleichem Charakter wie das Pflanzenblatt selbst, wird sichtbar. Es ist also kein Samenlappen, nicht einmal ein Keimblättchen.

Das Zyklamen treibt also ohne Samenlappen, wie das ja auch bei der Walnuß der Fall ist, die sofort zwei vollständig ausgebildete und den Blättern des Baumes gleichende Blätter hervortreibt. Der Grund hierfür liegt unzweifelhaft darin, daß die zahlreichen Eiweißstoffe zur Ernährung unter der Erde oder als Samenlappen dienen.

Aber das Zyklamen hat noch mehr Geheimnisse, z. B. folgendes:

Wenn ich eine unreife Kapsel quer durchschneide, so gleicht der Querschnitt dem einer jungen Dolde derselben Pflanze.

Sollte die Kapsel nur eine Nachahmung und das Samenkorn nur eine kleine Knospenzwiebel oder gar noch ein kryptogamischer Vorkeim sein?

Eine gerechtfertigte Frage; denn man hat den Phanerogamen Gewalt angetan, als man entschied, sie pflanzten sich durch regelrechte Bebrütung fort; wie auch die großen Geister des vorigen Jahrhunderts, darunter Spallanzani, sie, wenn nicht überhaupt, so doch im einzelnen, für eine recht zweifelhafte Sache hielten.

Ich hatte die sonderbare Idee gehabt, daß es zwischen dem Zyklamen und der Seelilie etwas Gemeinsames geben müsse, war jedoch von nichts als einem flüchtigen äußeren Eindruck geleitet.

Aber meine Untersuchung zeigte mir, daß ich gar nicht so sinnlos gewesen war. Von der Seelilie haben die Botaniker lange geglaubt, sie stehe mit einem Fuße in den Monokotyledonen, obwohl sie dikotyledonisch ist, denn ihr Stiel ist nicht zentralzylindrisch und der Wurzelüberzug gleicht in seiner Anordnung demjenigen der Lilien und Orchideen. Aber es gibt noch außerdem eine absolute Übereinstimmung zwischen dem Zyklamen und der Seelilie, nämlich folgende:

Die Seelilie hebt ihren Stiel aus dem Wasser und zieht ihn nach der Befruchtung wieder auf den Grund des Gefäßes zurück. Ebenso das Zyklamen; denn es dreht seinen Stiel spiralförmig, um die Frucht unter die Erde zurückzuziehen.

Es ist nicht leicht, den Grund zu bestimmen, der das Zyklamen, diese Alpenpflanze, zu einer solchen Handlungsweise treiben mag, es sei denn, daß man angesichts des geheimnisvollen Charakters seiner Fortpflanzung annehme, sie bezwecke, die Frucht vor Kälte zu bewahren. Wir stehen da einem mehr als rein mechanischen Akt gegenüber, denn Stiele befruchteter Blumen, die ich einer kühlenden Mischung aussetzte, zeigten durchaus keine Neigung, sich spiralförmig zu drehen.

Als ich eines Tages die hochragenden Wälder der blauen Donau durchstreifte, wurde ich auf einen Efeuteppich aufmerksam, dessen Blätter sich nach der Sonne gewendet hatten, deren Strahlen nur mühsam das Laubwerk durchdrangen. Als ich den Efeu, eine niedere Art, wie sie überall im Walde wächst, eine Weile betrachtet hatte, sah ich plötzlich ein Zyklamen darunter. Bald sah ich noch eins und noch eins und endlich ebensoviele Zyklamen- wie Efeublätter. Ich hatte das Zyklamen vorher nicht entdeckt, weil das Blatt dieser Art, *Cyclamen Europaeum*, eine dunkelgrüne, von weißlichem Grau eingefaßte Zeichnung aufweist, davon der dunkelgrüne Teil die Form eines Efeublattes bildet. Sofort dachte ich an den Mimetismus, jene Fähigkeit gewisser Tiere, das Aussehen der sie umgebenden Dinge anzunehmen. Ich zweifelte noch, ob ich diese Theorie in Erwägung ziehen sollte – denn solange die Botaniker den Pflanzen ein Nervensystem und einen selbständigen Verstand absprechen, bin ich ja sie zu verwerfen berechtigt – als ich mich nach einer anderen, freieren Richtung gezogen fühlte.

Ich hatte bei meiner Beschäftigung mit dem Pflanzenreiche oft Gelegenheit gehabt, die Natur darin, wie sie etwas skizziert, bevor sie es ausführt, zu verfolgen. Nun bemerkte ich bei dem Zyklamen, daß das Rot der Blüte bereits im Blattstiel vorbereitet und auf der Palette des Blattes niedergelegt war, und fragte mich, ob die weiße, verschlungene Verzierung auf der oberen Oberfläche des Blattes nicht vielleicht der erste Entwurf einer neuen Form sei.

Wieder zu Hause, suchte ich das Zyklamen in allen Floren Europas und las in den italienischen Floren, daß im mittleren und südlichen Italien ein Zyklamen mit ausgerandeten und vielwinkeligen Blättern des Namens *Cyclamen Repandum* wachse. In der französischen Flora fand ich ein *Cyclamen Hederaefolim*, dessen Blätter denen des Efeu glichen.

Dessen Blätter denen des Efeu glichen!

Gab es also doch zwischen dem Efeublatt und der Zeichnung des Zyklamenblattes einen ursächlichen Zusammenhang?

Das Efeublatt hat eine von Diokles entdeckte mathematische Form, Zissoide genannt, zum Vorbild.

Die neuere Geometrie charakterisiert sie als eine Kurve, welche beständig den vom Scheitel einer Parabel auf deren Tangenten gefällten Senkrechten folgt, oder auch so: als eine Linie, welche, indem sie ihre Asymptote zu erreichen sucht, die Zeichnung eines Efeublattes bildet.

Die Form des Zyklamenblattes ist kaustisch. Diese Form entsteht bekanntlich, wenn Strahlen in einem Hohlspiegel gebrochen werden oder durch einen halbkugel-, kegel- oder zylinderförmigen Lichtfang gehen.

Wenn man in einer Veranda sitzt, in welche durch das dichte Laub der sie umgebenden Bäume Sonnenstrahlen fallen, so wird man auf dem Fußboden eine Anzahl Ellipsen sich zeichnen sehen, welche von das Laub durchdringenden und vom Fußboden geschnittenen Lichtkegeln herrühren, also Kegelschnitte sind.

Was kann sich nun also wohl im Walde unter dem dichten Laubwerk zutragen?

Es ist schwer zu bestimmen, aber man kann sich trotzdem im Geiste das Spiel der Linien vorstellen, die aus all den Kegelschnitten, denen sich Parabel und Hyperbel, in enger Verbindung mit den zissoidischen und kaustischen Linien, anschließen, entstehen müssen.

Populärer und einfacher gesprochen: hat das Efeublatt dadurch, daß es das so lichtempfindliche Blattgrün des Zyklamenblattes bedeckte, ein bestimmtes Bild hervorgerufen?

Diese Frage darf der Anhänger der mechanischen Theorie stellen. Ein anderer würde sich mit Recht mit Bernardin de Saint-Pierre und Elias Fries fragen können: Hat sich das Zyklamen vielleicht am Efeu versehen, und davon gleich den schwangeren Frauen etwas wie einen Flecken oder ein weinrotes Muttermal behalten?

Die Sonne ist bekanntlich ein wunderbarer Photograph. Man sehe das Innere der Rose, das durch seine Hohlspiegel seine gelben Strahlen in kaustischen Figuren auf den Beutel der Staubgefäße projiziert. Man betrachte die Zeichnung der Kleeblätter und versuche einmal, ob man sie nicht elliptisch konstruieren kann. Man denke an den Rücken der Makrele, darauf die grünen Wellen des Meeres auf Silber photographiert sind.

Man staune endlich, und nicht am geringsten über die Winden, deren Blütenknospen die des Getreides, besonders die Deckblätter des Hafers, in einer so irreführenden Weise nachahmen, daß, wenn man sie beide zeichnet, der Unterschied gleich Null ist. Tausende von Jahren hindurch zusammen gesät, gewachsen und gemäht, können sie sehr wohl einen Eindruck voneinander empfangen haben.

Francis Bacon sagt folgendes: Allzustarkem Sonnenlicht ausgesetzt, verwandelt sich die Basilika in *Thymus Serpyllum*. Und außerdem: Man mische Portulaka- und Lattich-Samenkörner und sehe, ob sie nicht Geruch und Geschmack vertauschen.

De Candolle macht darauf aufmerksam, daß eine Rose stärker duftet, wenn eine Zwiebel daneben wächst, ein Vorgang, der sich durch die organische Chemie erklären läßt, indem das Propion [C3H4] der Zwiebel auf das Äthylen der Rose [C^{2}H4] heruntergeht.

Wenn man jedoch mit Bernardin de Saint-Pierre glaubhaft machen will, daß die Sonnenblume die höchste Stufe der Pflanzenarten erreicht habe, weil sie das Bild der Sonne, mit ihrer Scheibe, ihren Strahlen und ihren Flecken, wiederzugeben vermöge, so ist das, bevor man es nicht physikalisch erklären kann, Mystizismus.

Das kleine Zyklamen hat also seine kleinen Geheimnisse; wieviel große Geheimnisse mag da das unendliche All nicht noch bergen.

Der Totenkopf (Acherontia Atropos)

Versuch eines wissenschaftlichen Mystizismus

Der Weißfisch, der sich an der Oberfläche der Gewässer, beinahe in freier Luft, aufhält, ist an den Seiten silberweiß und nur am Rücken blau. Das Rotauge, das niedrige Gewässer aufsucht, beginnt sich schon meergrün zu färben. Der Barsch, der sich in mittlerer Tiefe hält, hat sich bereits verdunkelt, und seine Seitenstreifen geben die Verzierungen der Fluten in schwarzer Zeichnung wieder. Der Karpfen und die Flunder haben, von dem Schlamm, in dem sie sich eingraben, ihre olivgrüne Farbe. Die Makrele, die in höheren Regionen gedeiht, gibt auf ihrem Rücken die Linien der Wellen so wieder, wie sie ein Marinemaler malen würde. Die Goldmakrele endlich, welche sich in den Sturzwellen des Meeres, deren Sprühregen die Sonnenstrahlen bricht, hin und her rollt, ist gar zu Regenbogenfarben übergegangen, die auf Silber- und Goldgrund stehen.

Was ist dies andres als Photographie? Auf seiner Brom- oder Chlor- oder Jodsilberplatte – denn das Meerwasser enthält diese Salze – oder auf seiner silbergesättigten Eiweiß- oder besser noch Gelatineplatte verdichtet der Fisch die durch das Wasser gebrochenen Farben. Taucht man ihn in einen Entwickler von schwefelsaurer Magnesia (oder schw. Eisen), so ist im *statu nascenti* die Wirkung so stark, daß geradezu Heliographie entsteht. Und der Fixator von unterschwefelsaurem Natron braucht da nicht weit zu sein, da sich der Fisch ja in Chlornatrium und schwefelsauren Salzen aufhält und zudem noch sein gut Teil Schwefel mitbringt.

Das ist unzweifelhaft mehr als ein bloßes Gleichnis. Zugegeben selbst, daß das Silber der Fischschuppen kein Silber sei, so enthält doch das Meerwasser immer noch Silberchloride, und der Fisch ist fast nur eine einzige Gelatineplatte.

Gewiß, es gibt für diese graphischen Reproduktionen der Natur auch noch andere als chemische Ursachen. So ist das Fell des Leoparden voller Flecken, die wie fünfklauige Vorderfußspuren von Katze oder Hund aussehen. Vielleicht ist einmal vor unvordenklichen Zeiten ein schwangeres Weibchen von Hunden oder Katzen angegriffen worden, und die Kleinen haben jene Flecken als „Muttermale," wie sie die Embryologie kennt, mitbekommen?

Haeckel erzählt einmal, daß ein Stier, der durch das Zuwerfen einer Stalltür seinen Schweif verloren, Erzeuger einer neuen schweiflosen Rindviehrasse geworden sei. Der Zufall in der Entstehung der Arten ...

Als ich den Totenkopf oder die *Acherontia Atropos*, jenen Schmetterling, dessen Brustschild das Bild eines menschlichen Schädels weist, beim Händler kaufte, erblickte ich ihn zum ersten Male. Erstaunt, es weit deutlicher zu sehen, als ich es für möglich gehalten hätte, begann ich ihn zu studieren.

Und ich las: In der Bretagne sagt man ihm nach, daß er den Tod verkünde. In Unruhe versetzt, gibt er einen klagenden Laut von sich; die Raupe nährt sich von Nachtschatten, Jasmin und Stechapfel, Datura Stramonium, und verpuppt sich in einem zusammengewachsenen Gehäuse tief in der Erde.

Es fanden sich da viele Beziehungen zum Tode: Die Ankündigung des Hinscheidens, der traurige Gesang, der tödliche Saft des Stramonium, die Einerdigung der Raupe.

Leser, ich bin keine abergläubische Natur, aber, wenn mir nach diesen Aufschlüssen der berühmte Physiker und Insektenkenner Réaumur von dem Totenkopf erzählen mußte, daß er periodisch und vor allem zu Zeiten der großen Epidemien erscheint, so wirst du verstehen, daß ich die Natur dieses Schmetterlings und seine Beziehungen zu seinem Totengewand zu Gegenständen meines Nachdenkens gemacht habe.

Zunächst also nährt sich die Raupe von Nachtschatten- und Stechapfel-Alkaloiden, zwei mit dem Alkaloid des Opium verwandten, aber auch Leichengiften, wie den Verwesungs-Alkaloiden und den Giften in den menschlichen Geweben nahestehenden Pflanzenbasen. Diese Gifte strömen unter anderen Jasmin-Rosen- und Moschusgerücheaus.

Es gibt sogenannte Aaspflanzen (Arum, Stapelia, Orchis ac.), welche nach Leichen riechen, von einer leichenartigen Farbe sind und Insekten anziehen, welche sich von Aas nähren. Könnte da nicht logischerweise der Totenkopf die Stätten aufsuchen, wo Epidemien wüten und Körper in Zersetzung begriffen sind?

Dazu kommt noch, daß das Nachtschatten-Alkaloid ein narkotisches Gift ist. Sollte vielleicht deshalb der Schmetterling Tag und Nacht schlafen und nur zur Dämmerzeit aufleben und sich fortpflanzen?

Das andere, das Stechapfel-Alkaloid, setzt sich aus den beiden Alkaloiden der Belladonna und des schwarzen Bilsenkrautes zusammen; das Alkaloid der Belladonna erweitert die Pupille oder macht zum mindesten das Tageslicht unerträglich. Rührt vielleicht die Dämmerungsnatur des Totenkopfes daher, daß er sich vor der Sonne fürchtet und zugleich des Nachts durch die einschläfernde Wirkung des Hyoszyamin, des Bilsenkrautgiftes, zu schlafen gezwungen wird? Es scheint so. Das Hyoszyamin ruft außerdem die unangenehme Begleiterscheinung hervor, daß sein Opfer alle Gegenstände vergrößert sieht. (Megalopsie.)

Denken wir uns nun einen Totenkopf, wie er sich, durch seinen Geruchsinn irregeführt, auf Kirchhöfe, Schindanger, nach Schafotten und Galgen verirrt, wo er nun überall menschliche Schädel in fürchterlicher Vergrößerung erblickt und fragen wir uns, ob dies auf die Nerven eines Schmetterlings nicht wirken kann, der so eindrucksempfänglich ist, daß er Klagetöne ausstößt, wenn man ihn verfolgt, eines Schmetterlings, der sich im doppelten Taumel verliebter Brunst und verwirrenden Bilsenkrautrausches, in doppelter Trunkenheit, gleichsam in höchster Hysterie befindet.

Ich gebe zu, der Schritt ist beträchtlich, aber der große Forscher, der die Ähnlichkeit zwischen den Schmetterlingen und den Blumen aufgezeigt hat, und der an eine Ähnlichkeit der Pflanzen untereinander aus gegenseitiger Gunst glaubte, würde angesichts der hohen psychischen und moralischen Entwickelung der Insekten vor einem ebenso natürlichen wie logischen Schluß nicht zurückgewichen sein.

Eben habe ich diese Zeilen geschrieben, da lese ich bei Bernardin de Saint-Pierre, daß der Totenkopf wegen seines schmerzlichen Gesanges „Haïe“ genannt wird.

Welcher Laut dieses „Haïe!“ Der Schmerzensschrei aller Völker der Erde; der Schrei des Elends, das sich über die Bitterkeit des Daseins beklagt, der Weheruf

Apollos um seinen toten Freund Hyazinthus, den er in den Kelch der Blume zeichnete, die seinen Namen trägt.

Es gibt übrigens noch eine andere Pflanze, in deren Kelch jenes „Haïe“ sich findet, und wir haben es alle gelesen, bevor wir noch lesen konnten. Ich meine den Garten-Rittersporn, das *Delphinium Ajacis*, von dem der große Evolutionist Ovid behauptet, es sei dem Boden entsprossen, den Ajax mit seinem Blute gedüngt habe.

Die Blausäure des blauen Rittersporn ein Produkt aus dem Blut und dem Eisen des Ajax: Eisenblausäure! Man möchte meinen, Ovid sei ein Chemiker gewesen.

Aber Bernardin fügt hinzu: Der Flügelstaub dieses Schmetterlings ist dem Auge sehr schädlich.

Ich habe unter dem Mikroskop diesen Staub mit Reagenzien behandelt, und sie haben ein Pflanzenalkaloid gezeigt, also ein Alkaloid wie das Atropin, das Strychnin usw., was auch nicht wunderbarer ist, als daß die Sandkäfer Triethylphosphin oder die spanischen Fliegen Kantharidin, den nahen Verwandten des Digitalin, hervorbringen.

Wenn ich mich gegen diese Verführungen, eine Beziehung zwischen der Ausstattung des Totenkopfs und der Art seines Daseins zu finden, skeptisch verhalte, erkenne ich klar die Methode, deren ich mich bereits bedient habe.

Zunächst sage ich, es ist eine bedeutungslose Kaprize der Natur. Gut. Aber warum einer Natur das Recht auf Kaprizen absprechen, die eine neue Rindviehrasse erzeugt, weil ein unachtsamer Hirt ein Tor zuwirft, und ein Stier dabei seines Schweifes verlustig geht?

Oder nehmen wir die Kaprize als vorhanden an, aber sagen wir dann auch in diesem Fall: Gut, es ist eine Kaprize, aber noch lange kein Wunder, daß ein Insekt sein Äußeres der Umgebung anpaßt, wie wir das vom Eichenblatt-Falter wissen, der das Aussehen eines dürren Blattes angenommen hat, um sich leichter verbergen zu können.

Das ist durchaus kein Wunder, aber ein unbestreitbares Wunder ist die Verwandlung der Raupe in die Puppe, denn das kommt der Auferstehung der Toten gleich.

So unterliegen bei den Insekten die Larvengewebe während des unbeweglichen Zustandes der Nymphe dem Gewebeschwund, d. h. der fettigen Entartung oder der phylogenetischen Nekrobiose.

Also: Die Raupe unterliegt in ihrer Puppe demselben Prozeß, wie die Leiche in ihrem Grabe, wo sie sich in ammoniakhaltiges Fett verwandelt.

Nun, Nekrobiose heißt Tod-Leben, und die Physiologen sagen von ihr: Nekrobiose ist die Form des Todes, welche der Verkäsung (der Tuberkelbildung) vorausgeht.

Wie also, –: Die Raupe in ihrer Puppe ist tot, in eine unförmliche Fettmasse verwandelt, und lebt trotzdem und feiert in einer höheren, freieren und schöneren Form ihre Auferstehung.

Was ist also Leben und Tod? Dasselbe. Bedenkt, wenn die Toten nicht tot, und Unzerstörbarkeit der Kraft und Unsterblichkeit eins wären!

Man beobachte hier vor allem den seelischen Hochmut und die Vermessenheit eines Geistes, der sich seines durchdringenden Scharfblickes bewußt geworden ist. Der Entdecker fühlt sich eins mit dem Schöpfer; er hat – wie ein rechter Pantheist sagen würde – an der Erschaffung der Welt mitgearbeitet.

Um die Zeichnung des chaotischen Zustandes meiner Seele zu vollenden, gebe ich hier meine Kirchhofsstudien wieder, wo mein durch Leid und Einsamkeit geläutertes Ich zu unbestimmten Begriffen Gottes und der Unsterblichkeit zurückkehrt.

Kirchhofstudien

1

Seit meinem ersten Morgenspaziergang auf dem Kirchhofe von Montparnasse ist ein Jahr verflossen. Ich habe gesehen, wie die Blätter der Ulmen und Linden fielen, und wie alles wieder grün wurde und die Glyzinien und Rosen auf dem Grabe Theodor de Banvilles blühten; ich habe dem verführerischen Gesang der Amsel unter den Zypressen gelauscht, und wie die Tauben ihre Paarzeit auf den Grabmälern feierten.

Nun werden die Linden wieder gelb, die Rosen verwelken, und die Amsel singt nicht mehr; nur ein höhnendes Gelächter stößt sie aus über Lenz und Liebe von einst. Freilich, sie werden wiederkehren. Denn auch der kotige Herbst und der schmutzige Winter werden vergehen, wie alles vergeht.

Ich trete in den Kirchhof ein, und der lärmende Eintag des Montparnasse-Viertels liegt hinter mir. Noch verfolgen mich die ungesunden Träume der Nacht, aber ich nehme sie nicht mit hinein. Der Lärm der Straßen erstirbt, und der Friede des Todes tritt an seine Stelle.

Zu dieser frühen Morgenstunde immer allein, habe ich mich daran gewöhnt, den Friedhof als meinen Lustgarten zu betrachten, so daß ich – gleich den Toten – einen zufälligen Besucher als einen Eindringling empfinde.

Dieses ganze Jahr über habe ich nie einen Freund oder eine Freundin hierher geführt, so daß keinerlei Erinnerung an irgendwen sich in meine persönlichen Eindrücke mischt. Ich gehe die Allee Lenoir hinauf, die gleich der Allee Raffet mit Zypressen besetzt ist, und begrüße meine Lieblinge Orfila, Thierry und Dumont d'Urville. Ein stolzes Machtgefühl überkommt mich, wenn ich so diese geraden Baumreihen durchwandele, die wie Grenadiere in grünen Pelzmützen zu präsentieren scheinen. Wenn ein wenig Wind weht, beugen sie sich und bringen auf beiden Linien ihren Gruß dar, indes ich stolz wie ein Marschall die Allee zu Ende schreite. Da lese ich Tag für Tag auf einem Leichenstein: „Boulay war gewiß ein braver und ehrenhafter Mann." (Napoleon.)

Ich kenne Boulay nicht und will ihn nicht kennen, aber daß Napoleon sich alle Morgen von jenseit des Grabes an mich wendet, erfreut mein Herz, und ich dünke mir einer seiner Vertrauten zu sein.

Diese tausende von Gräbern zwischen den Zypressen, bedeckt mit Blumen, die auf den harten Steinen gewachsen sind, von Leichnamen genährt und von aufrichtigen oder erheuchelten Tränen begossen! Diese kleinen wie Puppenhäuschen geschmückten Kapellen in dem großen Garten, dazwischen die unzähligen Kreuze, welche abweisend die Arme gegen den Himmel ausstrecken, als riefen sie laut: *O crux, ave spes unica*! Es ist, so scheint es, die Generalbeichte der leidenden Menschheit. Inmitten des Laubes, hier, dort, überall das kurze: *Spes unica*! Und umsonst bemühen sich die Büsten der kleinen Rentiers mit und ohne Kreuz der Ehrenlegion darzutun, daß es noch eine Hoffnung über den Tod hinaus gebe.

Man hatte mir von diesen häufigen Besuchen abgeraten, da sie wegen der miasmengeschwängerten Luft gefährlich seien. In der Tat hatte ich einen gewissen Nachgeschmack von Grünspan, der mir noch ein paar Stunden nach meiner Rückkehr nach Hause auf der Zunge blieb. Die Seelen, oder vielmehr vergeistigten Körper, hielten sich also schwebend in der Luft; so konnte ich mich wohl versucht fühlen, sie zu fangen und zu analysieren. Mit einem mit flüssigem essigsaurem Bleisalz gefüllten Fläschchen versehen, beginne ich denn auch wirklich diese Jagd auf Seelen oder vielmehr Körper, und die entkorkte Phiole krampfhaft in der Hand, ködere ich wie ein sorgloser Vogelsteller meine Beute.

Zu Hause filtriere ich den reichlichen Niederschlag und bringe ihn unter das Mikroskop.

Armer Gringoire! Bestand vielleicht aus diesen kleinen Kristallen der Gehirnmechanismus, der mich in meiner Jugend für den armen Dichter voreilig schwärmen machte, war er es, der zugleich die Liebe eines jungen hübschen Mädchens anzuziehen vermochte? Braver, ehrenhafter Boulay (der du den Kodex redigiertest, wie ich jetzt erfahren habe), solltest du es wohl sein, den ich da mit meiner Fliegenklappe gefangen? Oder du, d'Urville, der du mich während der langen Winterabende, weit von hier, unter dem Nordlicht in Schweden, zwischen Fuchtel und Schulbank meine erste Reise um die Welt machen ließest?

Da sie nicht antworten, gieße ich einen Tropfen Säure auf mein Objekt. Die tote Materie bläht sich auf, bewegt sich unruhig hin und her, beginnt zu leben, haucht einen fauligen Geruch aus, beruhigt sich wieder und stirbt. Ich kann ohne Zweifel die Toten erwecken, aber ich will es nicht noch einmal wiederholen, denn die Toten haben verdorbenen Atem, wie Wüstlinge nach einer durchschwelgten Nacht. Schlafen sie denn nicht ganz fest da unten und harren der Auferstehung?

Seit zehn Jahren bin ich Atheist! Ich weiß selbst nicht recht warum! Das Leben langweilte mich, und ich mußte doch das Neue mitmachen. Jetzt, da das Neue alt geworden ist, möchte ich nichts mehr davon wissen, alle Fragen unentschieden lassen und warten.

Seit acht Monaten betrachte ich auf dem Friedhof ein schönes Denkmal. Sarkophag, Grab, Gewölbe, Mausoleum, Kenotaphion, Urne, alles im schönsten altrömischen Stil. Es ist in rotem Granit ausgeführt und trägt keine Inschrift. Ich habe es lange mit der zerbrochenen Säule, dem „Erinnerungsdenkmal aller derer, die kein eigenes Denkmal haben“, verwechselt. Welches Geheimnis liegt da verborgen? Eine stolze Bescheidenheit, die den Fremden zu fragen zwingt oder voraussetzt, daß er es bereits wisse? Am andern Tage blieb ich, tief in meine einsamen Gedanken versunken, vor einer Tafel stehen, die den Namen der Quer-Allee trug, in der das Denkmal des großen Namenlosen lag: Allee *Chaveau-*

Lagarde. Wie ein Blitz durchfuhr es mein Gehirn, und dann fiel die Nacht des Vergessens völlig. Ich sah den Sarg an, der rot und gelb war wie von geronnenem Blut und wiederholte „Chaveau-Lagarde“, wie man den Namen einer bekannten Persönlichkeit vor sich hin sagt.

Wahrscheinlich verdankte die Allee ihren Namen diesem Chaveau-Lagarde … Rue Chaveau-Lagarde, hinter der Magdalenenkirche, halt! Der geheimnisvolle Mord an einer Greisin, 1893, Rue Chaveau-Lagarde… rot von geronnenem Blut … und die beiden Mörder blieben unentdeckt!

Gewohnt, alle Vorgänge in meiner Seele zu beobachten, erinnere ich mich, wie ich von einem ungewöhnlichen Schrecken gepackt wurde, während Bilder in bunter Folge wie Vorstellungen eines Wahnsinnigen mich durchjagten. Ich sah den Verteidiger Ludwig XVI. und im Hintergrund die Guillotine; ich sah einen großen, von grünen Hügeln gesäumten Strom, eine junge Mutter, die ein kleines Mädchen das Wasser entlang führt; dann ein Kloster mit einem Altarbild von Velasquez; ich bin zu Sarzeau, im Hotel Le Sage, wo es eine polnische Ausgabe des Hinkenden Teufels gibt; ich bin hinter der Magdalenenkirche, Rue Chaveau-Lagarde …; ich bin im Hotel Bristol in Berlin, von wo ich eine Depesche an Lavoyer, Hotel London, sende; ich bin in Saint Cloud, wo eine Frau mit einem Rembrandthut sich in Kindesnöten windet; ich sitze im Café de la Regence, wo der Kölner Dom in Rohzucker ausgestellt ist, … und der Kellner gibt an, daß er von Ranelagh und dem Marschall Berthier erbaut sei…

Was war das? Ich weiß nicht! Ein Sturm von Erinnerungen und Träumen, vom Anblick eines Leichensteins entfesselt und durch mein feiges Erschrecken wieder verscheucht! Doch wenn dieses Grab auch nicht Chaveau-Lagarde bergen sollte, was ich ja nicht weiß, so birgt es vielleicht ein Geheimnis, das mein eigenes Grab einst lüften wird!

Nichts ereignet sich in diesem Bezirk des Todes, ein Tag fließt dahin wie der andere, und nur wenn die Vögel brüten, wird es laut in der Stille. Es ist wie ein blühendes Eiland mitten im Meer; von ferne her tönt es wie Murmeln von Wogen. Eine Insel der Seligen, ein großer Spielplatz, auf dem die Kinder Blumen und Spielzeug zusammengetragen, und wo sie Kränze aus den Perlen des Strandes gereiht haben …; und mit allerlei Flitter gezierte Kerzen brennen dazwischen … Aber die Kinder haben die Flucht ergriffen und der Spielplatz ist leer …

Da, eines Morgens im Monat Juni entdecke ich ein junges Weib, das die große Allee auf und ab geht. Sie ist keine Leidtragende, sondern scheint auf jemanden zu warten, und ihre unruhigen Blicke haften am Haupteingang, der so viele aufnimmt, um sie niemals wieder zu entlassen.

Ein verfehltes Rendezvous, und in der Wahl des Ortes nicht sehr heiter, denke ich mir und verlasse den Friedhof.

Am nächsten Morgen traf ich sie wieder an. Es war herzzerreißend! Sie sah auf die Straße, ging hin und her, blieb stehen, horchte, spähte.

Jeden Morgen traf ich sie so, und sie ward immer bleicher; der Schmerz hat ihr Gesicht veredelt. So wartet sie, aber der Elende kommt nicht.

Eine Reise entführte mich auf fünf Wochen in ein entferntes Land. Als ich zurückkam, hatte ich alles vergessen. Ich betrete meinen Friedhof und bemerke inmitten der großen Allee das verlassene Weib. Sein abgemagerter Körper zeichnet sich gegen ein Kreuz ab, als ob es gekreuzigt wäre, und über ihm steht das alte: *O Crux, ave spes unica!*

Näher kommend sehe ich die Zerstörung, welche diese kurze Spanne Zeit in ihrem Gesichte hervorgerufen hat. Mir ist, als sähe ich unter der weißen schweigsamen Leinwand einen Leichnam, den sie eben in einem Krematorium verbrannt haben. Alles ist noch da und macht den Eindruck der menschlichen Gestalt, aber alles ist Asche und ohne Leben.

Oh, glaubt mir, sie ist erhaben in ihrem nicht kleinen Leid! Von Sonne und Regen sind die Farben ihres Mantels verschossen, die Blumen ihres Hutes sind mit den Linden gelb geworden; selbst ihre Haare haben sich verfärbt ... So wartet sie nun, Tag aus, Tag ein! Ist sie vielleicht wahnsinnig? Jawohl, ein Opfer jenes großen Wahnsinns „Liebe“! Vergeblich erwartet sie die Umarmung, die ein neues Leben in ihr erwecken soll und mit ihm – neues Leiden. Und so stirbt sie langsam dahin.

Ein Zugeständnis auf Lebenszeit? Warum nicht auf Ewigkeit! wenn die Materie unsterblich ist?

Ich möchte wieder fromm werden, aber wie soll ich es werden ohne ein Wunder. Zwar vor einigen Tagen war ich sehr nahe daran. Ein Gewitter war im Anzuge, die Wolken ballten sich zusammen, die Zypressen schüttelten drohend ihre Häupter und wurden nicht müde, mir ihre Verbeugungen zu machen. Napoleon erklärte noch immer, daß Boulay ein braver und ehrenhafter Mann war; die

Tauben paarten sich auf einem Steinkreuz; die Toten atmeten Schwefelgerüche aus, und die Miasmen schmeckten nach Kupfer.

Plötzlich veränderten die Wolken ihre wagrechte Lage und nahmen die Gestalt des Löwen von Belfort an. Dann drehten sie sich mit einem Male, wie ein Tier auf seinen Hinterbeinen, um, und richteten sich senkrecht in die Höhe. Nie habe ich etwas Ähnliches gesehen außer auf Gemälden des jüngsten Gerichts. Jetzt lösen die schwarzen Figuren sich auf und die Form der Gesetzestafel Mosis erscheint ungeheuer, doch deutlich umrissen am Firmament. Und diese eisengraue Tafel spaltet ein Blitz und reißt in sie den deutlich lesbaren Namen Javeh, d. i. Gott der Rache!

Der atmosphärische Druck bog mir die Knie. Aber keine andere himmlische Stimme ward vernehmbar als das Rollen des Donners, und so kehrte ich wieder nach Hause zurück.

2

Wiederum ist der Herbst im Land; die Linden werden kahl, ihre herzförmigen Blätter flattern raschelnd zu Boden und knistern unter meinen Schuhen, die meinen stolzen Schritt über die dürren, krachenden Herzen dahintragen.

Mir zu Häupten im hohen Gewölk klingt es in fremden und doch wieder vertrauten Tönen. Ich muß an ein Jagdhorn denken, so schwellen sie an und klagen und verwehen. Und ein altes schwedisches Lied, töricht und lieblich wie ein Kindermärchen, klingt in mir auf.

Rauscht mein Lindenbaum noch?
Singt meine Nachtigall noch?
Weint mein Töchterlein sehr?
Lächelt mein Weib noch je?

Dein Lindenbaum rauscht nicht mehr.
Deine Nachtigall singt nicht mehr.
Dein Töchterlein weint Tag und Nacht,
Dein Weib lächelt nie mehr, nie mehr.

Die wilden Gänse des Nordens sind es, die mich auf ihrer Wanderschaft nach wärmeren Ländern und weiteren Himmeln begrüßen.

Der Nachtwind fährt durch die Linden und – o Wunder! – die für das kommende Jahr bestimmten Knospen sind aufgebrochen, und die schwarzen Gerippe grünen wieder wie Aarons Stab. Also die Friedhofslinden fangen an, unsterblich wie die Ewigen zu werden, „ *semper virens,*“ Dank den Toten, die sie mit ihren Körpern und Seelen nähren.

„Das organisierte Wesen entnimmt seiner Umgebung unablässig neue Moleküle und läßt sie aus dem Zustand des Todes in den des Lebens übergehen. Wenn eines dieser Moleküle uns seine Geschichte erzählen wollte ... Seit die Erde steht, würde es vielleicht sagen, habe ich gar merkwürdige Wanderungen gemacht. Zuerst war ich ein Grashälmchen, dann wurde ich von den Wurzeln einer mächtigen Eiche aufgesogen; dann ward ich eine Eichel, und ach! gefressen durch wen? dann wurde ich eingesalzen, um eine lange Reise zu machen, dann verdaute mich ein Matrose, dann ward ich Löwe, Tiger, Walfisch; endlich kam ich in eine kranke junge Brust usw.“

Es ist J. Rambosson in seinen Pflanzenlegenden, der mir auf diese Weise in meinen transmutatorischen Spekulationen recht gibt. Als ich beim Grabe Banvilles vorbeikomme, frage ich mich, warum die Freunde des Verstorbenen Rosen und Jasmin darauf gepflanzt haben. Wenn es der Wille des Verstorbenen war, hat er dann gewußt, daß die Leichengifte nach Rosen, Jasmin und Moschus riechen? Ich glaube nicht, aber ich möchte fast glauben, daß wir in den Augenblicken am weisesten sind, wo wir am wenigsten wissen.

Warum übrigens all die Blumen auf den Gräbern? Die Blumen, diese Lebendig-Toten, mit ihrem seßhaften Leben, die sich gegen niemanden zur Wehr setzen, eher leiden als schaden, und sich dabei sinnlich zu lieben scheinen, vermehren sich ohne Kampf und sterben ohne zu klagen. Es sind höhere Wesen, die den Traum Buddhas verwirklicht haben, nicht zu wünschen, alles zu ertragen, und sich in selbstgewählter Beschränkung auf sich allein zurückzuziehen.

Deshalb ahmen vielleicht die weisen Hindus das passive Dasein der Pflanze nach, und enthalten sich, mit der Außenwelt, sei es selbst durch ein Zeichen, einen Blick oder ein Wort, in Verbindung zu treten.

Ein Kind fragte mich einmal: „Warum singen die schönen Blumen nicht auch, wie die Vögel?“

„Sie singen,“ erwiderte ich, „aber wir können sie nicht hören.“

Ich hielt vor dem Relief Banvilles.

Kann man in diesem Rentiergesicht mit seinen aufgeblasenen Backen, seinen fleischigen Gourmand-Lippen und seinen Geizhals-Augen eine Spur von Rosen und Jasmin entdecken? Nein, das kann nicht der Dichter Gringoires sein! Das muß ein anderer sein! Aber wer?

Ich erinnere mich der Büste Boulays. Diese Gnomennase, dieser Mund, boshaft wie der eines alten Zauberers, diese verschmitzte Bauernmiene – nein, das kann doch nicht der brave und ehrenwerte Boulay sein!

Und Dumont d'Urville, der gelehrte Natur- und Sprachforscher, der kühne und kluge Entdecker! Was der Künstler da gemacht hat, ist das Gesicht eines ganz gemeinen Wechselagenten. Was ist das? Trägt der Mann eine Maske?

Ich rufe mir die Bilder der großen Zeitgenossen zurück: Darwin ein Orang-Utan; Dostojewski der anerkannte Typus eines Galeerensträflings; Tolstoi ein Straßenräuber; Taine ein Börsianer; ... genug!

Nun, sie haben alle zwei Gesichter, zum mindesten zwei, unter ihrer mehr oder weniger behaarten Haut. Eine römische Legende erzählt uns, daß die äußere Schönheit Jesu Christi ohnegleichen, aber in Augenblicken des Zornes von einer abschreckenden, ja bestialischen Häßlichkeit gewesen sei.

Sokrates mit seiner Faungestalt und einem Gesicht, auf dem alle Laster, alle Verbrechen sich spiegelten, lebte wie ein Heiliger und starb als ein Held.

Der hl. Vincent de Paul, der alles dahingab und sich aufopferte, sah aus wie ein verschmitzter und boshafter Dieb.

Woher diese Masken? Sind sie das Erbe eines früheren irdischen oder überirdischen Daseins?

Vielleicht hat Sokrates die Lösung in seiner berühmten Antwort an seine Verleumder gegeben, als sie ihm sein Verbrechergesicht vorwarfen:

„Wie groß also, denkt euch, muß meine Tugend gewesen sein, wenn sie mit so vielen schlechten Anlagen zu kämpfen hatte!“

In freier Anwendung: Die Erde ist eine Bußkolonie, in der wir die Strafe der Verbrechen erleiden, die wir in einem früheren Dasein verübten, und deren schwache Erinnerung unser Gewissen mahnt, uns zu beständigem Streben nach Veredelung anzufeuern. Folglich sind wir alle Verbrecher, und der Pessimist, der immer Übles von seinem Nächsten denkt und spricht, hat nicht unrecht. Heute morgen verletzte in der Allee Lenoir eine Kleinigkeit mein Schönheitsgefühl. Die geraden Reihen der Zypressen waren durch den Wipfel eines Baumes gestört, der über den Weg gestürzt war. Vom Winde geschüttelt, winkt er mir, stehen zu bleiben, ich verlangsame meine Schritte und mache halt. Eine schwarze Amsel, die in den Zweigen versteckt war, fliegt schwatzend auf und setzt sich auf ein steinernes Kreuz am Wege. Wir betrachten uns gegenseitig. Sie pickt auf das Kreuz, um meine Aufmerksamkeit darauf zu lenken, und ich lese die Grabschrift: „Wer mir folgt, wird nicht in Finsternis wandeln."

Der schwarze Vogel erhebt sich und fliegt zwischen den Gräbern hindurch, und ich gehe ihm gedankenlos nach. Er setzt sich auf das Dach einer kleinen Kapelle, über deren Tor die Worte stehen: „Eure Traurigkeit wird sich in Freude verkehren."

Mein Führer stiegt auf und führt mich mit seltsamem Flöten, das ich gern verstehen möchte, weiter in das Gräberlabyrinth hinein. Als er endlich bei einem Holunderstrauch verschwindet, stehe ich einem Mausoleum gegenüber, das ich noch nie beachtet habe. Es ist ein Künstlertraum, eine Dichtervision, oder noch mehr eine halbvergessene und durch die Tränen der Liebe wieder belebte Erinnerung! Ein Hautrelief stellt auf goldenem Grunde ein sechsjähriges Kind dar, das ein Engel über Wolken gen Himmel führt.

Kein Schimmer von Verbrechertypus zeigt sich in diesem Kindergesicht mit seiner vollkommenen Heiterkeit und seinen großen Augen, die viel eher geschaffen sind, Schönheit und Güte auszustrahlen, als diese unreine Welt zu betrachten. Das Näschen ist durch die Gewohnheit, das Köpfchen an der Brust der Mutter zu bergen, an der Spitze leicht eingedrückt.

Es sitzt mit seinen muscheligen Flügeln wie ein reizendes Ornament über dem herzförmigen Mündchen, nicht um nach irgendeiner Beute zu wittern, noch um gute oder schlechte Düfte zu riechen, ja es ist gar kein Organ: es ist Schönheit um der Schönheit willen.

Es ist das Kind vor dem Ausfall der Zähne, dieser Perlen ohne irgendeinen anderen ersichtlichen Nutzen, als ein Lächeln leuchtender zu machen.

Und das soll nun vom Affen herstammen! Zwar, gestehen wir's nur, daß der gealterte Mensch mit seinem behaarten Körper, faltigen Gesicht, hervorstehenden Zähnen, gekrümmten Rücken und gebogenen Knien sich dem Affenartigen wieder nähert, es sei denn, sein Äußeres sei nur eine Maske. Ein Fortschritt im entgegengesetzten Sinne?

Oder wie? Hat es das goldene Zeitalter Saturns gegeben und sind wir von diesen Glückseligen degeneriert, die wir nie vergessen können, und deren Verlust das Kind bei seiner Ankunft in einer Welt, in der es heimatlos ist, weinend beklagt.

Weiß man, was man tut, wenn man die Kinder mit Milch und Honig und später mit mehr oder weniger goldenen Früchten nährt? Wenn man sie an das goldene Zeitalter erinnert, wo:

> Flumina jam lactis, jam flumina nectaris ibant
> Flavaque de viridi stillabant ilice mella.

Warum erzählt man den Kindern diese Geschichten vom Schlaraffenland, von Kobolden, Zwergen und Riesen, ohne ihnen zu sagen, daß das alles Lüge ist? Warum stellen diese Spielsachen Ungeheuer und Engel, vorsintflutliche Tiere und verunstaltete Pflanzen vor, die es nicht gibt?

Wäre die Wissenschaft aufrichtig, sie würde antworten: Um dem Kinde über seine Phylogenie hinwegzuhelfen, das heißt die Wiederholung seiner vergangenen Zustände, wie es vor der Geburt seine tierische Entwickelung durchläuft.

Die von ihrem Flug zurückkehrende Amsel lockt mich mit ihrem hellen Ruf. Von einem eisernen Gitter herab zeigt mir ihr Schnabel einen Gegenstand, dessen Form und Farbe ich nicht zu unterscheiden vermag. Als ich mich nähere, erhebt sich der Vogel und läßt seine Beute auf dem Geländer zurück. Es ist eine Schmetterlingspuppe, jene einzig dastehende Bildung der Natur, die im ganzen Tierreiche keine formale Analogie hat.

Ein Schreckbild, ein Ungetüm, eine Tarnkappe, weder Tier noch Pflanze noch Stein; ein Leichentuch, ein Grab, eine Mumie, nicht *geworden*, denn sie ist ohne Ahnen hier unten, sondern offenbar geschaffen.

Der große Schöpfungskünstler hat sich im Gefühl seiner Meisterschaft einmal darin gefallen, etwas Zweckloses zu bilden, *l'art pour l'art*, vielleicht auch wollte er ein Symbol schaffen. Ich weiß wohl, diese Mumie enthält nichts als aus Schleimhäuten ausgesonderten Schleim, in dem sich nicht die geringste Struktur findet, und der nach frischem Kadaver riecht.

Und diese Herrlichkeit ist mit Leben und Selbsterhaltungstrieb begabt, denn sie knirscht unter dem kalten Eisen und kann sich, zu sehr gerüttelt, mit Fäden festhalten.

Ein lebender Kadaver, der sicher auferstehen wird.

Und die andern da drunten, die sich in ihren Puppen verwandeln, die dieselbe Nekrobiose durchmachen, sie werden, nach der Weisheit der Akademien, diesen Abtrünnigen ihres eigenen Meisters, nicht mehr erwachen!? Man hat wohl vergessen, was Voltaire über die letzten Dinge bekannt hat! Nun ich, der Voltairianer, mache mir ein Vergnügen daraus, diesen Stein des Anstoßes neu aufzurichten und zu zitieren, wie dieser Skeptiker alles zuließ, indem er alles leugnete –:

„Die Auferstehung ist etwas ganz Natürliches; es ist nicht erstaunenswerter, zweimal als einmal geboren zu werden."

V. Der Fall und das verlorene Paradies

In diese neue Welt eingeführt, wohin niemand mir folgen kann, fasse ich einen Widerwillen gegen die anderen und fühle den unbezwingbaren Wunsch, mich von meiner Umgebung loszumachen. Ich benachrichtigte daher meine Freunde, daß ich in Meudon ein Buch, das Einsamkeit und Ruhe erfordere, schreiben wolle. Zur selben Zeit führten einige unbedeutende Zwistigkeiten einen Bruch mit dem Künstlerkreis des Restaurants herbei, so daß ich eines Tages gänzlich isoliert war. Die erste Folge davon war ein unerhörter Aufschwung meiner Lebensinstinkte, eine physische Kraft, die sich zu betätigen verlangte. Ich glaubte mich im Besitze grenzenloser Kräfte, und mein Hochmut gab mir die tolle Idee ein, den Versuch zu machen, ein Wunder zu tun.

In einer früheren Epoche und in den großen Krisen meines Lebens hatte ich beobachtet, daß ich eine Fernwirkung auf abwesende Freunde auszuüben vermochte. Man kennt aus den Volkslegenden die geheimnisvollen Beziehungen weit voneinander entfernter Personen, sei es im Traume, sei es im wachen Zustande durch Erscheinungen, sowie das Behexen einer Person durch eine andere. Ich möchte mich nun weder einer verbrecherischen Handlung beschuldigen noch mich davon ganz freisprechen, aber ich glaube jetzt zu wissen, daß mein Wille nicht so schlecht als der Rückschlag war, den ich davon empfing. Eine zehrende Neugierde, ein Ausbruch der durch die entsetzliche Einsamkeit hervorgerufenen verkehrten Liebe flößte mir eine übermäßige Sehnsucht ein, wieder mit meiner Gattin und meinem Kinde anzuknüpfen, da ich sie beide noch liebte. Aber wie das Mittel dazu finden, da der

Scheidungsprozeß schon im Gang war? Ein außerordentlicher Fall, ein gemeinsames Unglück, ein Donnerschlag, eine Feuersbrunst, eine Überschwemmung ... überhaupt eine Katastrophe, welche zwei Herzen vereinigt, wie im Roman sich Feinde am Krankenbette eines Dritten versöhnen ...! – Halt! da hatt' ich's! Am Krankenbett! Die Kinder sind immer etwas krank, die Empfindsamkeit einer Mutter übertreibt die Gefahr; eine Depesche, und alles ist gesagt.

Ich hatte keine Ahnung von Magie, aber ein unheilvoller Instinkt flüstert mir ins Ohr, ich müsse mit dem Bild meines geliebten Töchterchens, das später mein einziger Trost in einem verfluchten Dasein werden sollte, zu Werke gehen.

Ich will weiter unten die Folgen meines Manövers erzählen, in dem meine üble Absicht mit Hilfe symbolischer Operationen zu wirken schien.

Die Folgen ließen inzwischen auf sich warten und ich setzte meine Arbeiten im Gefühl einer unerklärlichen und von der Ahnung neuen Unheils begleiteten Disharmonie fort. Als ich abends allein vor meinem Mikroskop saß, begegnete mir ein Zwischenfall, der sich mir um so starker einprägte, als ich ihn nicht verstand.

Seit vier Tagen hatte ich eine Nuß keimen lassen und löste nun den Keimling los, der, herzförmig und nicht viel größer als das Kerngehäuse einer Birne, zwischen zwei Samenblättchen steht und an ein menschliches Gehirn erinnert.

Man stelle sich meine Erregung vor, als ich auf der Platte des Mikroskops zwei erhobene, wie zum Gebet gefaltete, alabasterweiße Händchen erblickte. Ist es nur eine Vision, eine Halluzination? Oh nein! Es ist niederschmetternde Wirklichkeit, die mich schaudern macht. Unbeweglich, wie zu einer Beschwörung sind sie gegen mich ausgestreckt; ich kann ihre fünf Finger zählen, der Daumen ist kürzer als die andern, richtige Frauen- oder Kinderhände!

Ein Freund, der mich bei diesem sinnverwirrenden Schauspiel überraschte, mußte mir das Phänomen bezeugen und brauchte kein Hellseher zu sein, um zwei gefaltete Hände, die das Mitleid des Beschauers erflehten, zu sehen.

Was war das? Nichts als die zwei ersten unausgebildeten Blätter eines Walnußbaumes, der *juglans regia*, Jupiternuß; sonst nichts! Und trotzdem zugleich das unleugbare Faktum, daß sich zehn menschliche Finger mit bittender Gebärde zu einem de *profundis clamavi ad te!* falteten.

Aber als ein noch allzu ungläubiger Empiriker ging ich verstockt über den Vorfall hinweg.

Der Fall ist getan! Ich fühle die Ungnade der unbekannten Mächte auf mir lasten. Die Hand des Unsichtbaren ist erhoben, und die Schläge fallen dicht auf mein Haupt.

Zunächst zieht sich mein unbekannter Freund, der mich bis jetzt unterstützt hatte, beleidigt von mir zurück. Ich hatte ihm einen anmaßenden Brief geschrieben; nun stand ich ohne Hilfsmittel da.

Als ich ferner die Korrekturen von Sylva Sylvarum erhalte, entdecke ich, daß der Text gerade wie ein gut gemischtes Kartenspiel umbrochen ist. Nicht nur die Seiten sind vermischt und falsch numeriert, sondern auch die verschiedenen Teile durcheinandergeworfen, so daß sie auf eine ironische Art die Theorie von „der großen Unordnung", die in der Natur herrscht, versinnbildlichen. Nach unendlichen Verzögerungen und Verspätungen ist die Broschüre endlich gedruckt, aber als der Drucker mir die Rechnung überreicht, zeigt es sich, daß sie die vereinbarte Summe um mehr als das Doppelte übersteigt. Ich muß zu meinem Leidwesen mein Mikroskop, meinen schwarzen Anzug und einige mir verbliebene Schmucksachen versetzen, aber schließlich, ich bin gedruckt und habe das erstemal in meinem Leben die Überzeugung, etwas Neues, Großes und Schönes gesagt zu haben. In leicht begreiflichem Übermut trage ich die Exemplare zur Post und werfe mit einer verächtlichen Gebärde gegen den feindlichen Himmel das Kreuzband in den Briefkasten. Holla! denke ich, dein Rätsel, Sphinx, habe ich gelöst und nehme es mit dir auf!

Bei meiner Rückkehr nach Hause wurde mir die Hotelrechnung überreicht.

Gereizt durch diesen unerwarteten Schlag, – denn ich wohnte nun schon ein Jahr lang in diesem Hause, beginne ich, auf Kleinigkeiten, die ich früher übersehen habe, aufmerksam zu werden. So wird zum Beispiel in drei benachbarten Zimmern Klavier gespielt.

Ich bin überzeugt, es ist eine Intrige einiger skandinavischer Damen, deren Gesellschaft ich gemieden habe.

Drei Klaviere! Und ich kann das Hotel nicht verlassen, da ich kein Geld habe!

Mit einem Fluch gegen den Himmel, diese Damen und mein Schicksal schlafe ich ein. Den nächsten Morgen wache ich von einem unerwarteten Lärm auf. Man schlägt in dem Zimmer, das auf der Seite meines Bettes liegt, einen Nagel ein;

dann klopft es auf der andern Seite. Ein alberner Streich, ganz im Charakter dieser Künstlerinnen, was weiter!

Als ich mich aber nach dem Mittagessen zu meinem gewöhnlichen Schlaf aufs Bett lege, geht über meinem Alkoven ein Gepolter los, daß der Putz der Decke mir auf den Kopf fällt.

Ich gehe zur Wirtin hinunter und beklage mich über das Betragen der Pensionärinnen. Sie behauptet, nichts gehört zu haben, ist übrigens sehr höflich und verspricht mir, jeden, der es wagen würde, mich zu stören, aus dem Hause zu jagen, denn es lag ihr viel daran, mich in ihrem Hotel, das nicht sehr gut ging, zu behalten.

Ohne den Worten einer Frau viel Glauben beizumessen, vertraute ich mich doch ihrem Interesse an, das sie zwang, mich gut zu behandeln. Dessenungeachtet hört der Lärm nicht auf, und ich komme zu der Überzeugung, daß diese Damen mich glauben machen wollen, es seien Klopfgeister im Hause. Die dummen Personen!

Gleichzeitig ändern auch die Kameraden im Restaurant ihr Benehmen mir gegenüber, und eine geheime Feindseligkeit äußert sich in scheelen Blicken und versteckten Anspielungen. Kampfesmüde sage ich Hotel und Restaurant Valet und ziehe, bis aufs Hemd ausgeplündert, unter Zurücklassung meiner Bücher und sonstigen Siebensachen um. Am 21. Februar 1896 zog ich im Hotel Orfila ein.

VI. Das Fegefeuer

Hotel Orfila hat ein klösterliches Aussehen und ist eine Pension für Studierende katholischer Konfession. Die Aufsicht führt ein ruhiger, liebenswürdiger Abbé, und Ruhe, Ordnung und gute Sitten herrschen hier. Was mich aber besonders nach so vielen Verdrießlichkeiten tröstet, ist, daß Frauen hier nicht zugelassen werden.

Das Haus ist alt, die Zimmer niedrig, die Korridore dunkel, und die hölzernen Treppen winden, schlängeln sich hin und her wie in einem Labyrinth. Ein Hauch von Mystizismus durchweht das ganze Gebäude, das mich seit langem angezogen hat. Mein Zimmer geht auf eine Sackgasse, so daß man von seiner Mitte aus nichts weiter als die bemooste Mauer mit zwei runden Fensterchen sieht. Sitze ich aber an meinem Tisch vor dem Fenster, so blicke ich auf eine ungewöhnlich liebliche Landschaft. Unter mir zieht sich eine efeuumrankte Ringmauer um einen Klosterhof, in dem junge Mädchen unter Platanen, Paulowinien und Robinien wandeln. Dazwischen steht ein entzückendes Kapellchen im Spitzbogenstil. Etwas weiter sieht man hohe Mauern mit unzähligen Gitterfensterchen, die mich an ein Kloster denken lassen; weiter im Tale überragt ein Wald von Schornsteinen alte, halbversteckte Häuser, und aus weiter Ferne grüßt der Turm von *Notre-Dame-des-Champs*, mit dem Kreuz und dem Wetterhahn auf seiner Spitze. In meinem Zimmer hängt ein radiertes Bildnis des heiligen Vinzenz de Paul und ein anderes, den heiligen Petrus darstellend, im Alkoven über meinem Bett. Der Himmelspförtner! Welch schneidende Ironie für mich, der ich vor einigen Jahren den Apostel in einem phantastischen Drama lächerlich gemacht habe.

Sehr zufrieden mit meinem Zimmer schlafe ich die erste Nacht gut. Am anderen Morgen entdecke ich, daß der Abtritt in der Gasse unter meinem Fenster liegt, und zwar so nah, daß man die ganze Prozedur samt Auf- und Zuklappen des Deckels hören muß. Ferner entdecke ich, daß auch die beiden runden Fensterchen mir gegenüber zu Abtritten gehören. Zum guten Ende weisen auch noch die hundert Fensterchen unten im Tale auf ebenso viele Abtritte hin, die an der Rückseite einer Häuserreihe liegen. Ich bin zuerst wütend, da ich aber nichts daran ändern kann, verwünsche ich mein Schicksal und beruhige mich.

Gegen ein Uhr bringt der Diener das Essen und stellt, da ich meinen Schreibtisch nicht in Unordnung bringen will, das Tablett auf den Nachttisch, in dem das Nachtgeschirr steht. Ich machte eine Bemerkung, aber er bedauerte sehr, keinen andern Tisch decken zu können. Der Mann sah ehrlich und nicht boshaft aus und konnte offenbar nichts dafür. Das Geschirr wurde also entfernt und das Tablett hingestellt.

Wenn ich damals Swedenborgschon gekannt hätte, würde ich begriffen haben, daß ich von den Mächten zur Kothölle verurteilt worden sei. Wie raste ich gegen dieses fortdauernde Unglück, das mich seit so vielen Jahren verfolgte! Endlich beruhigte ich mich wieder und beugte mich in düsterer Resignation dem Schicksal. Ich erbaute mich am Buche Hiob und gewann mehr und mehr die Überzeugung, daß der Ewige mich dem Satan überliefert hatte, um mich zu prüfen. Dieser Gedanke tröstete mich wieder, und das Leiden machte mir als ein Beweis des Vertrauens von seiten des Allmächtigen Freude.

Nun begannen Dinge vor sich zu gehen, die ich mir nicht erklären kann, ohne ein Mitwirken der unbekannten Mächte anzunehmen. Von nun an greife ich auf Tagebuchaufzeichnungen, die sich nach und nach angesammelt haben, zurück und übergebe sie hier im Auszug der Öffentlichkeit.

Eine unangenehme Stille hat sich um meine chemischen Studien gelagert. Um mich wieder aufzurichten und einen entscheidenden Schlag zu führen, fasse ich das Problem, Gold zu machen ins Auge. Der Ausgangspunkt bestand in der Frage: warum schlägt schwefelsaures Eisen in einer Goldsalzlösung Metallgold nieder? Die Antwort war: weil Eisen und Schwefel einen wesentlichen Bestandteil des Goldes ausmachen. Der Beweis ist, daß alle Schwefeleisenverbindungen in der Natur mehr oder weniger Gold enthalten. So begann ich also mit Lösungen von schwefelsaurem Eisen zu arbeiten.

Eines Morgens wache ich mit dem Gedanken an eine Landpartie auf, obwohl das ganz gegen meinen Geschmack und meine Gewohnheiten war. Als ich mehr zufällig als absichtlich auf dem Bahnhof von Montparnasse angelangt war, nahm ich den Zug nach Meudon. Ich gehe ins Dorf selbst, das ich zum ersten Male besuche, steige die Hauptstraße hinauf und biege rechts in ein von zwei Mauern begrenztes Gäßchen ein. Zwanzig Schritte vor mir erhebt sich ein halb in die Erde vergrabener römischer Ritter in grauer Eisenrüstung vom Boden; er ist sehr sauber modelliert, aber als ich näher komme, sehe ich, daß es nur rohe Steinarbeit ist.

Ich halte indes an der Illusion fest, da sie mir Vergnügen macht. Der Ritter blickt nach der Mauer, und seinen Augen folgend, bemerke ich eine auf den Mörtel mit Kohle geschriebene Inschrift. Die verschlungenen Buchstaben *F* und *S* und mahnen mich an die Anfangsbuchstaben des Namens meiner Frau. – Sie liebt mich noch immer! – In der nächsten Sekunde treffen mich die chemischen Zeichen für *Ferrum* und *Sulfur* wie ein Blitz; und vor meinen Augen liegt das Geheimnis des Goldes enthüllt.

Ich untersuche den Boden und finde zwei an einem Faden befestigte Bleistempel. Der eine zeigt die Buchstaben *V.P.*, der andere eine Königskrone. Ohne mich auf eine weitere Ausdeutung dieses Abenteuers einzulassen, kehre ich unter dem lebhaften Eindruck einer an ein Wunder grenzenden Begebenheit nach Paris zurück.

In meinem Kamine brenne ich Kohlen, die man wegen ihrer runden und homogenen Form Mönchsköpfe nennt. Als eines Tages das Feuer beinahe ausgegangen ist, nehme ich ein Kohlenkonglomerat von phantastischer Gestalt heraus. Es war ein Hahnenkopf mit prächtigem Kamm, auf einem fast menschlichen Rumpf mit gewundenen Gliedern. Es sah aus wie ein Dämon aus einem mittelalterlichen Hexensabbat.

Am anderen Tage nehme ich wieder eine prächtige Gruppe von zwei Gnomen oder betrunkenen Zwergen heraus, die sich umarmen, wahrend ihre Kleider im Winde flattern. Es ist ein Meisterwerk primitiver Skulptur.

Den dritten Tag ist es eine Madonna mit dem Kinde im byzantinischen Stil und von unvergleichlicher Linienschönheit.

Nachdem ich alle drei Stücke mit schwarzer Kreide gezeichnet habe, lege ich sie auf meinen Tisch. Ein befreundeter Maler besucht mich; er betrachtet die drei Statuetten mit wachsender Neugierde und fragt, wer sie gemacht habe.

Gemacht? Ich will ihn auf die Probe stellen und nenne den Namen eines norwegischen Bildhauers.

Nein, sagt er, ich möchte sie Kittelsen, dem berühmten Illustrator der schwedischen Sagen, zuschreiben.

Ich glaube nicht an Dämonen, und doch bin ich auf den Eindruck begierig, den meine Figürchen auf die Sperlinge machen, die sich gewöhnlich ihr Futter von meinem Fensterbrett draußen holen. Ich stelle also die Figuren da auf.

Die Sperlinge erschrecken und bleiben fern. So ist also doch eine Ähnlichkeit da, die selbst die Tiere wahrnehmen können, so lebt doch eine Wirklichkeit hinter diesem Spiel der toten Materie und des Feuers.

Die Sonne, die meine Figürchen erhitzt, läßt den Dämon mit dem Hahnenkamm in sich zusammensinken, was mich an die Sage der Bauern erinnert, die von den Zwergen erzählen, daß sie sterben, wenn sie sich bis zur Stunde des Sonnenaufgangs verspäten.

Es geschehen Dinge in dem Hotel, die mich beunruhigen.

Den Morgen nach meiner Ankunft finde ich am Schlüsselbrett im Flur, wo die Zimmerschlüssel hängen, einen Brief, der an einen Herrn X., einen Studenten, adressiert ist, der denselben Namen wie meine Frau trägt. Der Stempel der

Marke ist Dornach, der Name des österreichischen Dorfes, wo meine Frau und mein Kind wohnen. Aber da ich sicher bin, daß Dornach keine Poststation ist, so bleibt die Sache rätselhaft. Diesem Briefe, der an einer so herausfordernden und notwendigerweise in die Augen fallenden Stelle liegt, folgen andere. Der zweite ist an einen Herrn *Dr. Bitter* gerichtet und „Wien“ abgestempelt, ein dritter trägt den falschen polnischen Namen Schmulachowsky.

Der Teufel hat hier die Hand im Spiel, denn dieser Name ist verstellt, und ich verstehe wohl, auf wen man zielt, nämlich auf einen Todfeind von mir, der in Berlin wohnt.

Ein anderes Mal muß mich ein schwedischer Name an einen Feind meines Landes erinnern. Endlich kommt ein „Wien“ abgestempelter Brief, der laut gedruckten Kuverts vom chemischen Bureau des Dr. Eder kommt. Man will also meine Goldsynthese ausspionieren; es wird hier unzweifelhaft eine Intrige gesponnen, aber der Teufel hat diesen Gaunern die Karten gemischt. Daß ich nach allen Richtungen der Windrose die Augen offen halte, daran denken diese Schwachköpfe nicht.

Ich habe beim Kellner Erkundigungen über Herrn X. eingezogen, aber er gibt mir in aller Einfalt zur Antwort, der Mann sei ein Elsässer; das ist alles. Eines schönen Morgens komme ich von meinem Spaziergang zurück und sehe in dem Briefschrank gerade neben meinem Schlüssel eine Postkarte. Einen Augenblick ergreift mich die Versuchung, das Rätsel durch einen Blick auf die Karte zu lösen, aber mein Schutzengel lähmt meine Hand gerade in dem Moment, da der junge Mann aus seinem Versteck hinter der Türe hervorkommt.

Ich sehe ihm ins Gesicht und erstaune: es ist ganz das Gesicht meiner Frau. Schweigend grüßen wir uns, und jeder geht seines Weges.

Ich habe niemals diese Kabale entwirren können, da ich die Mitwirkenden dieses Dramas nicht kannte, auch meine Frau weder Brüder noch Vettern hat.

Dieses Ungewisse, drohende Gespenst einer beständigen Rache folterte mich ein halbes Jahr lang. Ich ertrug es wie alles als Strafe für bekannte und unbekannte Sünden.

Mit dem neuen Jahre tauchte in unserm Restaurant eine fremde Erscheinung auf. Es war ein amerikanischer Kunstmaler, und er kam gerade zur rechten Zeit, um in unsere gedrückte Gesellschaft wieder frisches Leben zu bringen. Aber obwohl ein lebhafter, ja kühner Geist voll weltbürgerlicher Ideen und zudem ein guter Gesellschafter, flößte er mir doch ein unbestimmtes Mißtrauen ein. Trotz seines Selbstvertrauens und der Sicherheit in seinem Auftreten erriet ich seine wahre Lage. Der Krach kam denn auch schneller, als man dachte. Eines Abends trat der Unglückliche in mein Zimmer und bat um die Erlaubnis, einen Augenblick dableiben zu dürfen. Er sah aus wie ein verlorener Mann, und er war es.

Der Hauswirt hatte ihn aus seinem Atelier gejagt, seine Geliebte hatte ihn verlassen, er steckte bis über die Ohren in Schulden, und seine Gläubiger belagerten ihn; auf der Straße war er von den Zuhältern seiner unbezahlten Modelle beschimpft worden. Was ihn aber vollständig vernichtete, war, daß der grausame Hauswirt sein für den Marsfeld-Salon bestimmtes Gemälde zurückbehalten hatte, auf dessen Erfolg er bei der Neuheit des dargestellten Sujets sicher rechnen zu können glaubte. Es zeigte eine schwangere Emanzipierte, die vom Pöbel gekreuzigt und verflucht wird.

Da er im Restaurant auch nichts als Schulden hatte, saß er nun mit seinem leeren Magen auf der Straße. Nach der ersten Beichte kam noch heraus, daß er Morphium für zwei genommen habe; aber der Tod wollte ihn augenscheinlich noch nicht.

Nach ernsten Besprechungen kamen wir überein, in ein anderes Viertel zu gehen und dort in irgendeiner unbekannten Gaststätte zu Abend zu essen.

Ich würde ihn nicht verlassen und so werde er schon wieder Mut gewinnen und ein neues Bild für den Salon der Unabhängigen beginnen.

Das Unglück des Mannes, der mein einziger Gesellschafter geworden ist, läßt mich doppelt leiden, wenn ich mich in seine Qualen hineinträume. Welch ein Hohn meinerseits. Aber bald bin ich um eine wertvolle Erfahrung reicher.

Er enthüllt mir seine ganze Vergangenheit, Deutscher von Geburt, hat er, teil familiärer Mißhelligkeiten halber, teils wegen eines gerichtlich beschlagnahmten Jugendpasquells, sieben Jahre in Amerika gelebt.

Ich entdecke eine gewöhnliche Intelligenz, ein melancholisches Temperament und eine zügellose Sinnlichkeit. Aber hinter dieser menschlichen Maske eines Kosmopoliten fange ich an, einen anderen Charakter zu erwarten, der mich beunruhigt, und dessen Aufdeckung ich einem günstigen Augenblick überlasse.

So vergehen zwei Monate, während deren ich mein Dasein mit dem dieses Freundes vereinige und mit ihm allen Jammer eines verunglückten Künstlers wieder durchmache, ohne daran zu denken, daß ich ein gemachter Mann, ja selbst ein Name in dem großen Paris bin und zu seinen Dramatikern zähle, wenn ich mir auch als Chemiker nichts mehr daraus mache.

Übrigens liebt mich mein Gefährte nur, solange ich meine Erfolge verberge, muß ich sie aber vorübergehend erwähnen, so ist er verletzt, spielt den Unglücklichen und Unbedeutenden, so daß ich mich aus Mitleid zuletzt nur noch als altes verkommendes Genie gebärde. Das drückt mich nach und nach unmerklich nieder, während er, der seine Zukunft noch vor sich hat, auf meine Kosten sich wieder aufrichtet. Ich bin wie ein an den Wurzeln eines Baumes verscharrter Leichnam, und der Baum saugt seine Nahrung aus dem in Zersetzung begriffenen Leben und wächst hoch in die Lüfte.

Ich studiere zu dieser Zeit buddhistische Bücher und bewundere meine Selbstverleugnung, mit der ich mich für einen andern töte. Gute Werke aber dürfen einen Lohn erwarten, und so blieb denn auch der meine nicht aus.

Eines Tages bringt die *Revue des Revues* ein Bildnis des amerikanischen Propheten und Naturarztes Francis Schlatter, der im Jahre 1895 fünftausend Kranke heilte und dann verschwand, ohne jemals wieder auf dieser Erde zu erscheinen.

Nun, die Züge dieses Mannes ähnelten auf eine wunderbare Weise denen meines Gefährten. Um mich zu vergewissern, zeige ich die Revue einem schwedischen Bildhauer, der mich in dem Café de Versailles erwartete. Er bemerkte gleichfalls die Ähnlichkeit und erinnerte mich an ein sonderbares Zusammentreffen von Umständen: beide waren von Geburt Deutsche und arbeiteten in Amerika. Ja, noch mehr das Verschwinden Schlatters traf mit dem Auftauchen unseres Freundes in Paris zusammen. Da ich ein wenig in okultistische Kunstausdrücke eingeweiht bin, so stelle ich den Satz auf, daß dieser Francis Schlatter der „Doppelgänger“ unseres Mannes sei, der, ohne es zu wissen, ein selbständiges Dasein führe.

Als ich das Wort Doppelgänger aussprach, machte mein Bildhauer große Augen und lenkte meine Aufmerksamkeit auf die Tatsache, daß unser Mann immer zwei Wohnungen, eine auf dem rechten und die andere auf dem linken Ufer bewohne. Des weiteren erfahre ich, daß mein geheimnisvoller Freund ein Doppelleben in dem Sinne führt, daß, nachdem er den Abend in halb philosophischen, halb religiösen Betrachtungen mit mir verbracht, er immer noch die Nacht über in Bulliers Ballokal zu sehen war.

Es gab ein sicheres Mittel, die Identität dieser beiden Doppelgänger zu beweisen, da die Revue den letzten Brief Francis Schlatters im Faksimile enthielt.

„Kommen Sie heute zum Abendessen," schlug ich vor, „ich werde ihm den Brief Schlatters diktieren; wenn sich die beiden Handschriften, und vor allem die Unterschriften, gleichen, muß uns das als Beweis dienen."

Beim Abendessen, am selben Abend, bestätigte sich alles: es ist dieselbe Hand, dieselbe Unterschrift, derselbe Namenszug; alles stimmte.

Ein wenig erstaunt, überläßt sich der Maler unserem Examen; endlich fragt er:

„Und was wollen Sie damit?"

„Kennen Sie Francis Schlatter?"

„Ich habe niemals von ihm sprechen hören."

„Erinnern Sie sich jenes Naturarztes in Amerika, voriges Jahr?"

„Ach ja! Dieser Schwindler!"

Er erinnert sich und ich zeige ihm Porträt und Faksimile.

Er lächelt skeptisch und bleibt durchaus ruhig und gleichgültig, das ist alles.

Einige Tage später sitze ich mit meinem geheimnisvollen Freunde vor einem Absinth auf der Terrasse des Café de Versailles, als ein Kerl in Arbeitskleidung und von bösartigem Aussehen vor dem Cafe stehen bleibt, um sich plötzlich ohne weiteres mitten durch die Gäste zu drängen und meinen Freund aus vollem Halse anzubrüllen:

„Hab ich Sie endlich, Sie Gauner, der Sie mich geprellt haben! Was soll denn das heißen! Zuerst bestellen Sie ein Kreuz für dreißig Franken, und ich bringe es Ihnen, und dann verduften Sie! Sie Hundesohn glauben wohl, so ein Kreuz macht sich von allein? ..."

So ging es in einem fort. Vergeblich suchten ihn die Kellner des Cafés zu entfernen; er drohte, die Polizei zu holen, während der arme Verschuldete, unbeweglich, stumm und vernichtet wie ein Verurteilter, den Blicken der mehr oder weniger bekannten Künstler ausgesetzt blieb.

Als die Szene vorbei war, fragte ich ihn, verwirrt wie von einem Hexensabbat:

„Das Kreuz? welches Kreuz zu dreißig Franken? Ich begreife kein Wort von der Geschichte!"

„Es war das Kreuz der Jeanne d'Arc, das Modell, wissen Sie, die Maschine für mein Gemälde, das gekreuzigte Weib."

„Aber das war ja ein Teufel, dieser Arbeiter!"

Und nach einigem Stillschweigen fuhr ich fort: „Es ist ja komisch, aber man spielt nicht ungestraft weder mit dem Kreuz, noch mit der Jeanne d'Arc."

„Sie glauben daran?"

„Ich weiß nicht! Ich wüßte nicht! – Aber die dreißig Silberlinge!"

„Genug! genug!" rief er verletzt.

Als ich am Karfreitag in die Garküche kam, fand ich meinen Leidensgefährten am Tische eingeschlafen.

In einer Anwandlung fröhlicher Laune weckte ich ihn mit dem Rufe:

„Sie hier?"

„Wieso?"

„Ich dachte, daß Sie am Karfreitag wenigstens bis sechs Uhr am Kreuze blieben."

„Sechs Uhr? Richtig, ich habe den ganzen Tag über bis sechs Uhr abends geschlafen, ohne daß ich Ihnen einen Grund angeben könnte."

„Ich könnte es."

„Natürlich: Der Astralleib geht spazieren, nicht wahr? – in Amerika ... usw."

Von diesem Abend ab legt sich eine gewisse Kälte zwischen uns. Unsere Bekanntschaft hatte nun vier schreckliche Monate gewährt. Mein Gefährte hatte eine ganz neue Schule durchgemacht und Zeit gehabt, andere Wege in seiner Kunst einzuschlagen, so daß er zuletzt das gekreuzigte Weib wie ein altes Spiel verwerfen konnte. Er hatte das Leiden als die einzige wahrhafte Lebensfreude angenommen und war so zur Resignation gelangt. Er war ein Held in seinem Elend! Ich bewunderte ihn, wenn er am selben Tage zweimal den Weg zwischen Montrouge und den Hallen zu Fuß hin und zurück, mit abgetretenen Absätzen und ohne etwas zu sich genommen zu haben, zurücklegte. Am Abend, wenn er dann den Redaktionen illustrierter Blätter siebzehn Besuche gemacht und drei

Zeichnungen verkauft hatte, ohne jedoch gleich bezahlt worden zu sein, kaute er schnell für ein paar Sous Brot und eilte dann zu Bullier.

Schließlich lösten wir in stillschweigender Übereinstimmung unsere zu gegenseitiger Hilfe eingegangene Verbindung auf. Wir fühlten beide, daß es genug sei, und unsere Schicksale sich getrennt erfüllen mußten, und als wir die letzten Lebewohls gewechselt, wußte ich, daß es die letzten waren.

Ich habe diesen Mann nie mehr wiedergesehen, noch gehört, was aus ihm geworden sein mag.

Im Frühling langte unter dem Druck meiner eigenen widerwärtigen Schicksale und der meines Freundes ein Brief von meinen Kindern erster Ehe an mich an, worin sie mir erzählten, daß sie schwer krank im Krankenhaus gelegen hätten. Als ich die Zeit dieses Ereignisses mit der meiner schlimmen Versuche verglich, erschrak ich.

Leichtsinnig hatte ich mit geheimen Kräften gespielt, und nun hatte mein schlimmer Wille, durch die unsichtbare Hand geleitet, sein Ziel erreicht und mich mitten ins Herz getroffen.

Ich entschuldige mich nicht und bitte nur den Leser, diese Tatsache zu behalten, falls er sich einfallen lassen sollte, Magie auszuüben, besonders diejenige Operation, die man Bezauberung oder eigentlich Behexung nennt, und deren Wirklichkeit von Rochasaußer jeden Zweifel gesetzt wird.

Eines Sonntags vor Ostern gehe ich in aller Frühe durch den Jardin de Luxembourg, überschreite den Straßendamm und trete unter die Arkaden des Odeons; eine blaue Balzac-Ausgabe läßt mich stehen bleiben, und ich greife zufällig Seraphita heraus. Warum?

Vielleicht ist es noch eine unbewußte Erinnerung, von der Lektüre der *Initiation* her, als man mich damals in einer Besprechung von Sylva Sylvarum Swedenborgs Landsmann genannt hatte.

Zu Hause schlage ich den mir fast unbekannten Band auf, denn es lagen ja so viele Jahre zwischen meiner ersten Bekanntschaft mit ihm und dieser zweiten Lektüre.

Er war wie neu für mich, und nun mein Geist vorbereitet war, verschlang ich geradezu den Inhalt dieses außerordentlichen Buches. Ich hatte niemals etwas von Swedenborg gelesen, denn er gilt in seiner und meiner Heimat für einen Scharlatan, Narren und schlüpfrigen Gesellen. Jetzt aber wurde ich von schwärmerischer Bewunderung ergriffen, da ich diesen himmlischen Giganten des letzten Jahrhunderts durch den Mund eines so genialen französischen Interpreten reden hörte.

Ich lese nun mit einer religiösen Aufmerksamkeit und finde auf Seite 16 als Todestag Swedenborgs den 29. März angegeben. Ich halte inne, denke nach und schlage den Kalender auf; es ist gerade der 29. März, und noch mehr, Palmsonntag ist heute. Swedenborg tritt damit in mein Leben ein, darin er noch eine so große Rolle als Richter und Meister spielen sollte, und bringt mir am Jahrestage seines Todes die Palme, des Siegers oder des Märtyrers – wer will es vorher sagen?

Seraphita wird mein Evangelium und läßt mich wieder in so nahe Verbindung mit dem Jenseits treten, daß das Leben mich anekelt und ein unwiderstehliches Heimweh nach dem Himmel mich ergreift. Kein Zweifel, ich werde auf ein höheres Dasein vorbereitet! Ich verachte die Erde, diese unreine Welt, diese Menschen und ihre Werke. Ich bin ein Gerechter ohne Fehle, den der Ewige auf die Probe stellt, den das Fegefeuer dieser Welt einer baldigen Erlösung würdig machen wird.

Dieser durch meine vertrauliche Stellung zu den Mächten hervorgerufene Hochmut wächst immer dann, wenn ich meine wissenschaftlichen Bemühungen von Erfolg gekrönt sehe. So glückt es mir, nach meinen Berechnungen und den Beobachtungen der Metallurgen Gold zu machen, und ich glaube es beweisen zu können.

Die Proben gehen nach Rouen, an einen befreundeten Chemiker. Er beweist mir das Gegenteil meiner Behauptungen, und ich kann acht Tage lang nichts dagegen einwenden. Da finde ich bei einem zufälligen Blättern in der Chemie meines Meisters Orfila das Geheimnis meines Verfahrens. Diese alte, vergessenen und verachtete Chemie vom Jahre 1830 ist mein Orakel geworden, das mir im kritischen Augenblick zu Hilfe kommt. Meine Freunde Orfila und Swedenborg beschützen, ermutigen und bestrafen mich; ich sehe sie nicht, aber ich fühle ihre Gegenwart. Sie erscheinen mir nicht in Visionen oder Halluzinationen, aber kleine tägliche Vorkommnisse offenbaren mir, daß sie mich in den Wechselfällen meines Lebens nicht verlassen. Die Geister sind naturalistisch geworden, wie die Zeiten, die sich nicht mehr mit Visionen begnügen.

So läßt sich zum Beispiel folgendes durch das Wort Koinzidenz nicht erklären. Es war mir gelungen, Goldflecke auf Papier hervorzubringen, und ich wollte nun dasselbe auf trockenem Wege und durch Feuer im großen erreichen. Ein paar hundert Experimente führten zu nichts und verzweifelt legte ich das Lötrohr beiseite. Eines Morgens spaziere ich nach der Sternwarte, wo ich oft die vier Weltteile bewundere, aus dem heimlichen Grunde, weil die mutigste der Carpeauxschen Frauen meiner Frau ähnlich sieht. Sie steht und unter der Ringkugel und unter dem Zeichen der Fische, und Sperlinge haben hinter ihrem Rücken ihr Nest gebaut. – Am Fuße des Monuments finde ich zwei abgeschnittene Kartonstückchen; das eine ist und der Zahl 207, das andere mit 28 bedruckt. Es sind dies die Zeichen für das Atomgewicht des Bleis (207) und des Silizium (28). Ich nehme den den Fund für meine chemische Sammlung mit.

Zu Hause beginne ich eine Reihe von Experimenten mit Blei indem ich das Silizium bis auf weiteres beiseite lasse.

Da ich von der Hüttenkunde her weiß, das Blei abgerieben auf einem mit Knochenasche ausgeschlagenen Tiegel immer ein wenig Silber, und dieses Silber wieder bekanntlich ein ganz klein wenig Gold ergibt, so sage ich mir, daß der phosphorsaure Kalk als Hauptbestandteil der Knochenasche, ein wesentlicher Faktor in der von Blei ausgehenden Gewinnung des Goldes sein müsse.

In der Tat nahm Blei auf eine Lage von phosphorsaurem Kalk gegossen, auf seiner unteren Fläche immer eine goldige Farbe an. Die Ungnade der Mächte ließ mich damals die Experimente nicht beendigen. Ein Jahr später, und zwar in Lund in Schweden, schenkte mir ein Bildhauer, der in feinen Tonwaren arbeitete, einen aus Blei und Silizium zusammengesetzten Lack, mit Hilfe dessen ich zum erstenmal ein Feuer vererztes Gold von großer Schönheit zustande brachte.

Zum Danke zeigte ich ihm die beiden Pappstücke mit den Nummern 207 und 28. Zufall oder Zusammentreffen, wie soll man dies Zeichen einer unumstößlichen Logik nennen?

Ich wiederhole, daß ich von Visionen niemals geplagt wurde und nur Gegenstände der Wirklichkeit mir manchmal auf grandiose Weise in menschlicher Form erschienen.

So schaut mir eines Tages mein durch den Mittagsschlaf zerdrücktes Kopfkissen wie ein Marmorkopf im Stile Michelangelos entgegen. Eines Abends, als ich mit dem Doppelgänger des amerikanischen Naturheilarztes nach Hause komme, entdecke ich, wie im Halbschatten des Alkoven ein riesenhafter Zeus auf meinem Bette ruht. Mein Freund bleibt vor diesem unerwarteten Schauspiel, von einem geradezu religiösen Schrecken gepackt, stehen. Der Künstler in ihm versteht sofort die Schönheit der Linien.

„Da haben wir wieder die große verschwundene Kunst! Da haben wir die rechte Zeichenakademie!"

Je mehr man hinblickt, um so lebhafter und schrecklicher wird die Erscheinung.

Ganz offenbar, die Geister sind wie wir Sterblichen Realisten geworden.

Es ist kein Zufall mehr, denn an gewissen Tagen stellt das Kopfkissen entsetzliche Ungetüme dar, gotische Drachen, Lindwurme, und als ich eines Nachts einmal lustig gelebt, begrüßte mich bei meiner Heimkehr ein Dämon im mittelalterlichen Stil, der Teufel selber mit Faunskopf und sonstigem Zubehör. Furcht ergriff mich niemals, es war immer allzu natürlich, aber der Eindruck von etwas Abnormem, halb Übernatürlichem blieb in meiner Seele haften.

Als ich meinen Freund, den Bildhauer, als Zeugen hinzurief, war er durchaus nicht erstaunt, und lud mich in sein Atelier ein, wo eine an der Wand hängende Studie mich durch ihre Linienschönheit überraschte.

„Woher haben Sie das? Eine Madonna, nicht?"

„Ja, eine Madonna von Versailles, und – nach Schlingpflanzen in einem Schweizer See gezeichnet!"

Eine neuentdeckte Kunst nach der Natur! Naturalistische Hellseherei! Warum auf den Naturalismus schimpfen, wenn er, voll Möglichkeit zu wachsen und sich zu entwickeln, eine neue Kunst einleitet? Die Götter kehren zurück, und die Parole der Dichter und Künstler „zum Pan!" hat ein so starkes Echo gefunden, daß die Natur nach jahrhundertelangem Schlaf erwacht ist! Nichts kann auf Erden ohne die Zustimmung der Mächte geschehen: Nun, der Naturalismus war, also *sollte* er auch sein; und was sollte er offenbar sein? –: die Wiedergeburt der Harmonie von Stoff und Geist.

Der Bildhauer ist ein Seher. Er erzählt mir, daß er in der Bretagne Orpheus und Christus in einem Felsblock nebeneinander gesehen habe, und fügt hinzu, er werde dahin zurückkehren und sie als Modelle zu einer Gruppe für den Salon verwenden.

Als ich eines Abends die Rue de Rennes mit demselben Seher entlang ging, machte er vor dem Schaufenster einer Buchhandlung, wo man kolorierte Lithographien ausgestellt hatte, halt. Sie stellten Phantasieszenen mit menschlichen Körpern dar, deren Köpfe durch Stiefmütterchen ersetzt waren. Ich hatte trotz meiner Beobachtungen als Botaniker nie zuvor die Ähnlichkeit des Stiefmütterchens mit dem Gesicht des Menschen bemerkt. Mein Freund kann sich nicht genug darüber wundern.

„Denken Sie sich," sagt er, „als ich gestern Abend nach Hause kam, blickten mich die Stiefmütterchen auf meinem Fensterbrett so herausfordernd an, daß ich plötzlich ebenso viele Menschengesichter sah. Ich hielt es für eine Vision meiner überreizten Nerven. Heute finde ich hier diese vor langer Zeit erschienenen Drucke. Es ist also doch Wirklichkeit und keine Sinnestäuschung, denn dieser unbekannte Künstler hat dieselbe Entdeckung vor mir gemacht."

Wir machen in unserem Sehen Fortschritte, und diesmal bin ich es, der einen Napoleon mit seinen Marschällen auf der Kuppel des Invalidendomes sieht. Wenn man von Montparnasse nach dem Boulevard des Invalides gelangt, entschleiern sich über der Rue Oudinot im vollen Glanze der untergehenden Sonne die Kuppel, die Konsolen und anderen Vorsprünge des Kuppelunterbaus und nehmen menschliche Gestalten an, die sich je nach dem Richtpunkt mehr oder weniger entfernen: Da ist Napoleon, Bernadotte, Berthier, und mein Freund zeichnet sie „nach der Natur".

„Wie wollen Sie sich dieses Phänomen erklären?"

„Erklären? Hat man jemals etwas dadurch erklärt, daß man einen Haufen Worte durch einen andern Haufen Worte umschreibt?"

„Sie glauben also nicht, daß der Baumeister nach einem unbewußten Plan gearbeitet hat?"

„Hören Sie, mein Lieber, Jules Mansard, der den Dom im Jahre 1706 baute, konnte doch wohl die Silhouette des im Jahre 1769 geborenen Napoleon unmöglich vorhersehen ... das genügt doch!"

Manchmal träume ich in der Nacht, und diese Träume sagen mir die Zukunft vorher, sichern mich gegen Gefahren und enthüllen mir Geheimnisse. So erscheint mir ein lange verstorbener Freund im Traume und zeigt mir ein Geldstück von ungewöhnlicher Größe. Auf meine Frage, woher dieses merkwürdige Stück stamme, antwortet er mir „aus Amerika“ und verschwindet mit dem Schatz.

Am andern Tage erhalte ich einen Brief aus Amerika von einem Freunde, von dem ich zwanzig Jahre lang nichts mehr gehört, und der mir mitteilt, daß ein Auftrag für die Ausstellung von Chicago mich vergeblich in ganz Europa gesucht habe. Es handelte sich um ein Honorar von 12 000 Franken, eine für meine damalige verzweifelte Lage ungeheure Summe, die ich sehr wohl hätte brauchen können. Diese 12 000 Franken hätten meine Zukunft gesichert, aber niemand außer mir würde geahnt haben, daß mich der Verlust dieses Geldes als Strafe für eine schlechte Handlung traf, die ich im Zorn über die Treulosigkeit eines literarischen Mitbewerbers begangen hatte.

Ein anderer Traum von weiterer Tragweite ließ mir Jonas Lie mit einer vergoldeten Bronzependüle voll seltener Zieraten erscheinen.

Als ich einige Tage später auf dem Boulevard St. Michel spazieren ging, zog das Schaufenster eines Uhrmacherladens meine Aufmerksamkeit auf sich.

Die Uhr des Jonas Lie! rief ich laut.

Wirklich, es war dieselbe. Sie war von einer Himmelskugel gekrönt, an der zwei Frauen lehnten, das Räderwerk ruhte auf vier Säulen, in der Kugel zeigte ein Datumanzeiger den dreizehnten August. Ich werde in einem der nächsten Kapitel dartun, was dieser verhängnisvolle 13. August mit sich brachte. Diese und andere kleine Zwischenfälle trugen sich während meines Aufenthaltes im Hotel Orfila zwischen dem 6. Februar und dem 19. Juli 1896 zu.

Zugleich mit und zwischen all dem ging ein weiteres Abenteuer seinen vielfach unterbrochenen Lauf, bis dann mit meiner Verbannung aus dem Hotel ein neuer Abschnitt meines Lebens begann.

Der Frühling ist wiedergekehrt, das Tal der Tränen und Trauer unter meinem Fenster grünt und blüht. Grünes Laubwerk bedeckt den Boden und seinen Unrat: die Gehenna hat sich in ein Tal Sarons voll blühender Lilien, Flieder, Robinias und Paulownias verwandelt. – Mir ist zum Sterben traurig, aber das fröhliche Lachen der Mädchen, die da unter den Bäumen unsichtbar spielen, rührt mich und erweckt mich wieder zum Leben. Das Leben verfließt, und das Alter naht. Frau, Kinder, Herd, alles verwüstet; draußen Frühling, innen Herbst.

Das Buch Hiobs und die Klagelieder Jeremiä trösten mich, denn wenigstens zwischen dem Lose Hiobs und dem meinigen besteht eine gewisse Ähnlichkeit. Bin ich nicht auch mit unheilbaren Schwären behaftet, bin ich nicht auch mit Armut geschlagen und von meinen Freunden verlassen?

„Ich gehe schwarz einher, und brennet mich doch keine Sonne nicht. Ich bin ein Bruder der Schlangen und ein Geselle der Eulen. Meine Haut über mir ist schwarz geworden und meine Gebeine sind verdorrt vor Hitze. Meine Harfe ist eine Klage geworden, und meine Pfeife ein Weinen."

So Hiob. Und Jeremias ermißt mit zwei Worten den Abgrund meiner Traurigkeit:

„Ich habe fast vergessen, was Glück ist."

In dieser Stimmung sitze ich an einem schwülen Nachmittag über meine Arbeit gebeugt, als ich mit einemmal hinter dem Laube des Tälchens vor mir Klavier spielen höre. Ich spitze, wie das Schlachtroß beim Ton der Trompete, die Ohren, richte mich auf und ringe in hoher Erregung nach Atem. Man spielt den „Aufschwung" von Schumann. Und noch mehr, *er* spielt! Er, mein russischer Freund, mein Schüler, der mich „Vater" nannte, weil er mir seine ganze Bildung verdankte, mein *Famulus*, der mich Meister nannte und mir die Hände küßte, der sein Leben da begann, wo das meine endete. Er ist von Wien nach Paris gekommen, um mich zugrunde zu richten, wie er mich in Wien zugrunde gerichtet hat, – und warum? ... weil das Schicksal gewollt hatte, daß seine jetzige Gattin, ehe er sie kennen gelernt, meine Geliebte gewesen war. Konnte ich dafür, daß alles so gekommen war? Gewiß nicht, und dennoch haßte er mich tödlich, verleumdete mich, verhinderte die Annahme meiner Stücke, fädelte Intrigen ein und beraubte mich so der notwendigsten Hilfsmittel zu meiner Existenz. Damals drehte ich in einem Anfall von Wut den Spieß einmal um und traf ihn gut, freilich auf eine so rohe und feige Art, daß ich darunter wie unter einem Morde litt. Daß er nun, mich zu töten, gekommen ist, tröstet mich, denn der Tod allein kann mich von meinen Gewissensbissen befreien.

Er also steckte wohl hinter jenen falsch adressierten Briefen, die ich immer neben der bewußten Portierloge sah. Nun, mag er den Schlag führen, ich werde mich nicht verteidigen! Denn er hat recht, und mir ist mein Leben nichtig. Er spielt noch immer den „Aufschwung", den er wie niemand zu spielen versteht. Unsichtbar spielt er hinter der grünen Mauer und seine magischen Harmonien steigen über ihre blühenden Ranken empor, als schwebten Falter der Sonne zu.

Warum spielt er nur? Um mir sein Kommen mitzuteilen, um mich zu erschrecken und in die Flucht zu jagen?

Vielleicht erfahre ich es im Restaurant, wo die andern Russen schon seit langem vom Eintreffen ihres Landsmannes gesprochen.

Ich gehe zum Abendessen hin und begegne schon an der Türe feindlichen Blicken. Von meinem Streit mit dem Russen unterrichtet, hat sich die ganze Gesellschaft gegen mich verschworen. Sie zu entwaffnen, eröffne ich selbst das Feuer:

„Popoffsky ist in Paris?“ frage ich.

„Nein, noch nicht!“ antwortet mir einer.

„Doch,“ entgegnet ein anderer, „er hat sich beim *Mercure de France* sehen lassen.“

Einer widerlegt den andern, und schließlich bin ich so klug wie zuvor, tue aber so, als ob ich alles, was mir erzählt wird, glaubte. Die unverhohlene Abneigung aber, die ich im Restaurant erfuhr, ließ mich den Schwur tun, nicht mehr hinzugehen. Es tat mir leid, denn es waren mir wirklich sympathische Menschen da. Noch einmal also treibt mich dieser verfluchte Feind in Einsamkeit und Verbannung. Mein Haß wendet sich wieder gegen ihn und peinigt und vergiftet mich. Nichts mehr von Tod! Soll mich die Hand eines inferioren Menschen fällen? Die Demütigung wäre für mich, die Ehre für ihn zu groß. Ich will den Kampf aufnehmen und mich verteidigen, und so suche ich denn, Klarheit in der Sache zu gewinnen, einen mit Popoffsky befreundeten dänischen Maler in der Rue de la Santé hinter Val de Grâce auf. Er war vor sechs Wochen nach Paris gekommen und hatte mich, obwohl ein früherer Freund von mir, bei unserer ersten Begegnung fremd, fast feindlich gegrüßt. Den Tag darauf hingegen machte er mir seinen Besuch, lud mich auf sein Atelier ein und sagte mir so viele Liebenswürdigkeiten, daß mir die Echtheit seiner Freundschaft recht zweifelhaft wurde. Als ich ihn über Popoffsky fragte, zog er sich hinter Ausflüchte zurück, bestätigte jedoch das Gerücht von seiner baldigen Ankunft in Paris.

„Um mich zu ermorden!“ setzte ich hinzu.

„Jawohl, nehmen Sie sich in acht!“

Den Morgen nun, als ich dem Dänen meinen Gegenbesuch machen wollte, versperrte mir – sonderbarer Zufall! – eine riesige dänische Dogge, die in ihrer ganzen Ungeheuerlichkeit auf dem Pflaster des Hofes lag, den Weg. Einen

Augenblick war ich unschlüssig, dann aber machte ich sofort kehrt und dankte zu Hause den Mächten für ihre Warnung, denn sicherlich war ich einer unbekannten Gefahr entronnen.

Als ich einige Tage später meinen Besuch wiederholen wollte, saß auf der Schwelle der offenen Türe ein Kind mit einer Spielkarte in der Hand. Abergläubisch warf ich einen Blick auf die Karte; es war Pique zehn.

Gefährliches Spiel in diesem Hause!

Und ich kehre wieder um.

Den Abend nach der Szene im Restaurant war ich fest entschlossen, meinen Plan trotz Zerberus und Pique auszuführen, aber das Schicksal wollte es anders. Im Restaurant des Lilas begegnete ich meinem Manne. Er war entzückt, mich zu sehen, und wir ließen uns auf der Terrasse nieder.

Wir gingen unsere gemeinsamen Wiener Erinnerungen durch, wobei er wieder ganz der gute Freund von ehedem wurde, sich an seinen eigenen Erzählungen erwärmte, die kleinen Zerwürfnisse vergaß und Tatsachen eingestand, die er öffentlich geleugnet hatte. – Plötzlich scheint er sich an seine Pflicht oder an gegebene Versprechungen zu erinnern; er wird still, kalt, feindlich und ärgert sich, daß er sich seine Geheimnisse hat entlocken lassen.

Meine direkte Frage, ob Popoffsky in Paris sei, beantwortete er mir mit einem kurzen Nein, dem man die Unwahrheit anhörte, und wir gingen auseinander.

Hier muß ich bemerken, daß der Däne vor mir der Geliebte der Frau Popoffsky gewesen war und daß er mir seit dieser Zeit grollt, da seine Geliebte ihn meinethalben aufgegeben hatte. Jetzt spielte er die Rolle eines Hausfreundes bei Popoffsky, ohne daß dieser von den Beziehungen seiner Frau zu dem „schönen Heinrich" wußte.

Der „Aufschwung" von Schumann tönt über den buschigen Bäumen, aber der Musiker bleibt unsichtbar und läßt mich über seine Wohnung nach wie vor im Zweifel. Einen ganzen Monat währt die Musik von vier bis fünf Uhr nachmittags. – Als ich eines Morgens die Rue de Fleurus hinuntergehe, um mich am Anblick meines Regenbogens beim Färber zu trösten, und in den Jardin du Luxembourg trete, der in seiner vollen Blüte schön wie ein Märchen ist, finde ich auf der Erde zwei dürre vom Wind abgebrochene Reiser. Sie bildeten die beiden griechischen Buchstaben *p* und *y*. Ich hob sie auf und mir fiel ein, daß *P-y* die Abkürzung von

„Popoffsky“ war. Er verfolgte mich also doch, und die Mächte wollten mich gegen die Gefahr schützen. Unruhe ergriff mich ungeachtet dieses Zeichens der Gnade der Unsichtbaren. Ich rufe den Schutz der Vorsehung an, ich lese die Psalmen Davids wider seine Feinde, ich hasse meinen Feind mit einem alttestamentarischen Haß, während mir doch der Mut fehlt, mich der eben erlernten Mittel der schwarzen Magie zu bedienen. „Eile, Gott, mich zu erretten, Herr, mir zu helfen. Es müssen sich schämen und zuschanden werden, die nach meiner Seele stehen; sie müssen zurückkehren und gehöhnt werden, die mir Übles wünschen. Daß sie müssen wiederum zuschanden werden, die da über mich schreien: da! da!“

Dieses Gebet erschien mir damals gerecht, und die Barmherzigkeit des Neuen Testamentes kam mir wie eine Feigheit vor.

Zu welchem Unbekannten meine ruchlose Anrufung seinen Weg fand, weiß ich nicht zu sagen; der Verlauf dieses Abenteuers aber wird wenigstens zeigen, daß sie erhört wurde.

Auszüge aus meinem Tagebuch

1896

13. Mai. Ein Brief meiner Frau. Sie hat aus den Zeitungen erfahren, daß ein Herr S. im Luftballon eine Reise nach dem Nordpol machen will, ist darüber in heller Verzweiflung, gesteht mir ihre unabänderliche Liebe und beschwört mich, diesem Plane, der gleichbedeutend mit Selbstmord sei, zu entsagen.

Ich kläre sie über ihren Irrtum auf; es ist ein Vetter von mir, der sein Leben für eine große wissenschaftliche Entdeckung aufs Spiel setzt.

14. Mai. In der vergangenen Nacht hatte ich einen Traum. Ein abgeschnittener Kopf wurde wieder auf den Rumpf eines Menschen gesetzt, der wie ein durch den Trunk herabgekommener Schauspieler aussah. Der Kopf fing an zu sprechen; ich bekam Furcht und warf meinen Bettschirm um, indem ich vermeintlich einen Polizisten vor mir hinstieß, um mich gegen den Angriff des Rasenden zu schützen. – In derselben Nacht sticht mich eine Mücke und ich mache sie tot. Am Morgen ist die rechte Handfläche mit Blut bespritzt.

Als ich auf dem Boulevard du Port-Royal meinen Spaziergang mache, sehe ich auf dem Trottoir einen Blutfleck. Sperlinge haben ihr Nest in den Rauchfang gebaut. Sie zwitschern fröhlich, als ob sie mein Zimmer bewohnten.

17. Mai und folgende Tage. Der Absinth um sechs Uhr auf der Terrasse der Brasserie des Lilas hinter dem Marschall Ney ist mein einziges Laster und meine einzige Freude geworden. Da, nach beendeter Tagesarbeit, wenn Körper und Seele erschöpft sind, erhole ich mich bei dem grünen Getränk, einer Zigarette, dem Temps und den Débats.

Wie süß ist doch das Leben, wenn der Nebel eines mäßigen Rausches seinen Schleier über des Daseins Miseren zieht! Wahrscheinlich beneiden mich die Mächte um diese Stunde einer eingebildeten Seligkeit zwischen 6 und 7 Uhr, denn von diesem Abend an wird dieses Glück durch eine Reihe von Verdrießlichkeiten gestört, die ich jetzt nicht dem Zufall zuschreiben möchte.

Am 17. Mai also ist mein Platz, der schon seit fast zwei Jahren mein Stammplatz ist, besetzt; ebenso alle anderen Stühle. Tief betrübt muß ich in ein anderes Cafe gehen.

18. Meine alte Ecke im Lilas ist wieder frei geworden und ich bin unter meiner Kastanie hinter dem Marschall zufrieden, selbst glücklich. Der wohlbereitete Absinth ist da, die Zigarette angezündet, und der Temps ausgebreitet.

Da geht ein Betrunkener vorüber; ein widerlicher Kerl, dessen tückische, höhnische Miene mich stört. Sein Gesicht ist weinrot, seine Nase preußischblau, sein Auge boshaft. Ich koste meinen Absinth und bin glücklich, daß ich nicht bin, wie dieser Säufer ... Da, ich weiß nicht wie, ist mein Glas umgefallen und leer. Ohne Geld zu einem andern, zahle ich und verlasse das Café, ganz gewiß war es wieder der böse Feind, der mir diesen Streich gespielt.

19. Mai. Ich wage nicht, ins Café zu gehen.

20. Mai. Ich bin um die Terrasse des Lilas herumgeschlichen und habe endlich meine Ecke frei gefunden. Man muß die bösen Geister bekämpfen, mag also der Krieg beginnen. Der Absinth ist gebraut, die Zigarette glimmt und der Temps erzählt große Neuigkeiten. Da, ich lüge nicht, mein Leser, entsteht über meinem Haupte im Hause des Cafés ein Schornsteinbrand! Allgemeine Panik. Ich bleibe sitzen, aber ein stärkerer Wille lenkt eine Wolke Ruß so gut auf mich herab, daß sich zwei große Flocken auf mein Glas setzen. Fassungslos, aber immer noch der alte Ungläubige und Zweifler, gehe ich weg.

1. Juni. Nach einer längeren Enthaltsamkeit wird die Sehnsucht nach meiner Kastanie wieder in mir rege. Mein Tisch ist besetzt, und ich setze mich an einen alleinstehenden und ruhigen andern. Man muß die bösen Geister bekämpfen … Da kommt eine Familie kleiner Leute und setzt sich in meine Nähe; sie scheint aus unzähligen Gliedern zu bestehen und es werden noch immer mehr, immer mehr. Frauen stoßen an meinen Stuhl, Kinder wickeln ihre kleinen Geschäfte vor meinen Augen ab, junge Männer nehmen mir die Streichhölzer weg, ohne um Entschuldigung zu bitten. So sitze ich inmitten einer lärmenden, unverschämten Menge, aber ich wanke und weiche nicht. Da geschieht etwas, das ohne allen Zweifel die geschickten Hände des Unsichtbaren verrät, denn von einem Verdacht auf diese Personen, denen ich gänzlich unbekannt bin, kann nicht die Rede sein.

Ein junger Mann legt mit einer mir unverständlichen Gebärde einen Sou auf meinen Tisch. Fremd und allein unter einer Menge Menschen, lasse ich es über mich ergehen; aber blind vor Zorn suche ich nach einer Erklärung des Vorfalls.

Er gibt mir einen Sou wie einem Bettler!

Bettler! das ist der Dolch, den ich mir in die Brust stoße. Bettler! ja, denn du verdienst nichts und …

Der Kellner bietet mir einen bequemeren Platz an, und ich lasse das Geldstück liegen. Welche Schande! Er bringt es mir nach und läßt mich mit höflichen Worten wissen, der junge Mann habe es unter meinem Tisch aufgehoben und geglaubt, daß es mir gehöre. –

Ich schäme mich, und um meinen Zorn zu besänftigen, bestelle ich einen zweiten Absinth.

Der Absinth ist da und alles ist wunderschön, als ein pestartiger Ammoniakgeruch mir den Atem benimmt.

Was war das wieder? Nun, weder ein Wunder, noch irgendeine böse Absicht … Ein Abflußrohr öffnete sich am Rande des Trottoirs, wo gerade mein Stuhl stand. Ich fange an zu begreifen, daß die guten Geister mich von einem Laster heilen wollen, das zuletzt ins Irrenhaus führt. Gesegnet sei die Vorsehung, die mich gerettet hat!

25. Mai. Trotzdem die Hausordnung Frauen ausschließt, hat sich eine Familie neben meinem Zimmer einquartiert. Ein Tag und Nacht schreiender Säugling

macht mir viel Vergnügen und erinnert mich an die gute alte Zeit zwischen dreißig und vierzig, wo das Leben am blühendsten war.

26. Mai. Die Familie zankt sich, das Kind heult; wie sich doch alles gleicht und wie süß es doch – heute – für mich ist!

Den Abend sah ich die Engländerin wieder. Sie war reizend und lächelte mir mit ihrem guten mütterlichen Lächeln zu. Sie hat eine Serpentintänzerin gemalt, die einer Nuß oder einem Gehirn gleicht. Das Bild hängt ziemlich versteckt im Restaurant hinter dem Büfett der Madame Charlotte.

29. Mai. Ein Brief meiner Kinder aus erster Ehe benachrichtigt mich, es sei eine Depesche gekommen, sie sollten in Stockholm dem vor meiner Nordpolfahrt stattfindenden Abschiedsfeste beiwohnen. Sie verstehen von alledem nichts und ich ebensowenig. Welch fataler Irrtum!

Die Zeitungen melden das Unglück in Saint Louis (Saint Louis!) in Amerika, wo ein Zyklon tausend Menschen getötet hat.

2. Juni. In der Avenue de l'Observatoire fand ich zwei genau herzförmige Kiesel. Am Abend fand ich im Garten eines russischen Malers ein drittes Herz von derselben Größe und vollkommener Ähnlichkeit mit den andern beiden. Der „Aufschwung" von Schumann hat aufgehört, und ich bin wieder ruhig.

4. Juni. Ich besuche den dänischen Maler in der Rue de la Santé. Der große Hund ist verschwunden, der Zugang frei. Wir gehen auf einer Terrasse im Boulevard Port-Royal speisen. Meinem Freund ist kalt und unbehaglich, und da er seinen Überzieher vergessen hat, lege ich ihm den meinigen über die Schultern. Zuerst beruhigt ihn dies, er fühlt sich von mir beherrscht und sträubt sich nicht dagegen. Wir sind über alle Punkte einig; er wagt sich nicht mehr zu widersetzen. Er gesteht, daß Popoffsky ein Lump sei und daß ich ihm alle meine Unfälle verdankte. Plötzlich überfällt ihn eine sonderbare Nervosität, er zittert wie ein Medium unter dem Einfluß des Hypnotiseurs, wird aufgeregt, schüttelt den Überzieher ab, hört auf zu essen, legt die Gabel beiseite, steht auf und verabschiedet sich.

Was war das? Ein Nessusgewand? Hat sich mein nervöses Fluidum in meinem Überzieher aufgespeichert und durch seine ungleiche Polarität ihn unterjocht? Sollte es das sein, worauf Hesekiel Kapitel 13, Vers 18 hinzielt: „So spricht der Herr Herr: Wehe euch, die ihr Kissen machet den Leuten unter die Arme und Pfühle zu den Häuptern, beides, Jungen und Alten, *die Seelen zu fangen!* ... Ich will eure Pfühle zerreißen und mein Volk aus eurer Hand erretten, daß ihr sie nicht mehr fangen sollt und sollt erfahren, daß ich der Herr sei."

Bin ich ein Zauberer geworden, ohne daß ich es weiß?

7. Juni. Ich besuchte meinen dänischen Freund, um seine Bilder zu betrachten. Bei meiner Ankunft war er gesund und munter, aber nach einer halben Stunde bekam er einen nervösen Anfall, der sich dermaßen verstärkte, daß er sich auskleiden und zu Bett legen mußte.

Was fehlte ihm? Hatte er ein schlechtes Gewissen?

14. Juni. Sonntag. Im Jardin du Luxembourg finde ich noch ein viertes Kieselsteinherz von derselben Art, wie die drei vorigen. Der Stein ist mit einem Stückchen Flittergold beklebt; das Ganze bleibt mir ein Rätsel, dünkt mir aber eine Vorbedeutung. Ich vergleiche die vier Steine vor dem offenen Fenster, als die Glocken von Saint-Sulpice zu läuten beginnen, dann fängt die große Glocke von Notre-Dame an, und durch dieses gewöhnliche Läuten dringt ein Rollen, dumpf, feierlich, als käme es aus den Eingeweiden der Erde.

Ich frage den Kellner, der mir die Post bringt, was das sei.

„Die große Savoyarde von Sacré-Coeur de Montmartre."

Wir haben also das Fest von Sacré-Coeur? Und ich betrachte diese vier harten Steinherzen, durch dies auffallende Zusammentreffen eigentümlich erregt.

Ich höre in der Richtung von Notre-Dame des Champs einen Kuckuck, und doch ist es unmöglich; oder sind meine Ohren so übermäßig fein geworden, daß sie Töne aus dem Walde von Meudon hören?

§§§

15. Juni. Ich fahre nach Paris, um einen Scheck in Noten und Gold umzuwechseln. Zu meinem Erstaunen schwankt der Quai Voltaire unter meinen Füßen; freilich auch die Karussell-Brücke erzittert unter dem Gewicht der Wagen. Aber heute setzt sich diese Bewegung über den Tuilerien-Hof bis zur Avenue de l'Opera fort. Eine Stadt zittert gewiß immer, aber um es zu merken, muß man raffinierte Nerven haben.

Die andere Seite des Wassers ist für uns Bewohner von Montparnasse eine fremde Welt. Ein Jahr fast ist es her, seit ich der Lyoner Kreditbank im Kredit Lyonnais oder dem Café de la Régence meinen letzten Besuch abstattete. Auf dem Boulevard des Italiens ergriff mich ein Heimweh, und ich eilte zum Wasser zurück, wo der Anblick der Rue des Saints-Pères mein Herz neu belebte.

In der Nähe der Kirche Saint-Germaine des Prés begegne ich einem Leichenwagen und später zwei kolossalen Madonnen, welche auf einem Karren fortgeschafft wurden. Die eine, die mit gefalteten Händen und gen Himmel gerichteten Blicken kniete, machte einen starken Eindruck auf mich.

16. Juni. Auf dem Boulevard Saint-Michel kaufe ich ein Bildchen, geschmückt mit einer Glaskugel, welche die Madonna von Lourdes in ihrer berühmten Grotte enthält; vor ihr kniet eine verschleierte Frau. Als ich das Bild in die Sonne stelle, wirft es wunderbare Schatten. Auf der hinteren Seite der Grotte hat der Gips zufälliger- und vom Künstler unvorhergesehenerweise einen Christuskopf gebildet.

18. Juni. Mein dänischer Freund tritt bestürzt und am ganzen Körper zitternd in mein Zimmer. Popoffsky ist unter der Anklage, eine Frau und zwei Kinder, seine Geliebte und seine zwei außerehelichen Kinder, ermordet zu haben, in Wien verhaftet worden.

Nach der ersten Überraschung und dem ersten aufrichtigen Mitleid für einen Freund, der mir doch einst so nahe gestanden hatte, überkommt meinen durch die monatelangen Drohungen gefolterten Geist eine tiefe Ruhe.

Unfähig, meinen gerechten Egoismus zu verhehlen, lasse ich meinen Gefühlen freien Lauf: Es ist schrecklich, und doch erleichtert es mich, wenn ich an die Gefahr denke, der ich entgangen bin.

Was mag ihn dazu getrieben haben? Wir vermuten als Grund Eifersucht der legitimen Gattin gegen die illegitime Familie und Kosten, die diese nach sich ziehen mußte. Vielleicht auch ...

„Was?“

„Vielleicht haben seine blutdürstigen Instinkte unlängst in Paris keinen Ausweg gefunden und haben sich nun irgendeinen andern, gleichviel welchen, gesucht.“

Bei mir selbst sage ich: wäre es möglich, daß meine glühenden Gebete den Dolch ab – und auf den Mörder selbst zurückgewendet hätten?

Ich grübele nicht weiter und schlage großmütig wie ein Sieger vor:

„Retten wir unseren Freund wenigstens literarisch; ich werde einen Aufsatz über seine schriftstellerischen Verdienste bringen, Sie zeichnen ein sympathisches Porträt, und das Ganze bieten wir der *Revue Blanche* an.

Im Atelier des Dänen (der Hund bewacht es nicht mehr), betrachten wir ein vor zwei Jahren gemaltes Porträt Popoffskys. Es gibt nur seinen Kopf, da der Rumpf von einer Wolke gleichsam abgeschnitten ist. Darunter kreuzen sich Totenknochen, wie man es auf Grabtafeln sieht. Der abgeschnittene Kopf macht uns schaudern, und der Traum vom dreizehnten Mai taucht wieder wie ein Gespenst vor mir auf.

„Wie sind Sie auf den Gedanken mit dieser Enthauptung gekommen?"

„Das ist schwer zu sagen; aber es ruhte ein Verhängnis auf diesem feinen Geiste mit genialischen Spuren, der vom höchsten Ruhme träumte, ohne den Preis dafür zahlen zu wollen. Das Leben läßt uns nur eines wählen, den Lorbeer oder die Sinnenlust."

„Sie haben das endlich auch entdeckt?"

23. Juni. Ich hebe eine unechte Nadel mit einer falschen Perle auf. Aus dem Goldbad fische ich wieder ein goldenes Herz.

Als ich abends durch die Rue de Luxembourg wandere, sehe ich hinter der ersten Allee rechts über den gegen den Himmel sich zeichnenden Bäumen eine Hirschkuh. Als ich bewundernd stehenbleibe – so schön ist sie in Form und Farbe – bewegt sie den Kopf und verschwindet in südöstlicher Richtung. (Donau!)

Diese letzten Tage nach der Katastrophe des Russen ergreift mich eine neue Unruhe. Es scheint mir, daß man sich mit meinem Schicksal irgendwo beschäftigt, und ich vertraue dem dänischen Maler an, daß der Haß des gefangenen Russen mich wie das Fluidum einer elektrischen Maschine leiden läßt.

Es gibt Augenblicke, in denen ich voraus ahne, daß mein Aufenthalt in Paris bald zu Ende sein wird, und daß mich ein Umschwung meiner Verhältnisse erwartet.

Der Hahn auf dem Kreuze von Notre-Dame des Champs scheint mir mit den Flügeln zu schlagen, als wolle er fortfliegen, und zwar nach Norden.

Im Vorgefühl meiner baldigen Abreise vollende ich eilig meine Studien im Jardin des Plantes.

Eine Zinkwanne, in der ich Goldsynthesen auf feuchtem Wege vornehme, zeigt an den inneren Seiten eine durch verflüchtigte Eisensalze gebildete Landschaft. Ich verstehe, es ist eine Voraussagung, aber ich errate nicht, wo diese Landschaft liegen wird. Hügel mit Koniferen, vor allem mit Tannen bewaldet; zwischen ihnen Ebenen mit Obstbäumen; Kornfelder, alles weist auf die Nachbarschaft eines Flusses. Einer der Hügel mit Abhängen von schichtenförmiger Bildung ist mit der Ruine einer stolzen Burg gekrönt. Ich kenne mich noch nicht aus, aber ich werde nicht lange im Ungewissen bleiben.

25. Juni. Bei dem Haupt des wissenschaftlichen Okkultismus, dem Direktor der Initiation eingeladen. Als der Doktor und ich in Marolles en Brie anlangen, werden wir von drei schlechten Nachrichten empfangen. Ein Wiesel hatte die Enten getötet, eine Magd war erkrankt; das dritte ist mir entfallen.

Am Abend der Rückkehr nach Paris lese ich in einer Zeitung die so berühmt gewordene Geschichte von dem Gespensterhaus in Valence en Brie.

Brie? Argwöhnisch fürchte ich, daß die Bewohner meines Hotels Verdacht schöpfen, von meinem Ausflug nach Brie Wind bekommen und infolge meiner alchimistischen Arbeiten auf mich den Verdacht werfen könnten, daß ich jene Stänkerei oder besser Hexerei in Szene gesetzt hätte.

Ich habe mir einen Rosenkranz gekauft. Warum? Er ist schön und die bösen Geister fürchten das Kreuz; übrigens denke ich über die Triebfedern meiner Handlungen nicht mehr nach. Ich handle, wie es kommt, das Leben ist so viel unterhaltender.

In der Affäre Popoffsky zeigt sich ein Umschwung; sein Freund, der Däne, fängt an, die Wahrscheinlichkeit des Verbrechens zu bestreiten, indem er vorbringt, die Untersuchung habe die Anklage widerlegt. So ist also unser Artikel aufgeschoben, und die alte Kälte greift wieder Platz. Gleichzeitig taucht auch das Ungeheuer von Hund wieder auf, ein Wink für mich, auf meiner Hut zu sein.

Als ich nachmittags an meinem Fenstertisch schreibe, bricht ein Gewitter los. Die ersten Regentropfen fallen auf mein Manuskript und besudeln es derart, daß aus verwischten Buchstaben das Wort *Alp* entsteht und dazu noch ein Klecks in der Form eines riesigen Gesichts. Ich behalte die Zeichnung, sie ähnelt dem japanischen Donnergott, wie er in der ›Atmosphäre‹ Camille Flammarions abgebildet ist.

28. Juni. Ich habe meine Frau im Traume gesehen; sie hatte einen zahnlosen Mund. Sie gab mir eine Gitarre, die wie ein Donauboot aussah.

Derselbe Traum bedrohte mich mit Gefängnis.

Morgens hob ich in der Rue d'Assas einen Papierstreifen in Regenbogenfarben auf.

Nachmittags zerreibe ich auf einem Stück Pappe Quecksilber, Zinn, Schwefel und ein Ammoniakchlorat. Wie ich die Masse abnahm, behielt die Pappe den Abdruck eines Gesichtes, das eine außerordentliche Ähnlichkeit mit dem meiner Frau im Traume der vergangenen Nacht hatte.

1. Juli. Ich erwarte irgendwo eine Eruption, ein Erdbeben, einen Blitzschlag. Nervös wie ein Pferd beim Nahen der Wölfe wittere ich die Gefahr, packe meine Koffer zur Flucht, ohne mich indessen noch zu ihr entschließen zu können.

Der Russe ist aus Mangel an Beweisen aus dem Gefängnisse entlassen; sein Freund, der Däne, ist mein Feind geworden. Die Gesellschaft im Restaurant verfolgt mich. Das letzte Mittagessen wurde wegen der Hitze im Hofe aufgetragen. Der Tisch war zwischen der Müllkiste und den Aborten aufgestellt. Über der Müllkiste hängt das Bild meines ehemaligen amerikanischen Freundes, das gekreuzigte Weib. Man hat sich so an ihm gerächt, da er, ohne seine Schulden zu bezahlen, verschwunden ist. Neben dem Tisch haben die Russen eine Statuette, einen Krieger mit der traditionellen Sense, aufgestellt. Um mir Furcht zu machen! Ein junger Bursche aus dem Hause geht hinter meinem Rücken mit der schlecht verhehlten Absicht, mich zu ärgern, auf den Abort. Der Hof ist eng wie ein Schacht und läßt keine Sonne über die hohen Mauern herein. Die fast überall in den Etagen wohnenden Dirnen lassen aus ihren offenen Fenstern einen Hagel von Zoten auf unsere Köpfe niederprasseln. Die Mägde kommen mit ihren Körben voll Unrat, um sie in die Müllkiste auszuschütten. – Es ist die Hölle selber. Dazu suchen mich noch meine beiden Nachbarn, geständige Päderasten, durch ihre widerliche Unterhaltung in einen Streit zu verwickeln.

Warum bin ich hier? Weil mich die Einsamkeit zwingt, menschliche Wesen aufzusuchen und menschliche Stimmen zu hören.

Da, als meine seelische Qual ihren höchsten Grad erreicht, entdecke ich auf dem winzigen Gartenbeet einige blühende Stiefmütterchen. Sie schütteln ihre Köpfe, als wollten sie mir eine Gefahr anzeigen, und eines von ihnen mit einem Kindergesicht und großen Augen winkt mir:

„Geh fort!“

Ich erhebe mich und zahle; als ich hinausgehe grüßt mich der Bursche mit verstecktem Hohn, der mir übelmacht. Aber ich bleibe ruhig.

Ich habe Mitleid mit mir selbst, und schäme mich für die anderen. Ich vergebe den Schuldigen, als wären es Dämonen, die ihre Pflichten nun einmal erfüllen müssen. Inzwischen wird die Ungnade der Mächte allzu deutlich, und ich mache mich zu Hause daran, mein Soll und Haben zu überschlagen. Bis heute, und das war meine Stärke, habe ich mich vor den andern nicht zu beugen vermocht, jetzt aber, durch die Hand des Unsichtbaren niedergeschmettert, bemühe ich mich, mir selber unrecht zu geben, und Furcht erfaßt mich, da ich über mein Betragen während der letzten Wochen gründlich nachdenke. Mein Gewissen beichtet mir rückhalt- und erbarmungslos. Ich hatte durch Hochmut gesündigt, durch *Hybris,* das einzige Laster, welches die Götter nicht verzeihen. Durch die Freundschaft des Doktor Papus, der meine Untersuchungen gelobt hatte, ermutigt, bildete ich mir ein, die Sphinx enträtselt zu haben.

Ein Nacheiferer des Orpheus, hielt ich es für meine Rolle, die unter den Händen der Gelehrten verendete Natur aufs neue zu beleben.

Der Gunst der Mächte bewußt, schmeichelte ich mir, meinen Feinden gegenüber unbesiegbar zu sein und vergaß der gewöhnlichsten Regungen der Bescheidenheit.

Es ist hier der rechte Augenblick, die Geschichte meines geheimen Freundes einzuschalten, der eine entscheidende Rolle in meinem Leben, als Mentor, Ratgeber, Tröster, Richter und nicht zum wenigsten als ein in verschiedenen Zeiten der Not verläßlicher Helfer spielte. Schon 1890 schrieb er mir wegen eines Buches, das ich damals veröffentlichte. Er hatte zwischen meinen Ideen und denen der Theosophen Berührungspunkte gefunden und verlangte über die Geheimlehre und die Isis-Priesterin, Madame Blawatsky, meine Meinung zu hören. Der anmaßende Ton seines Briefes mißfiel mir, und ich verbarg dies auch in meiner Antwort durchaus nicht. Vier Jahre später veröffentlichte ich den Antibarbarus und erhalte im kritischsten Moment meines Lebens von der Hand dieses Unbekannten einen zweiten Brief, in dem er mir im gehobenen, fast prophetischen Stil eine schmerzens- und glorreiche Zukunft vorhersagt. Zugleich setzt er mir auseinander, er habe diesen Briefwechsel in einer Ahnung wieder aufgenommen, daß ich mich augenblicklich in einer seelischen Krise befände, in der mir ein Trostwort vielleicht nottäte. Schließlich bietet er mir seine Hilfe an, die ich jedoch, auf meine elende Unabhängigkeit eifersüchtig, ablehne.

Im Herbst 1895 fange ich die Korrespondenz wieder an, indem ich ihm meine naturgeschichtlichen Schriften zum Verlag anbiete. Seit diesem Tage unterhalten wir die freundschaftlichsten und intimsten brieflichen Beziehungen; wenn ich ein kurzes Zerwürfnis ausnehme, das entstand, als er mich einmal in verletzendem Tone über bekannte Dinge unterrichten zu müssen glaubte und mir in hochmütigen Worten meinen Mangel an Bescheidenheit vorpredigte.

Nachdem wir uns jedoch wieder ausgesöhnt, teilte ich ihm wieder alle meine Beobachtungen mit und gab mich ihm mit größerem Vertrauen, als es vielleicht klug war.

Ich beichtete diesem Manne, den ich nie gesehen hatte, alles und ertrug von ihm die ernstesten Ermahnungen, denn ich betrachtete ihn eher als eine Idee, denn als eine Person; er war für mich ein Bote der Vorsehung, mein guter Geist.

Doch gab es zwischen uns eine kardinale Meinungsverschiedenheit, die zu sehr lebhaften Erörterungen führte, ohne daß jedoch der Streit in Bitterkeit ausartete. Als Theosoph predigte er Karma, das heißt die ideelle Summe der menschlichen Geschicke, welche sich untereinander im Sinne einer gewissen Nemesis ausgleichen. Er war also ein Verfechter der mechanischen Weltordnung, ein Epigone der sogenannten materialistischen Schule. Mir hatten sich die Mächte als eine oder mehrere konkrete, lebende, individualisierte Personen offenbart, die den Lauf der Welt und die Schicksale der Menschen bewußt, oder, wie die Theologen sagen, persönlich lenken. Die zweite Meinungsverschiedenheit bezog sich auf die Verleugnung und Abtötung des eigenen Ichs, was für mich stets etwas völlig Törichtes ist und bleibt.

Alles, das heißt das Wenige, was ich weiß, geht auf das Ich als seinen Mittelpunkt zurück. Nicht der Kultus zwar, wohl aber die Kultur dieses Ichs erweist sich also als der höchste und letzte Zweck des Daseins. Meine endgültige und stete Antwort auf seine Einwendungen lauten also: Die Abtötung des Ichs heißt sein Selbstmord.

Vor wem soll ich mich überhaupt beugen? Vor den Theosophen? Niemals!

Vor dem Ewigen, den Mächten, der Vorsehung, lasse ich soviel als möglich, meinen bösen Instinkten immer und alle Tage freien Lauf. Kämpfen für die *Erhaltung* meines Ichs gegen alle Einflüsse, die eine Sekte oder Partei aus Herrschsucht auf mich ausüben will, das ist meine Pflicht, das sagt mir mein Gewissen, das mir die Gnade meiner göttlichen Beschützer gegeben hat.

Dessenungeachtet dulde ich es wegen der Eigenschaften dieses unsichtbaren Menschen, den ich lieben und bewundern muß, wenn er mich manchmal in anmaßender Weise als einen unter ihm Stehenden behandelt. Ich antworte ihm stets und verhehle ihm nicht meinen Widerwillen gegen die Theosophie.

Schließlich aber – es war gerade während des Popoffskyschen Abenteuers – fällt er in eine so hochmütige Sprache, und wird in seiner Tyrannei so unerträglich, daß ich fürchten muß, daß er mich für einen Narren hält. Er nennt mir Simon Magus, den Schwarzkünstler, und empfiehlt mir Madame Blawatsky. Ich schrieb ihm zurück, daß ich die Dame durchaus nicht nötig hätte, und *daß überhaupt niemand mich etwas zu lehren hätte*. Und womit droht er mir darauf? Daß er mich mit Hilfe stärkerer Mächte, als es die meinigen wären, auf den richtigen Weg wieder zurückbringen werde. Da bitte ich ihn, doch nicht an mein Schicksal rühren zu wollen, das die Hand der Vorsehung immer so gut gehütet und geleitet hat. Und um ihm meinen Glauben durch ein Beispiel deutlich zu machen, erzähle ich ihm folgende Einzelheit aus meinem an providentiellen Zwischenfällen so reichen Leben, indem ich jedoch vorausschicke, daß ich durch die Erzählung eben dieser Geschichte die Nemesis herauszufordern fürchtete.

Es war vor zehn Jahren, inmitten meiner lärmendsten literarischen Periode, als ich gegen die Frauenbewegung wütete, die außer mir jedermann in Skandinavien unterstützte. Ich ließ mich von der Wut des Kampfes fortreißen und überschritt die Grenzen der Schicklichkeit so weit, daß meine Landsleute mich für verrückt hielten.

Ich hielt mich gerade mit meiner ersten Frau und unsern Kindern in Bayern auf, als ein Brief von meinem Jugendfreund ankam, der mich und meine Kinder auf ein Jahr lang zu sich einlud. Meiner Frau tat er keine Erwähnung.

Der Charakter dieses Briefes flößte mir, besonders infolge seines geschraubten Stils, seiner Verbesserungen und Weglassungen, die eine Unschlüssigkeit des Schreibers in der Wahl der Gedanken bekundeten, Argwohn ein. Da ich eine Falle witterte, so lehnte ich das Anerbieten mit ein paar nichtssagenden, liebenswürdigen Worten ab.

Zwei Jahre später nach meiner ersten Scheidung lade ich mich allein bei meinem Freunde ein, der auf einer kleinen Küsteninsel in der Ostsee als Zollinspektor lebt.

Der Empfang ist herzlich, aber die ganze Stimmung verlogen und zweideutig, und die Unterhaltung schon mehr ein Polizeiverhör. Nach einer Nacht Nachdenken bin ich mir klar. Dieser Mann, dessen Eigenliebe ich in einem meiner Romane gekränkt habe, will mir, ungeachtet der Sympathie, die er mir entgegenbringt, nicht wohl. Ein Despot ohnegleichen, will er sich an meinem Geschick versuchen, mich bändigen und unterjochen, um mir so seine Überlegenheit zu zeigen.

Wenig rücksichtsvoll in der Wahl seiner Mittel, quält er mich eine Woche lang, vergiftet mich mit Verleumdungen und zur jeweiligen Gelegenheit erfundenen Märchen, macht es aber so ungeschickt, daß es mir immer mehr zur Überzeugung wird, daß er mich als Geisteskranken internieren will.

Ich leiste ihm keinen sonderlichen Widerstand und überlasse es meinem guten Sterne, mich zur rechten Zeit wieder zu befreien.

Meine scheinbare Unterwerfung gewinnt mir meinen Henker, und allein, mitten auf dem Meere, von seinen Nachbarn und Untergebenen gehaßt, gibt er seinem Bedürfnis, sich mir anzuvertrauen, nach. Er erzählt mir mit einer bei einem Fünfziger unbegreiflichen Naivität, daß seine Schwester vergangenen Winter verrückt geworden sei, und in einem Anfall von Geistesgestörtheit ihre Ersparnisse verbrannt habe.

Den andern Morgen erfahre ich von ihm des Weiteren, daß sein Bruder auf dem Festlande in einem Irrenhaus steckt.

Ich frage mich: Will er vielleicht gerade deshalb, um sich an dem Geschick zu rächen, auch mich in ein Tollhaus gesperrt sehen?

Nachdem er mir so sein Unglück geklagt hat, gewinne ich seine volle Zuneigung, so daß ich die Insel verlassen und mir auf einer benachbarten Insel, wo ich meine Familie antreffe, eine Wohnung mieten kann. Vier Wochen später ruft mich ein Brief zu meinem „Freunde“, der ganz gebrochen ist, weil sein Bruder in einem Anfall von Tobsucht sich den Schädel zerschmettert hat. Ich tröste ihn, meinen Henker, und seine Frau vertraut mir zum Überfluß unter Tränen ihre schon lange gehegte Befürchtung, daß ihren Mann dasselbe Schicksal wie die andern ereilen werde.

Ein Jahr darauf erzählen die Zeitungen, daß der älteste Bruder meines Freundes sich unter Umständen, welche auf Wahnsinn hindeuteten, das Leben genommen habe. Drei Schläge also auf das Haupt dieses Mannes, der mit dem Blitz hatte spielen wollen.

„Welcher Zufall!“ wird man ausrufen. Und noch mehr! Welch verhängnisvoller Zufall, daß ich jedesmal, wenn ich diese Geschichte erzähle, dafür gezüchtigt werde.

Die große Julihitze lastet über der Stadt; das Leben ist unerträglich; alles stinkt und die hundert Aborte nicht am wenigsten.

Ich erwarte irgendeine Katastrophe.

Auf der Straße finde ich einen Fetzen Papier mit dem Worte *Marder*, in einer anderen Straße einen ähnlichen Fetzen, der von derselben Hand das Wort *Geier* enthält. Popoffsky gleicht vollkommen einem Marder wie seine Frau einem Geier. Sind sie nach Paris gekommen, um mich zu töten? Er, der Mörder ohne Vorurteile, ist zu allem fähig, nachdem er Frau und Kinder ermordet hat.

Die Lektüre des köstlichen Buches „La joie de mourir“ erregt den Wunsch in mir, aus der Welt zu gehen. Die Grenze zwischen Leben und Tod kennenzulernen, lege ich mich auf das Bett, entkorke das Fläschchen mit Zyankali und lasse es seine vernichtenden Düfte ausströmen. Der Mann mit der Sense nähert sich sanft, wollüstig, aber im letzten Augenblick tritt immer jemand oder etwas dazwischen; entweder kommt der Kellner unter irgendeinem Vorwand oder eine Wespe fliegt durch das Fenster herein.

Die Mächte verweigern mir die einzige Freude, und ich beuge mich ihrem Willen.

Anfang Juli wird das Hotel leer, die Studierenden sind in die Ferien gereist. Um so mehr erregt ein Fremder, der das Zimmer auf Seiten meines Arbeitstisches bezieht, meine Neugierde. Der Unbekannte spricht niemals, er scheint sich hinter der Wand, die uns trennt, mit Schreiben zu beschäftigen. Merkwürdigerweise rückt er, stets wenn ich meinen Stuhl rücke, auch den seinigen, er macht und ahmt überhaupt alle meine Bewegungen nach, als ob er mich reizen wolle. So geht es drei Tage. Am vierten mache ich folgende Beobachtung: Gehe ich schlafen, so geht der andere im Zimmer neben meinem Tisch auch schlafen, liege ich aber völlig im Bett, so höre ich ihn sich im anderen Zimmer niederlegen und das Bett an meiner Wand besetzen. Ich höre es, wie er sich parallel mit mir ausstreckt; er blättert in einem Buch, löscht dann die Lampe aus, atmet laut, dreht sich auf die Seite und schläft ein. Eine tiefe Stille herrscht in dem Zimmer neben meinem Tisch. Er bewohnt also beide. Es ist unangenehm, von zwei Seiten belagert zu werden. Mutterseelenallein nehme ich mein Mittagessen auf einem Tablett auf meinem Zimmer ein und esse so wenig, daß der Kellner mich bedauert. Seit acht Tagen habe ich meine Stimme nicht mehr gehört, und ihr Ton beginnt aus Mangel an Übung bereits abzunehmen. Ich habe keinen Sou mehr, und Tabak und Briefmarken gehen mir aus. Da sammle ich meine Willenskraft zu einem letzten Versuch; ich *will* Gold machen, auf trocknem Wege durch Feuer. Das Geld dazu findet sich, Ofen, Schmelztiegel, Holzkohlen, Blasebalg und Zangen ebenfalls. Die Hitze ist furchtbar und, wie ein Schmiedearbeiter bis zu den Hüften entkleidet, schwitze ich vor dem offenen Feuer. Aber die Sperlinge haben ihr Nest in den Schornstein gebaut und die Kohlendämpfe schlagen ins Zimmer heraus. Ich möchte toll werden über diesen ersten Versuch, meine Kopfschmerzen und die Eitelkeit meiner Bemühungen; denn alles geht verkehrt. Nachdem ich die Masse dreimal im Feuer geschmolzen, sehe ich in das Innere des Tiegels. Der Borax hat einen Totenkopf mit zwei leuchtenden Augen gebildet, die meine Seele wie mit übernatürlicher Ironie durchbohren.

Wieder kein Metallkorn! Und ich verzichte auf alle folgenden Versuche.

Ich sitze in meinem Sessel und lese in der Bibel, wo ich sie gerade aufgeschlagen habe: „Sie gehen nicht in ihr Herz; keine Vernunft noch Witz ist da, daß sie doch dächten: Ich habe die Hälfte mit Feuer verbrannt und habe auf den Kohlen Brot gebacken und Fleisch gebraten und gegessen; und sollte das übrige zum Greuel machen und sollte knien vor einem Klotz? Es gibt Asche und täuscht das Herz, das sich zu ihm neigt; und kann seine Seele nicht erretten. Noch denkt er nicht: Ist das auch Trügerei, das meine rechte Hand treibt? ... So spricht der Herr, dein Erlöser, der dich von Mutterleibe hat zubereitet: Ich bin der Herr, der alles tut, der den Himmel ausbreitet allein und die Erde weit macht ohne Gehilfen, *der die Zeichen der Wahrsager zunichte und die Weissager toll macht, der die Weisen zurückkehrt, und ihre Kunst zur Torheit macht*."

Zum ersten Male zweifle ich an meinen wissenschaftlichen Versuchen. Wenn das alles Torheit ist, ah, dann habe ich mein Lebensglück und das meiner Frau und Kinder einem Hirngespinst geopfert!

Wehe mir Verblendetem! Der Abgrund zwischen der Trennung von meiner Familie und diesem Augenblick öffnet sich! Ein und ein halbes Jahr, ebensoviel schmerzliche Tage und Nächte, um nichts!

Nein, das darf nicht sein, das ist nicht so.

Habe ich mich in einem dunklen Walde verirrt? Der gute Geist hat mich auf den rechten Weg nach der Insel der Seligen geleitet, aber Satan versucht mich. Man straft mich wieder. Schlaff sinke ich in meinen Sessel, eine ungewohnte Schwere lastet auf meinem Geiste. Aus der Wand scheint ein magnetisches Fluidum zu strömen und Schlaf schleicht sich in meine Glieder. Ich nehme mich zusammen, und stehe auf, um auszugehen. Als ich durch den Flur komme, höre ich zwei Stimmen in dem Zimmer neben meinem Tische flüstern.

Warum flüstern sie? In der Absicht, sich vor mir versteckt zu halten.

Durch die Rue d'Assas gehe ich nach dem Jardin de Luxembourg. Ich schleppe mich mühsam, vom Kreuz bis zu den Füßen gelähmt, vorwärts und sinke hinter Adam und seiner Familie auf eine Bank.

Ich bin vergiftet! Das ist mein erster Gedanke. Und Popoffsky, der Frau und Kinder durch giftige Gase getötet hat, ist hier. Er hat nach dem berühmten Experiment von Pettenkofer einen Gasstrom durch die Mauer geleitet. Was soll ich tun? Zur Polizei gehen! Nein, denn wenn ich keine Beweise vorbringen kann, wird man mich als einen Verrückten einsperren.

Vae soli! Wehe dem einsamen Menschen, dem Sperling auf dem Dache! Niemals war das Elend meines Daseins größer, und ich weine wie ein verlassenes Kind, das sich vor der Dunkelheit fürchtet.

Abends wage ich aus Furcht vor einem neuen Attentat nicht an meinem Tisch sitzen zu bleiben und lege mich zu Bett, ohne daß ich mich einzuschlafen getraute. Die Nacht bricht herein und meine Lampe brennt. Da sehe ich draußen an der gegenüberliegenden Mauer von meinem Fenster aus, den Schatten einer menschlichen Gestalt sich abzeichnen, ob Mann oder Frau, wüßte ich nicht zu sagen, aber ich glaube, es war eine Frau.

Als ich aufstehe, um es auszuspionieren, senkt sich das Rouleau geräuschvoll nieder, dann höre ich den Unbekannten in das Zimmer neben meinem Alkoven treten und alles ist still.

Drei Stunden bleibe ich mit offenen Augen liegen, in die der gewöhnliche Schlaf nicht kommen will. Da durchläuft meinen Körper ein beunruhigendes Gefühl:

ich bin das Opfer eines elektrischen Stromes, der zwischen den beiden benachbarten Zimmern hin und her geht. Die Spannung wächst, und trotz meines Widerstandes halte ich es im Bett nicht mehr aus, nur von einem Gedanken besessen:

„Man mordet mich! Ich will mich nicht morden lassen!"

Ich gehe hinaus, um den Diener in seiner Loge am Ende des Korridors zu sehen, aber ach, er ist nicht da. Man hat ihn also entfernt, beiseite gebracht, er ist stillschweigender Komplize, und ich bin verraten!

Ich steige die Treppe hinab und durcheile die Korridore, um den Vorstand der Pension zu wecken. Mit einer Geistesgegenwart, deren ich mich nicht für fähig gehalten, erzähle ich ihm von einem plötzlichen Unwohlsein, das von den Ausdünstungen meiner Chemikalien herrühre, und verlange für die Nacht ein anderes Zimmer.

Das einzige freie Zimmer liegt dank der zornigen Vorsehung gerade unter dem meines Feindes.

Ich öffne das Fenster und atme in vollen Zügen die frische Luft einer Sternennacht ein. Über den Dächern der Rue d'Assas und der Rue de Madame sind der Große Bär und der Polarstern sichtbar.

Nach Norden also! *Omen accipio!*

Als ich die Vorhänge meines Alkoven zuziehe, höre ich über meinem Kopfe den Feind, der aus dem Bett steigt und einen schweren Gegenstand in einen Koffer wirft, dessen Deckel er mit einem Schlüssel verschließt.

Er versteckt also etwas; vielleicht die Elektrisiermaschine!

Am andern Morgen, einem Sonntag, schnüre ich mein Bündel und gebe vor, ich wolle einen Ausflug ans Meer machen.

Dem Kutscher rufe ich Bahnhof Saint Lazare zu, aber vor dem Odeon ändere ich die Route und lasse ihn nach der Rue de la Clef in der Nähe des Jardin des Plantes fahren, woselbst ich inkognito bleiben will, um noch vor meiner Abreise nach Schweden meine Studien zu vollenden.

VII. Die Hölle

Endlich tritt eine Pause in meinen Strafen ein. Stundenlang sitze ich in meinem Sessel auf dem Vorplatz des Gartenhauses, betrachte die Blumen im Garten, und überdenke die letzte Vergangenheit. Die Ruhe, die mich nach meiner Flucht überkommt, überzeugt mich, daß mich nicht irgendeine Krankheit ergriffen hat, sondern daß wirkliche Feinde mich verfolgt haben. Den Tag über arbeite ich und schlafe ruhig zur Nacht. Von den Unsauberkeiten meines vorigen Aufenthalts endlich befreit, fühle ich mich unter den Stockrosen dieses Gartens, den Lieblingsblumen meiner Jugend, wie verjüngt.

Der Jardin des Plantes, dieses den Parisern selber unbekannte Wunder von Paris, ist mein Park geworden. Die gesamte Schöpfung in einem Gürtel, diese Arche Noahs, dieses wiedergewonnene Eden, in dem ich ohne Gefahr inmitten wilder Tiere wandle; es ist zuviel Glück! Von den Steinen gehe ich zum Pflanzen- und Tierreich über, bis ich zum Menschen komme, und hinter dem Menschen finde ich den Schöpfer. Diesen großen Künstler, der sich schaffend entwickelt, Entwürfe macht, die er wieder verwirft, gescheiterte Pläne wieder aufnimmt und die primitiven Formen ohne Ende vervollkommnet und vervielfältigt. Alles ist von seiner Hand erschaffen. Oft macht er in der Erfindung der Arten ungeheure Sprünge, und dann kommt die Wissenschaft und stellt die Lücken und die fehlenden Glieder fest, und bildet sich ein, daß die Zwischenarten verschwunden seien.

Da ich mich nun vor meinen Verfolgern sicher wähne, sende ich meine Adresse nach der Pension Orfila, um durch Wiederaufnahme meiner Korrespondenz mit der Außenwelt wieder in Verbindung zu treten.

Aber kaum habe ich mein Inkognito gelüftet, ist der Friede gebrochen. Es beunruhigt mich wieder allerlei, und das frühere Unbehagen kehrt zurück.

Zunächst werden in dem Zimmer, das neben dem meinen im Erdgeschoß liegt, und in dem bisher keine Möbel waren, Sachen aufgestapelt, deren Gebrauch mir unerklärlich ist.

Ein alter Herr mit grauen, boshaften Bärenaugen trägt leere Warenschachteln, Blechstreifen und andere unbestimmbare Gegenstände hinein.

Gleichzeitig beginnt die Rue de la Grande Chaumière über meinem Kopfe wieder zu lärmen. Man feilt und hämmert, als wollte man eine nihilistische Höllenmaschine aufstellen.

Zugleich ändert auch die Vorsteherin, die zuerst über meinen Aufenthalt erfreut war, ihr Benehmen; sucht mich auszukundschaften und ärgert mich durch die Art, mit der sie mich grüßt.

Ferner wechselt der erste Stock über mir die Mieter. Ein stiller alter Herr, dessen schwerfällige Schritte mir bekannt waren, ist nicht mehr da.

Es ist ein zurückgezogen lebender Rentier, der schon seit Jahren das Haus bewohnt. Er ist nicht ausgezogen, er hat nur das Zimmer gewechselt. Warum? Das Dienstmädchen, das mein Zimmer besorgt und mir die Mahlzeiten bringt, ist ernst geworden und wirft mir mitleidige Seitenblicke zu.

Jetzt fängt mit einem Male ein Rad an, sich über mir zu drehen, den ganzen Tag über zu drehen. Ich bin zum Tode verurteilt! Das ist meine feste Überzeugung. Von wem? Von den Russen, den Muckern, Katholiken, Jesuiten, Theosophen? Als was? Als Zauberer oder Schwarzkünstler?

Oder von der Polizei? Als Anarchist? Es ist das ja ein sehr guter Vorwand, persönliche Feinde zu beseitigen. In diesem Augenblick, da ich dies schreibe, weiß ich nicht mehr, was sich in dieser Julinacht, als der Tod sich auf mich stürzte, ereignete, aber ich werde mein Leben lang jene Lektion nicht vergessen.

Sollten Eingeweihte glauben, daß ich damals der Wirkung einer von *Menschenhand* gesponnenen Intrige erlegen sei, so mögen sie erfahren, daß ich niemandem zürne, denn, was ich heute weiß, ist, daß eine andere, stärkere Hand jene Hände, ihnen unbewußt, ja gegen ihren Willen geführt hat.

War es andrerseits keine Intrige, so muß ich annehmen, daß mir meine Einbildungskraft selbst diese korrigierenden Geister zur eignen Strafe geschaffen hat.

Wir werden in der Folge sehen, inwieweit diese Annahme wahrscheinlich ist.

Am Morgen des letzten Tages stehe ich mit einer Resignation auf, die ich religiös nennen möchte; nichts bindet mich mehr ans Leben: Ich habe meine Papiere geordnet, die notwendigen Briefe geschrieben und verbrannt, was verbrannt werden mußte.

Dann gehe ich, um der Schöpfung Lebewohl zu sagen, in den Jardin des Plantes.

Die schwedischen Magneteisenblöcke vor dem Mineralogischen Museum grüßen mich von meinem Vaterlande. Die Robinie, die Zeder des Libanon und die Denkmäler großer Epochen der noch lebenden Wissenschaft, ich grüße sie alle.

Ich kaufe Brot und Kirschen für meine alten Freunde. Der alte Martin, der Bär, kennt mich genau, denn ich bin der einzige, der ihm abends und morgens Kirschen anbietet. Das Brot bringe ich dem jungen Elefanten, der mir ins Gesicht spuckt, nachdem er alles gefressen hat, der junge, treulose Undank.

Lebt wohl, ihr Geier, die ihr den Himmel mit einem schmutzigen Käfig vertauschen mußtet, lebe wohl, Bison und du, Flußpferd, du angeketteter Dämon; lebt wohl, Otarias, liebendes Pärchen, das die eheliche Liebe über den Verlust des Ozeans und der weiten Horizonte tröstet; lebt wohl, Steine, Pflanzen, Blumen, Bäume, Schmetterlinge, Vögel, Schlangen, ihr alle eines guten Gottes Geschöpfe! Und ihr großen Männer, Bernardin de Saint-Pierre, Linné, Geoffrey Saint-Hilaire, Hauy, deren Namen golden auf der Front des Tempels prangen, – lebt wohl! nein, auf Wiedersehn! So scheide ich denn von diesem irdischen Paradies, und Seraphitas erhabene Worte fallen mir ein: „Lebe wohl, arme Erde, lebe wohl!“

Als ich den Hotelgarten wieder betrete, wittere ich die Gegenwart eines Menschen, der während meiner Abwesenheit gekommen sein muß. Ich sehe ihn nicht, aber ich fühle ihn.

Was meine Verwirrung noch erhöht, ist die sichtbare Veränderung, die sich mit dem anstoßenden Zimmer zugetragen hat. Eine über einen Strick gehängte Decke soll offenbar etwas verbergen. Auf dem Kaminsims sind Stöße von durch Hölzer isolierten Metallplatten aufgestapelt, auf jedem Stoß liegt ein Photographiealbum oder irgendein anderes Buch, augenscheinlich, um diesen Höllenmaschinen, die ich für Akkumulatoren halten möchte, ein unschuldiges Äußere zu geben. Zum Überfluß sehe ich auf einem Dach der Rue Censier und gerade meinem Gartenhause gegenüber zwei Arbeiter. Was sie da oben machen, kann ich nicht erkennen, aber sie scheinen es auf meine Glastür abgesehen zu haben und hantieren mit Gegenständen, die ich nicht unterscheiden kann.

Warum fliehe ich nicht? Weil ich zu stolz bin, weil das Unvermeidliche ertragen werden muß.

Ich bereite mich also auf die Nacht vor. Ich nehme ein Bad und wasche besonders sorgfältig meine Füße, denn meine Mutter hat mich schon als Kind gelehrt, daß schmutzige Füße etwas Schimpfliches seien.

Ich rasiere und parfümiere mich und lege die Wäsche an, die ich mir vor drei Jahren in Wien zu meiner Hochzeit gekauft habe... die Toilette eines zum Tode Verurteilten.

In der Bibel lese ich die Psalmen, in denen David die Rache des Ewigen auf seine Feinde herabruft.

Die Bußpsalmen? Nein. Zu bereuen habe ich kein Recht, denn nicht ich habe meine Geschicke geleitet. Ich habe niemals Böses mit Bösem vergolten, außer wenn es meine Verteidigung galt. Bereuen heißt, die Vorsehung kritisieren, die uns unsere Sünde als ein Leiden auferlegt und um uns durch den Ekel, den jede schlechte Tat uns einflößt, zu läutern.

Der Abschluß meiner Lebensrechnung ist für mich, daß die Posten sich aufheben. Habe ich gesündigt, nun, auf mein Ehrenwort! ich habe genug Strafe dafür erlitten! Das steht fest! Die Hölle fürchten? Ich habe hier tausend Höllen, ohne zu zucken, durchwandert, genug, um den brennenden Wunsch zu empfinden, von den Eitelkeiten und falschen Freuden dieser Welt, die ich immer verachtet, zu scheiden. Mit Heimweh nach dem Himmel geboren, weinte ich als Kind über die Schmutzigkeit des Daseins und fühlte mich fremd und heimatlos unter Eltern und Freunden. Von Kindheit auf habe ich meinen Gott gesucht und habe den Teufel gefunden. Ich habe das Kreuz Jesu Christi in meiner Jugend getragen und habe einen Gott geleugnet, der sich über Sklaven zu herrschen begnügt, über Sklaven, die ihre Peiniger lieben!

Als ich die Vorhänge meiner Glastüre niederlasse, sehe ich im Privatsalon eine Gesellschaft von Herren und Damen beim Champagner sitzen. Augenscheinlich sind es diesen Abend angekommene Fremde. Aber es ist keine lustige Gesellschaft; die Gesichter sind alle ernst, man debattiert, scheint Pläne zu schmieden und macht sich leise Mitteilungen, als handele es sich um eine Verschwörung. Meine Qual auf die Spitze zu treiben, drehen sie sich auf ihren Stühlen um, und zeigen mit den Fingern nach der Richtung meines Zimmers.

Um zehn Uhr lösche ich meine Lampe aus und schlafe ruhig, resigniert wie ein Sterbender ein.

Ich wache auf; eine Uhr schlägt zwei, eine Tür wird zugemacht und ... ich bin außerhalb des Bettes, als hätte man mir eine Luftpumpe ans Herz gesetzt und mich so herausgezogen. Zugleich trifft ein elektrischer Strom meinen Nacken und drückt mich zu Boden. Ich richte mich wieder auf, ergreife meine Kleider und stürze, eine Beute des fürchterlichsten Herzklopfens, in den Garten hinab.

Als ich mich angekleidet, ist mein erster klarer Gedanke, zur Polizei zu gehen und eine Haussuchung zu veranlassen.

Doch die Haustür ist verschlossen, ebenso die Portierloge. Ich taste mich vorwärts, öffne zur Rechten eine Tür und trete in die Küche, in der eine Nachtlampe brennt. Ich stoße sie um und stehe in tiefster Finsternis.

Die Furcht gibt mir meine Besinnung wieder, und ich kehre mit dem Gedanken auf mein Zimmer zurück: Wenn ich mich täusche, so bin ich verloren. Bin ich krank? Unmöglich, denn bis zur Lüftung meines Inkognitos ging es mir vortrefflich. Bin ich das Opfer eines Attentats? Ja, denn man traf vor meinen Augen die Vorbereitungen dazu. Übrigens fühle ich mich hier im Garten, außerhalb der Gewalt meiner Feinde, wieder wohl und mein Herz schlägt vollkommen regelmäßig. Während dieser Gedanken höre ich jemanden in dem an meines anstoßenden Zimmer husten. Sogleich antwortet ein leises Husten im darüberliegenden Zimmer. Ohne Zweifel sind das Zeichen, und zwar gerade dieselben, die ich in der letzten Nacht in der Pension Orfila gehört habe. Ich will die Glastür des Parterrezimmers aufbrechen, aber das Schloß widersteht.

Vom unnützen Kampf gegen die Unsichtbaren ermüdet, sinke ich auf einen Gartenstuhl. Und der Schlaf erbarmt sich meiner, so daß ich unter den Sternen einer schönen Sommernacht zwischen den im lauen Juliwind flüsternden Stockrosen entschlummere.

Die Sonne weckt mich, und ich danke der Vorsehung, die mich vom Tode errettet hat. Ich packe meine Sachen. Ich will nach Dieppe, um dort bei Freunden ein Unterkommen zu finden, die ich zwar wie alle andern vernachlässigt habe, die aber nachsichtig und edelmütig gegen Entgleiste und Schiffbrüchige sind.

Als ich die Vorsteherin des Hauses sprechen will, ist sie nicht sichtbar und läßt mir sagen, sie sei unwohl. Ich mußte es eigentlich von ihr so erwarten, da sie gewiß an dem Komplott gegen mich beteiligt gewesen war. Ich verlasse mit einem Fluche auf das Haupt meiner bübischen Feinde das Haus und rufe den Himmel an, sein Feuer auf diese Räuberherberge fallen zu lassen; ob mit Recht oder Unrecht, wer weiß es?

Meine Diepper Freunde erschraken, als sie mich mit meinem von Manuskripten schweren Mantelsack den Hügel ihrer Orchideenstadt heraufsteigen sahen.

„Woher kommen Sie, Ärmster?“

„Ich komme vom Tode.“

„Ich bezweifle es, denn Sie sind noch nicht wieder ausgegraben!"

Die liebe, gute Frau des Hauses nimmt mich bei der Hand und führt mich vor einen Spiegel, damit ich mich selbst sehen könne. Ich sah zum Erbarmen aus: das Gesicht vom Rauch der Lokomotive geschwärzt, die Backen eingefallen, die Haare voll Schweiß und grau geworden, die Augen scheu und die Wäsche voll Schmutz.

Als ich aber in der Toilette von der liebenswürdigen Dame, die mich wie ein krankes, verlassenes Kind behandelte, allein gelassen war, prüfte ich mein Gesicht näher. Es war da ein Ausdruck in meinen Zügen, der mir Entsetzen einflößte. Das war weder der Tod noch das Laster, das war noch etwas anderes; und hätte ich damals Swedenborg gekannt, so würde mich der durch den bösen Geist zurückgelassene Eindruck über meinen Seelenzustand und die Begebenheiten der letzten Wochen aufgeklärt haben.

Jetzt schämte und entsetzte ich mich vor mir selber, und mein Gewissen peinigte mich wegen meiner Undankbarkeit gegen diese Familie, die mir einst, wie so vielen anderen Gescheiterten, ein rettender Hafen gewesen war.

Zur Buße werde ich auch von hier durch die Furien verjagt werden. Ein schönes Künstlerheim, ein geordneter Haushalt, eheliches Glück, reizende Kinder, Sauberkeit und Luxus, Gastfreundschaft ohne Grenzen, Großherzigkeit im Urteil, eine Atmosphäre von Schönheit und Güte, die mich blendet, ein Paradies und in ihm ich, – ein Verdammter.

Vor meinen Augen breitet sich aus, was alles das Leben an Glück bieten könnte, und was ich verloren habe.

Ich beziehe eine Dachstube mit der Aussicht auf einen Hügel, wo ein Hospiz für alte Leute liegt. Am Abend beobachte ich zwei Männer, wie sie über die Mauer der Anstalt nach unserer Villa herüberspähen und auf mein Fenster deuten. Die Idee, elektrisch verfolgt zu werden, nimmt mich aufs neue in Besitz.

Die Nacht vom 25. zum 26. Juli 96 bricht an. Meine Freunde haben zu meiner Beruhigung ihr möglichstes getan; wir haben alle Mansardenzimmer neben dem meinigen, ja selbst den Bodenraum, gemeinschaftlich durchsucht, damit ich sicher sein könne, daß sich da niemand in schlechter Absicht versteckt halte. Nur in einer Rumpelkammer macht ein an und für sich gleichgültiger Gegenstand einen entmutigenden Eindruck auf mich. Es ist nur das als Teppich dienende Fell eines Eisbären; aber der gähnende Rachen, die drohenden

Eckzähne, die funkelnden Augen irritieren mich. Warum mußte dieses Tier gerade da liegen und das gerade jetzt.

Unausgekleidet lege ich mich aufs Bett, entschlossen, die verhängnisvolle zweite Stunde abzuwarten.

Indes ich lese, kommt Mitternacht heran. Es schlägt ein Uhr, und das ganze Haus schläft ruhig. Endlich schlägt es zwei Uhr! Nichts geschieht! Da, in einem Anfall von Anmaßung und um die Unsichtbaren herauszufordern, vielleicht auch nur in der Absicht, ein physikalisches Experiment auszuführen, erhebe ich mich, öffne die beiden Fenster und zünde zwei Kerzen an. Dann setze ich mich an den Tisch hinter die Leuchter, biete mich mit entblößter Brust als Zielscheibe dar und fordere die Unbekannten heraus:

„Heran, wenn ihr euch getraut!"

Da fühle ich, zuerst nur schwach, etwas wie ein elektrisches Fluidum. Ich sehe auf meinen Kompaß, aber er zeigt keine Spur einer Abweichung. Also keine Elektrizität.

Aber die Spannung wächst, das Herz schlägt energisch; ich leiste Widerstand, aber wie von einem Blitzschlag ist mein Körper mit einem Fluidum überladen, das mich erstickt und mir das Blut aussaugt ...

Ich stürze die Treppe hinunter, nach dem Salon im Erdgeschoß, wo man mir ein provisorisches Bett für den Fall der Not aufgeschlagen hat. Da liege ich fünf Minuten und denke nach. Ist es ausstrahlende Elektrizität? Nein, denn der Kompaß hat nichts angezeigt. Ein krankhafter Zustand, den die Furcht vor der zweiten Stunde heraufbeschwört? Nein, denn mir fehlt nicht der Mut, den Angriffen zu trotzen. Warum mußte ich aber die Kerzen anzünden, um das unbekannte Fluidum anzuziehen?

In einem Labyrinth von Fragen weiß ich nur keine Antwort und suche endlich einzuschlafen, aber wie ein Zyklon trifft mich eine neue Entladung, reißt mich vom Bett, und die Jagd beginnt aufs neue. Ich verstecke mich hinter die Mauern, stelle mich unter die Türen, vor die Kamine. Überall, überall finden mich die Furien.

Von Seelenangst überwältigt, flüchte ich in panischem Schrecken vor allem und nichts von Zimmer zu Zimmer und ende damit, mich auf dem Balkon zusammenzukauern.

Graugelb bricht der Morgen an, die sepiafarbenen Wolken zeigen bizarre, ungeheuerliche Formen, welche meine Zerknirschung vermehren. Ich suche das Atelier meines Freundes auf, lege mich auf den Teppich und schließe die Augen. Kaum daß es fünf Minuten ruhig, weckt mich ein störendes Geräusch. Eine Maus lugt mich an und scheint noch näher kommen zu wollen. Ich jage sie fort; sie kommt mit einer zweiten zurück. Mein Gott, habe ich den Säuferwahnsinn? Und habe doch die letzten drei Jahre mäßig gelebt! (Tags darauf überzeugte ich mich von dem Dasein von Mäusen im Atelier. Es war also ein Zufall, aber wer hat ihn herbeigeführt und was bezweckt es?)

Ich wechsele den Platz und lege mich auf den Teppich des Vorraums. Barmherziger Schlaf senkt sich auf meinen gemarterten Geist, und auf etwa eine halbe Stunde verliere ich das Bewußtsein meiner Schmerzen.

Ein klar artikulierter Schrei „Alp!“ läßt mich plötzlich auffahren.

Alp! so nennt der Deutsche einen quälenden, drückenden Traum. Alp! Das ist das Wort, das der Gewitterregen damals im Hotel Orfila auf mein Papier gemalt hat.

Wer hat es gerufen? Niemand, denn das ganze Haus liegt im Schlaf. Teufelsspuk! Poetisches Wort, das vielleicht die ganze Wahrheit enthält!

Ich steige die Treppe nach meiner Mansarde hinauf. Die Kerzen sind heruntergebrannt, tiefes Schweigen herrscht ...

Das Angelus wird geläutet! Es ist der Tag des Herrn.

Ich schlage mein römisches Gebetbuch auf und lese: *De profundis clamavi ad Te, Domine!* Das tröstet mich, und ich sinke aufs Bett wie ein Toter.

Sonntag, den 26. Juli 1896. Ein Zyklon verwüstet den Jardin des Plantes. Die Zeitungen bringen die Einzelheiten, die mich sonderbar interessieren. Heute soll der Ballon Andrées zu seiner Nordpolfahrt aufsteigen; aber die Vorzeichen sind schlecht. Der Zyklon hat verschiedene Ballons, die an verschiedenen Punkten aufgestiegen sind, herabgeschleudert und mehrere Luftschiffer getötet.

Elisée Reclus hat das Bein gebrochen. Zu gleicher Zeit hat sich in Berlin ein gewisser Pieska auf merkwürdige Weise das Leben genommen; er schlitzte sich nach japanischer Manier den Bauch auf. Ein blutiger Tag.

Mit einem Segensspruch über das Haus, in dessen wohlberechtigtes Glück meine Traurigkeit ihre Schatten geworfen, scheide ich am andern Morgen von Dieppe.

Da ich noch nicht an das Eingreifen übersinnlicher Mächte glauben will, bilde ich mir ein, von einer nervösen Krankheit ergriffen zu sein. Ich werde also nach Schweden reisen und einen befreundeten Arzt aufsuchen.

Als Andenken an Dieppe nehme ich ein Eisenmineral mit, dessen Form dreiblättrig wie eine Spitzbogenscheibe und mit dem Zeichen des Malteserkreuzes gezeichnet ist. Ein Kind hat es am Strande gefunden und erzählt mir, diese Steine seien vom Himmel gefallen und von den Wogen ans Land geworfen worden.

Ich glaube ihm gern und behalte das Geschenk als einen Talisman, dessen Bedeutung mir noch verborgen bleibt.

(An der Küste der Bretagne pflegen die Strandbewohner nach dem Sturm Steine von kreuzartiger Form und goldähnlichem Schimmer aufzusammeln. Man nennt diese Steine Staurolithen.)

Das Städtchen, nach dem ich mich nun begab, liegt ganz im Süden Schwedens am Meere; es ist ein altes Piraten- und Schmugglernest, das von manchem Weltumsegeler her die exotischen Spuren aller Weltteile trägt. So macht die Wohnung meines Arztes den Eindruck eines buddhistischen Klosters. Die vier Flügel des einstöckigen Gebäudes bilden einen viereckigen Hof, in dessen Mitte der kuppelförmig gebaute Holzschuppen das Grabmal Tamerlans zu Samarkand nachahmt. Die Bauart und die Bekleidung des Dachstuhls mit chinesischen Ziegeln erinnern an den äußersten Orient. Eine apathische Schildkröte kriecht über das Pflaster und verschwindet in dem Nirwana unendlich sich hinziehenden Unkrauts.

Ein dickes Gesträuch von bengalischen Rosen schmückt die äußere Mauer des westlichen Flügels, den ich allein bewohne. Zwischen diesem Hof und den beiden Gärten liegt dunkel und feucht ein Hühnerhof mit einer Kastanie und ewig zankenden schwarzen Hühnern.

Im Blumengarten steht ein im Pagodenstil gehaltenes Sommerhaus, ganz von Aristolochien überwuchert.

In diesem ganzen Kloster mit seinen unzähligen Zimmern wohnt nur eine einzige Person, der Direktor des Kreiskrankenhauses. Er ist Witwer, allein und unabhängig und hat aus der harten Schule des Lebens jene starke und edle Menschenverachtung davongetragen, welche zu einer tiefen Erkenntnis der Eitelkeit aller Dinge, das eigene Ich inbegriffen, führt.

Der Eintritt dieses Mannes in mein Leben war so unerwarteter Art, daß ich ihn zu den Theatercoups *ex machina* rechnen möchte.

Bei unserm ersten Wiedersehen nach meinem Diepper Aufenthalt sieht er mich forschenden Blickes an und fragt plötzlich: „Du bist nervenkrank! gut! aber das ist's nicht allein. Du blickst so seltsam, daß ich dich nicht wiedererkenne. Was hast du gemacht? Ausschweifungen, Laster, verlorene Illusionen, Religion? Erzähle mir, Alter!"

Aber ich erzähle nichts, denn mein erster Gedanke ist der Argwohn: er ist gegen mich eingenommen, hat Näheres über mich erfahren und will mich einsperren lassen.

Ich erzähle von Schlaflosigkeit, Nervosität, bösen Träumen, und dann sprechen wir von anderen Dingen.

In meinem Stübchen fällt mir sogleich das amerikanische Bett auf seinen vier von Messingkugeln gekrönten Pfeilern auf, die wie die Leiter einer Elektrisiermaschine aussehen. Nimmt man noch die elastische Matratze mit kupfernen und gleich Rhumkorffschen Spiralen gewundenen Sprungfedern, so kann man sich meine Wut diesem teuflischen Zufall gegenüber vorstellen. Dabei ist es unmöglich, ein anderes Bett zu fordern, weil ich sonst als wahnsinnig beargwöhnt werden könnte. Um mich dessen zu versichern, daß über mir nichts versteckt sei, steige ich in den Bodenraum hinauf. Oben ist nur ein einziger Gegenstand, aber er steigert meine Verzweiflung aufs höchste. Ein ungeheures, zusammengerolltes Drahtnetz steht gerade über meinem Bett. Man könnte sich keinen besseren Akkumulator wünschen. Im Falle eines Gewitters, der hier sehr häufig eintritt, wird das Drahtgeflecht den Blitz anziehen, und ich werde auf dem Konduktor liegen ... Aber ich wage kein Wort zu sagen. Zugleich beunruhigt mich das Getöse einer Maschine. Seit ich das Hotel Orfila verlassen, verfolgt mich ein Ohrenbrausen wie das Stampfen eines Wasserrades. Im Zweifel über das eigentliche Wesen jenes Lärms frage ich nach seiner Ursache.

Es ist die Presse der Druckerei nebenan.

Alles erklärt sich so geläufig, und ich erschrecke, wie wenig genügt, meinen Geist zu verwirren.

Die gefürchtete Nacht kommt. Der Himmel ist bedeckt, die Luft schwül; man erwartet ein Gewitter. Ich wage nicht, mich schlafen zu legen und schreibe zwei Stunden lang Briefe. Wie zerschlagen vor Mattigkeit kleide ich mich endlich aus und schleiche mich ins Bett. Die Lampe ist erloschen, eine entsetzliche Stille herrscht im Hause. Ich fühle, wie jemand im Dunkeln auf mich lauert, mich berührt, mein Blut zu saugen, nach meinem Herzen tastet.

Ohne es abzuwarten, springe ich aus dem Bett, reiße das Fenster auf und stürze mich in den Hof hinunter – aber ich habe die Rosensträucher vergessen, deren spitzige Dornen mir das Hemd durchstechen. Zerrissen und blutüberströmt taste ich mich über den Hof.

Kieselsteine, Disteln und Brennesseln zerschinden meine nackten Füße, unbekannte Gegenstände bringen mich zum Ausgleiten, endlich gewinne ich die Küche, die an die Wohnräume des Arztes stößt. Ich klopfe. Keine Antwort! – Plötzlich entdecke ich, daß es fortwährend regnet! Oh Elend über Elend! Was habe ich getan, diese Martern zu verdienen? Hier ist die Hölle! *Miserere! Miserere!*

Ich klopfe wieder, wieder.

Es ist zu sonderbar, daß nie jemand da ist, wenn ich angegriffen werde. Immer diese Abwesenheit! Worauf deutet sie sonst als auf ein Komplott aller gegen mich!

Endlich die Stimme des Arztes:

„Wer da?" –

„Ich bin es, ich bin krank! Öffne, oder ich sterbe!"

Er öffnet.

„Was fehlt dir?"

Ich beginne meinen Bericht mit dem Attentat in der Rue de la Clef, das ich Feinden zuschreibe, die mir auf elektrischem Wege nachstellen.

„Schweig, Unglücklicher! Du bist geisteskrank!"

„Zum Teufel! Prüfe doch meinen Verstand; lies, was ich Tag für Tag schreibe, und was man druckt ..."

„Still! Kein Wort zu irgendwem! Die Bücher der Irrenhäuser kennen diese elektrischen Geschichten gründlich!"

„Das wäre ja noch besser! Ich kümmere mich so wenig um eure Irrenhaus-Bücher, daß ich mich, um hierin Klarheit zu schaffen, morgen im Lunder Irrenhaus werde untersuchen lassen!"

„Dann bist du verloren! Jetzt kein Wort mehr, leg dich hier nebenan schlafen!“

Ich weigere mich und bestehe darauf, daß er mich anhört; er schlägt es mir ab und will nichts hören.

Als ich allein bin, frage ich mich: Ist es möglich, daß ein Freund, ein ehrenhafter Mann, der sich immer von schmutzigen Händeln frei erhalten, am Ende seiner tadellosen Laufbahn der Versuchung erliegt? Aber wer hat ihn versucht? Ich habe keine Antwort, aber um so mehr Vermutungen. *Every man his price*, jeder hat seinen Preis! Nun, bei diesem wackeren Manne war gewiß eine große Summe nötig gewesen. Aber eine gewöhnliche Rache zahlt man nicht übermäßig. So muß er selbst ein starkes Interesse daran haben! Halt! Da liegt's! – Ich habe Gold gemacht; der Doktor hat es halb und halb zuwege gebracht, obwohl er leugnet, meine ihm damals brieflich mitgeteilten Versuche wiederholt zu haben.

Er leugnet, und dabei habe ich heute abend, als ich mich über das Hofpflaster schleppte, Proben von seiner eigenen Hand gefunden. Also lügt er.

Übrigens hat er sich an demselben Abend darüber verbreitet, welch traurige Folgen die jedem mögliche Herstellung von Gold für die Menschheit nach sich ziehen würde. Allgemeinen Bankrott, allgemeine Verwirrung, Anarchie, Weltuntergang.

„Man müßte den Mann totschlagen!“ schloß er.

Ferner kenne ich die ziemlich bescheidenen wirtschaftlichen Verhältnisse meines Freundes. Nie erstaune ich, ihn von einem bevorstehenden Ankauf des Grundstücks, auf dem er wohnt, sprechen zu hören. Er hat Schulden, muß sich sogar einschränken und will Grundbesitzer werden!

Alles vereinigt sich, mir meinen guten Freund verdächtig zu machen.

Verfolgungswahnsinn! Zugegeben, aber welcher Schmied schmiedet die Glieder dieser höllischen Syllogismen?

„Man müßte den Mann totschlagen!“ – Mit diesem Gedanken schläft mein gequälter Geist gegen Sonnenaufgang ein.

Wir haben eine Kaltwasserkur angefangen. Ich habe das Zimmer gewechselt und verbringe die Nacht jetzt ziemlich ruhig, wenn auch nicht ohne Rückfälle.

Eines Abends sieht der Doktor das Gebetbuch auf meinem Nachttisch und gebärdet sich wie ein Rasender:

„Immer noch diese Religion! Das ist wieder ein Symptom, weißt du das?“

„Oder ein Bedürfnis wie andere!“ –

„Genug! Ich bin kein Atheist, aber ich denke, daß der Allmächtige diese Vertraulichkeit von einst nicht mehr will. Diese Courmachereien gehören der Vergangenheit an, und ich für meine Person halte es mit dem Mohammedaner, der um nichts als um Gelassenheit bittet, die Last seines Schicksals würdig tragen zu können.“ Bedeutende Worte, aus denen ich mir einige Goldkörner auswasche.

Er nimmt mir Gebetbuch und Bibel fort.

„Lies gleichgültige Sachen von sekundärem Interesse, Weltgeschichte, Mythologie, und laß das eitle Träumen. Vor allem hüte dich vor dem Okkultismus, dieser mißbräuchlichen Wissenschaft. Es ist uns verboten, dem Schöpfer in seine Geheimnisse zu spähen, und wehe denen, welche sie erschleichen.“

Auf meine Einwürfe, daß die Okkultisten in Paris eine ganze Schule seien, wiederholt er nur sein „Wehe ihnen!“

Am Abend bringt er mir, und ich schwöre darauf, ohne Hintergedanken, die germanische Mythologie von Viktor Rydberg.

„Hier ist etwas, um im Stehen einzuschlafen. Das ist besser als Sulfonal.“

Wenn mein guter Freund gewußt hätte, welchen Funken er da in ein Pulverfaß warf, er würde lieber ...

Die Mythologie, die er in meinen Händen gelassen, ist zweibändig, hat im ganzen tausend Seiten und öffnet sich sozusagen von selbst. Meine Blicke haften gebannt auf folgenden Zeilen, die sich mit Flammenschrift in mein Gedächtnis eingeschrieben: „Wie die Sage erzählt, verfiel Bhrigu, den Lehren seines Vaters entwachsen, in einen solchen Hochmut, daß er seinen Meister übertreffen zu können glaubte. Dieser schickte ihn in die Unterwelt, wo er zu seiner Demütigung Zeuge unendlicher Schrecken ward, von denen er nie eine Ahnung gehabt hatte.“

Das hieß also: Mein Hochmut, mein Eigendünkel, meine Hybris (υβρισ) wurde von meinem Vater und Meister bestraft. Und ich befand mich in der Hölle! von den Mächten dahingejagt! Wer mag mein Meister sein? Swedenborg?

Ich blättere in diesem wunderbaren Buche weiter:

„Man vergleiche hiermit die germanische Mythe von den *Dornenfeldern*, welche die Füße der Ungerechten zerreißen ...“

Genug! genug! Auch noch die Dornen! Das ist zuviel!

Kein Zweifel, ich bin in der Hölle! Und in der Tat bestätigt die Wirklichkeit diese Phantasie in einer so einleuchtenden Weise, daß ich ihr schließlich Glauben beimessen muß.

Der Doktor scheint mir mit den verschiedensten Gefühlen zu kämpfen. Bald ist er gegen mich eingenommen, sieht mich verächtlich an und behandelt mich mit einer erniedrigenden Brutalität; bald ist er selbst unglücklich, und pflegt und tröstet mich wie ein krankes Kind. Ein anderes Mal wieder macht es ihm Freude, einen Mann von Verdienst, den er früher hochgeschätzt, mit Füßen treten zu können. Dann predigt er mir wie ein unerbittlicher Peiniger.

Ich soll arbeiten, aber nicht in übertriebenen Ehrgeiz verfallen, soll meine Pflichten gegen Vaterland und Familie erfüllen. „Laß die Chemie, sie ist eine Schimäre, es gibt so viele Spezialisten, Autoritäten, Gelehrte von Beruf, die ihre Sache verstehen ...“

Eines Tages macht er mir den Vorschlag, für das letzte Stockholmer Käseblatt zu schreiben.

Ausgezeichnet!

Ich entgegne ihm, daß ich nicht nötig hätte, für die letzte Stockholmer Zeitung zu schreiben, da die erste Zeitung von Paris und der ganzen Welt meine Manuskripte angenommen hat. Da spielt er den Ungläubigen und behandelt mich als einen Aufschneider, trotzdem er doch meine Artikel im Figaro gelesen, und mein erstes Debüt im Gil Blas persönlich übersetzt hat.

Ich zürne ihm nicht; er spielt ja nur seine ihm von der Vorsehung bestimmte Rolle.

Gewaltsam unterdrücke ich einen wachsenden Haß gegen diesen improvisierten Dämon und verfluche das Schicksal, das meine Dankbarkeit gegen einen großherzigen Freund in widernatürliche Undankbarkeit verkehrt.

Kleinigkeiten halten ohne Unterlaß meinen Argwohn auf die böswilligen Absichten des Doktors wach.

Heute hat er ganz neue Äxte, Sägen und Hämmer in die Gartenveranda gelegt. Was will er damit? In seinem Schlafzimmer sind zwei Gewehre und ein Revolver, und in einem Korridor eine Sammlung von Äxten, die jedoch viel zu schwer sind, um zur Hausarbeit verwendet werden zu können. Welch satanischer Zufall, dieser Henker- und Folterapparat hier vor meinen Augen! Denn ich kann mir nicht erklären, was er soll, und weshalb er da ist.

Die Nächte verlaufen für mich ziemlich ruhig, während der Doktor auf nächtliche Wanderungen verfällt. So erschreckt mich einmal mitten in einer finsteren Nacht ein plötzlicher Gewehrschuß. Aus Höflichkeit tue ich, als ob ich nichts hörte. Am anderen Morgen erklärt er mir die Sache; es sei ein Trupp Spechte in den Garten gekommen und habe seinen Schlaf gestört.

Ein anderes Mal höre ich zwei Uhr nachts die heisere Stimme der Wirtschafterin. Wieder ein anderes Mal höre ich den Doktor seufzen und stöhnen und den „Herrn Zebaoth“ anrufen.

Spukt es in diesem Hause, und wer hat es mich aufsuchen heißen?

Ich kann ein Lächeln nicht unterdrücken, wenn ich sehe, wie der Alp, von dem ich besessen gewesen, nun von meinen Kerkermeistern Besitz ergreift. Aber meine ruchlose Freude sollte sofort bestraft werden. Ein furchtbarer Anfall überwältigt mich; mein Herzschlag stockt, und ich höre zwei Worte, die ich mir in meinem Tagebuch vermerkt habe. Eine unbekannte Stimme ruft: „Drogist Luthardt.“

Drogist! Vergiftet man mich langsam mit Alkaloiden, die wie Hyoszyamin, Haschisch, Digitalin und Stramonin Delirien hervorrufen?

Ich weiß es nicht, aber seitdem verdoppelt sich mein Argwohn. Man wagt mich nicht zu ermorden, aber man sucht mich durch künstliche Mittel wahnsinnig zu machen, um mich dann in einem Irrenhause verschwinden zu lassen. Der Schein spricht stärker und stärker gegen den Doktor. Ich entdecke, daß er hinter meine Goldsynthese gekommen ist, ja diese Synthese vielleicht schon eher gekannt hat als ich. Alles übrige, was er sagt, widerspricht sich im nächsten Augenblick, und einem Lügner gegenüber nimmt meine Phantasie die Stange zwischen die Zähne und jagt bis über die Grenzen aller Vernunft.

Am Morgen des 8. August gehe ich vor der Stadt spazieren. An der Chaussee singt eine Telegraphenstange; ich trete herzu, lege mein Ohr daran und lausche wie bezaubert. Am Fuß der Stange liegt zufällig ein Hufeisen. Ich hebe es als einen Glücksbringer auf und stecke es ein.

10. August. Das Benehmen des Doktors hat mich in den letzten Tagen mehr als je beunruhigt. In seiner geheimnisvollen Miene lese ich, daß er mit sich selbst gerungen hat, sein Gesicht ist bleich, seine Augen sind tot. Den ganzen Tag über singt oder pfeift er; ein Brief, den er empfangen, hat ihn sehr erregt.

Nachmittags kommt er mit blutigen Händen von einer Operation nach Hause und bringt einen zwei Monate alten Fötus mit. Er sieht wie ein Fleischer aus und spricht sich über die befreite Mutter in einer widerlichen Art aus.

„Man töte die Schwachen und beschütze die Starken! Nieder mit dem Mitleid, denn es bringt die Menschheit herunter!“

Ich höre ihn voll Schrecken an und beobachte ihn, nachdem wir uns auf der Schwelle, die unsere Zimmer trennt, gute Nacht gewünscht, heimlich weiter. Zuerst geht er in den Garten, ich kann jedoch nicht hören, was er da tut. Dann tritt er in die an mein Schlafzimmer stoßende Veranda und hält sich dort auf. Er hantiert mit einem ziemlich schweren Gegenstand und zieht ein Uhrwerk auf, das jedoch zu keiner Uhr gehört. Alles geht fast lautlos vor sich, was noch mehr auf zweideutige Heimlichkeiten hinweist.

Halb entkleidet, erwarte ich stehend, unbeweglich, ohne zu atmen das Resultat dieser geheimnisvollen Vorbereitungen.

Da strahlt auch schon wieder das wohlbekannte elektrische Fluidum durch die Wand an meinem Bett, sucht meine Brust und unter dieser mein Herz. Die Spannung wächst ... ich greife nach meinen Kleidern, gleite durchs Fenster und ziehe mich erst außerhalb des Hauses an.

Nieder einmal auf der Straße, auf dem Pflaster, und hinter mir meine letzte Zuflucht, mein einziger Freund. Ziellos irre ich vorwärts; als ich wieder zu mir komme, gehe ich geraden Wegs zum Arzt der Stadt. Ich muß läuten, muß warten und bereite mich vor, was ich sagen werde, ohne daß auf meinen Freund ein schlechtes Licht fällt.

Endlich erscheint der Doktor. Ich entschuldige mich wegen meines nächtlichen Besuches, aber ... Schlaflosigkeit, Herzklopfen bei einem Kranken, der das Vertrauen zu seinem Arzt verloren hat ec. Mein vortrefflicher Freund, dessen Gastfreundschaft ich angenommen hätte, behandele mich als eingebildeten Kranken und wolle mich nicht anhören.

Als habe er auf meinen Besuch gewartet, lädt mich der Arzt ein, Platz zu nehmen und bietet mir eine Zigarre und ein Glas Wein an.

Ich atme auf, mich endlich wieder als anständigen Menschen und nicht mehr als elenden Idioten behandelt zu sehen. Wir verplaudern zwei Stunden, und der Arzt entpuppt sich als Theosoph, dem ich, ohne mich zu kompromittieren, alles mitteilen kann.

Nach Mitternacht endlich erhebe ich mich, um ein Hotel aufzusuchen; der Doktor jedoch rät mir, nach Hause zurückzukehren.

„Niemals, er wäre fähig mich zu ermorden."

„Wenn ich Sie begleite?"

„Dann wird uns das feindliche Feuer zusammen treffen. Aber er wird mir niemals verzeihen!"

„Trotzdem, wagen wir's!"

Und so gehe ich denn nach Hause zurück. Die Tür ist zu, und ich klopfe.

Als nach einer Minute mein Freund öffnet, da bin ich es, der von Mitleid ergriffen wird. Er, der Chirurg, der mitleidlos leiden zu lassen gewohnt ist, er, der Prophet des vorbedachten Mordes – wie bedauernswert sieht er aus! Er ist leichenblaß, zittert, stammelt und knickt beim Anblick des hinter mir stehenden Arztes in sich zusammen, daß mich ein Schrecken, größer als alle vorhergehenden, ergreift.

Sollte es denkbar sein, daß dieser Manu einen Mord beabsichtigt hätte, und daß er nun Entdeckung fürchtete? Nein, es ist undenkbar, ich verwerfe diesen Gedanken, er ist ruchlos.

Nach unbedeutenden und von meiner Seite geradezu lächerlichen Phrasen trennen wir uns, um schlafen zu gehen.

Es gibt im Leben so schreckliche Zwischenfälle, daß sich der Geist im Augenblick sträubt, ihre Spur zu bewahren, aber der Eindruck bleibt und wird mit unwiderstehlicher Gewalt wieder lebendig.

So belebt sich mir wieder eine Szene, die im Salon des Doktors während meines nächtlichen Besuches vorgefallen. Der Doktor geht Wein holen; allein gelassen, betrachte ich einen Schrank mit Füllungen, deren Getäfel in Nußbaum oder Erle (ich weiß es nicht mehr) gearbeitet ist. Wie gewöhnlich bilden die

Holzfasern Figuren. Hier zeigt sich mir ein Kopf mit einem Bocksbart in meisterhafter Ausführung. Ich drehe ihm sofort den Rücken zu. Es ist Pan in Person, wie ihn die Alten schildern, und wie er sich später in den Teufel des Mittelalters verwandelt hat.

Ich beschränke mich darauf, die Tatsache zu erzählen; der Eigentümer des Schrankes, der Arzt, dürfte sich um die Geheimwissenschaft sehr verdient machen, wenn er seine Füllung photographieren ließe. Der Doktor Marc Haven hat in der Initiation (November 1896) diese in allen Naturreichen sehr gewöhnlichen Phänomene behandelt, und ich empfehle dem Leser, genau das Gesicht auf dem Rückenschilde der Krabbe zu betrachten.

Nach diesem Abenteuer bricht offene Feindseligkeit zwischen meinem Freunde und mir aus. Er gibt mir zu verstehen, daß ich ein Faulenzer und meine Gegenwart überflüssig sei. Darauf lasse ich durchblicken, daß ich noch dringende Briefe abwarten müsse, jedoch jederzeit bereit sei, ins Hotel zu ziehen. Nun spielt er den Beleidigten.

In Wirklichkeit kann ich mich vor Geldmangel nicht von der Stelle rühren. Übrigens ahne ich, daß meinem Schicksal eine Änderung bevorsteht.

Meine Gesundheit ist nun wieder hergestellt; ich schlafe ruhig und arbeite fleißig. Der Zorn der Vorsehung scheint vertagt worden zu sein, denn meine Bemühungen sind in allen Stücken von Erfolg gekrönt. Wenn ich zufällig ein Buch aus der Bibliothek des Doktors nehme, gibt es stets die gewollte Aufklärung. So finde ich in einer alten Chemie das Geheimnis meines Goldverfahrens, so daß ich nun durch metallurgische Berechnungen und Analogien beweisen kann, daß ich Gold gemacht habe, und daß man immer Gold gewonnen hat, wenn man es aus Erzen zu gewinnen geglaubt hat.

Eine Denkschrift über die Materie ist ausgearbeitet und geht an eine französische Revue, die sie sofort druckt. Ich zeige den Artikel dem Doktor, und er grollt mir, da er die Tatsache nicht leugnen kann.

Da sage ich mir: Wie kann der noch mein Freund sein, den meine Erfolge verstimmen?

12. August. Ich kaufe beim Buchhändler ein Album. Es ist eine Art Notizbuch in einem vergoldeten Ledereinband. Die Zeichnung zieht meine Aufmerksamkeit auf sich und bildet, so sonderbar es klingt, eine Vorhersagung, deren Auslegung in der Folge gegeben werden wird. Die Komposition stellt folgendes vor: links

den zunehmenden Mond im ersten Viertel, umgeben von einem blühenden Zweig; drei Pferdeköpfe (trijugum), vom Monde ausgehend; oben ein Lorbeerzweig; unten drei Säulen (3 mal 3); rechts eine Glocke, aus welcher Blumen herausquellen; ein Rad wie eine Sonne usw. 13. August. Der von der Uhr auf dem Boulevard Saint Michel angekündigte Tag ist da. Ich erwarte irgendeinen Vorfall, aber vergeblich; dessenungeachtet bin ich gewiß, daß irgendwo etwas geschehen ist, dessen Ergebnisse mir in kurzem werden mitgeteilt werden.

14. August. Auf der Straße hebe ich ein Blatt aus einem alten Bureaukalender auf; in fettem Druck steht darauf: 13. August. (Das Datum der Uhr.) Darunter kleiner: „Tue niemals heimlich, was du nicht auch öffentlich tun kannst."

15. August. Ein Brief von meiner Frau. Sie beweint mein Los; sie liebt mich noch immer und wartet bei unserem Kind einen Umschwung der traurigen Lage ab. Ihre Eltern, die mich früher haßten, sind voll Mitgefühl für meine Leiden, ja noch mehr, man lädt mich ein, mein Töchterchen, diesen Engel, das bei den Großeltern auf dem Lande wohnt, zu besuchen.

Das ruft mich ins Leben zurück! Mein Kind, meine Tochter geht meiner Gattin vor. Das arme, unschuldige Wesen zu umarmen, dem ich Böses zufügen wollte, es um Verzeihung zu bitten, ihm das Leben durch die kleinen Aufmerksamkeiten eines Vaters zu erheitern, der sich seine jahrelang zurückgehaltene Liebe zu verschwenden sehnt! Ich lebe wieder auf, erwache wie aus einem langen, bösen Traum und verehre den strengen Willen des Herrn, dessen harte aber weise Hand mich geschlagen. Jetzt begreife ich die dunklen, erhabenen Worte Hiobs: „Siehe, selig ist, wen Gott straft!"

Selig; denn um die „andern" bekümmerter sich nicht.

Während es noch ungewiß ist, ob ich meine Frau an der Donau unten treffen werde, was mir infolge einer undefinierbaren Verstimmung jedoch fast gleichgültig geworden ist, bereite ich mich zu meiner Pilgerfahrt vor, mir genügend bewußt, daß es eine Büßerfahrt ist, und daß neue Golgathas meiner harren.

Nach dreißig martervollen Tagen öffnen sich endlich die Türen meiner Folterkammer. Ich scheide von meinem Freund – meinem Henker – ohne Bitterkeit. Er ist nur die Geißel der Vorsehung gewesen.

Siehe, selig ist, wen Gott straft!

VIII. Beatrice

In Berlin fahre ich vom Stettiner zum Anhalter Bahnhof. Die halbstündige Fahrt wird ein wahrer Dornenweg für mich, so viele Erinnerungen werden qualvoll in mir lebendig. Zuerst geht es durch die Straße, in der mein Freund Popoffsky, als unbekannter oder doch verkannter Mann, seine ersten Kämpfe gegen Elend und Leidenschaft kämpfte. Jetzt ist seine Frau tot, sein Kind tot, in diesem Hause hier links sind sie beide gestorben; und unsere Freundschaft hat sich in wilden Haß verwandelt.

Hier rechts die Künstler- und Schriftstellerkneipe, der Schauplatz so vieler Geistes- und Liebesorgien.

Hier die Cantina Italiana, wo ich mich vor drei Jahren mit meiner Braut zu treffen pflegte und mein erstes italienisches Honorar in Chianti aufging.

Da der Schiffbauerdamm mit seiner Pension Fulda, wo wir als junges Ehepaar wohnten. Hier mein Theater, mein Buchhändler, mein Schneider, mein Apotheker.

Welch unglückseliger Instinkt treibt den Kutscher, mich durch diese *via dolorosa* voll begrabener Erinnerungen zu fahren, die zu dieser späten Nachtstunde wie Gespenster wieder auferstehen. Warum wählt er gerade diese Gasse, in der unsere Kneipe „Das schwarze Ferkel“, diese als Lieblingsaufenthalt Heines und E. T. A. Hoffmanns berühmt gewordene Weinstube, liegt? Der Wirt steht selbst unter dem als Wahrzeichen aufgehißten Ungetüm auf der Schwelle. Er sieht mich an, ohne mich zu erkennen! Eine Sekunde lang wirft der Kronleuchter drinnen bunte Strahlen durch die hundert Flaschen im Schaufenster und läßt mich ein Jahr meines Lebens, das reichste an Kummer und Freude, Freundschaft und Liebe wieder erleben. Zugleich aber fühle ich lebhaft, daß dies alles zu Ende ist und begraben bleiben muß, Neuem Platz zu machen.

Ich übernachte in Berlin. Am nächsten Morgen grüßt mich über den Dächern ein rosiger, hochrosenroter Schein im Osten. Ich erinnere mich, diese Rosenfarbe in Malmö am Abend meiner Abreise gesehen zu haben. Ich scheide von Berlin, dieser meiner zweiten Heimat, wo ich meine *seconda primavera* und zugleich meinen letzten Frühling verlebt habe. Auf dem Anhalter Bahnhof lasse ich mit diesen Erinnerungen alle Hoffnung auf einen neuen Lenz und eine neue Liebe zurück, die niemals, niemals wiederkehren werden.

Nach einer Nacht in Tabor, wohin mir der rosige Schein gefolgt ist, fahre ich durch den Böhmerwald nach der Donau. Dort hört die Eisenbahn auf, und ich dringe zu Wagen in diese bis nach Grein sich erstreckende Donauebene ein. Zwischen Apfel- und Birnbäumen, Kornfeldern und grünen Wiesen geht es vorwärts. Endlich entdecke ich auf einem Hügel jenseits des Stromes die kleine Kirche, in der ich niemals war, die ich aber als den Hauptpunkt der vor dem Geburtshäuschen meines Kindes sich ausbreitenden Landschaft wohl kenne. Es sind nun zwei Jahre seit jenem unauslöschlichen Maimonat her. Ich komme durch Dörfer und Klosterflecken; längs des Weges erheben sich unzählige Bußkapellen, Kalvarienberge, Votivbilder, Martertafeln und erinnern an Unglücksfälle, Blitzschläge, plötzliche Todesfälle. Und am Ziele meiner Pilgerfahrt erwarten mich gewiß die zwölf Stationen von Golgatha. Alle hundert Schritt grüßt mich der Gekreuzigte mit seiner Dornenkrone und macht mir Mut, Kreuz und Schläge auf mich zu nehmen.

Nun schneide ich mir ins Fleisch, indem ich mich von vornherein überrede, daß sie, wie ich ja schon wissen konnte, nicht da sein wird. Jetzt, da meine Frau das Familienunwetter nicht mehr abwendet, muß ich mir von den alten Eltern, die ich unter beleidigenden Umständen verlassen – ich wollte mich nicht einmal von ihnen verabschieden – Gleiches mit Gleichem vergelten lassen. Ich komme also, um, meines Friedens willen, bestraft zu werden, und als das letzte Dorf und das letzte Kruzifix hinter mir liegen, ahne ich etwas wie die Hinrichtung eines Verurteilten.

Einen Säugling von sechs Wochen hatte ich verlassen, und ein kleines Mädchen von zweiundeinhalb Jahren sah ich wieder. Beim ersten Zusammensein blickt sie mich prüfend, aber nicht abweisend, an, als wollte ihr kleines Herz erfahren, ob ich um ihretwillen oder ihrer Mutter wegen gekommen sei. Nachdem sie sich des ersteren versichert, läßt sie sich umarmen und schlingt ihre Ärmchen um meinen Hals.

Das ist jenes „die Erde hat mich wieder“ *Fausts*, aber sanfter und reiner! Ich werde nicht müde, die Kleine auf den Arm zu nehmen und ihr Herzchen an dem meinen schlagen zu fühlen. Ein Kind lieben heißt für einen Mann zum Weibe werden, das Männliche ablegen, und mit der geschlechtslosen Liebe der Himmlischen lieben, wie es Swedenborg nennt. Dies ist der Anfang meiner Erziehung für den Himmel. Aber noch habe ich nicht genug gebüßt!

Die Lage ist in ein paar Worten folgende: Meine Frau ist bei ihrer verheirateten Schwester, denn ihre im Besitze der Erbschaft befindliche Großmutter hat den Schwur getan, daß unsere Ehe aufgelöst werden soll, so sehr haßt sie mich wegen meiner Undankbarkeit und noch anderer Dinge. So bleibe ich als willkommener Gast meiner Schwiegermutter bei meinem Kinde, das ewig mein bleiben wird, und nehme das auf unbestimmte Zeit Angebotene, wie die Sache jetzt liegt, mit Vergnügen an. Meine Schwiegermutter hat mir mit dem versöhnlichen und fügsamen Geiste einer tief religiösen Frau alles verziehen.

1. September 1896. Ich bewohne das Zimmer, in dem meine Frau ihre zwei Trennungsjahre verbracht hat. Hier hat sie gelitten, während ich in Paris litt. Arme, arme Frau! Mußten wir so gestraft werden, weil wir mit der Liebe getändelt haben?

Beim Abendessen fällt folgendes vor. Um meinem Töchterchen, welches sich noch nicht selbst bedienen kann, zu helfen, berühre ich ihre Hand ganz sanft und in der zärtlichsten Absicht. Die Kleine stößt einen Schrei aus, zieht die Hand zurück und wirft mir einen Blick voll Schrecken zu. Als die Großmutter sie fragt, was sie habe, antwortet sie: „Er tut mir weh!"

Bestürzt, kann ich kein einziges Wort hervorbringen. Wie vielen habe ich mit Willen wehe getan, und tue schon weh, ohne es zu wollen?

Des Nachts träume ich von einem Adler, der mich zur Strafe für etwas Unbekanntes in die Hand hackt.

Am Morgen besucht mich meine Tochter, sie ist zärtlich, lieb und einschmeichelnd. Sie trinkt Kaffee mit mir und bleibt an meinem Schreibtisch, wo ich ihr Bilderbücher zeige. Wir sind schon gute Freunde, und meine Schwiegermutter freut sich, daß ihr jemand in der Erziehung der Kleinen zu Hilfe kommt. Am Abend muß ich dem Schlafengehen meines Engels beiwohnen und ihn beten hören. Sie ist katholisch, und wenn sie mich zu beten und das Zeichen des Kreuzes zu machen auffordert, bleibe ich stumm, denn ich bin Protestant.

2. September. Allgemeiner Aufruhr. Die Mutter meiner Schwiegermutter, welche am Ufer des Stroms einige Kilometer weit von hier wohnt, will einen Ausweisungsbefehl gegen mich erlassen. Sie will, daß ich auf der Stelle abreise und droht, falls ich mich widersetzen sollte, ihre Tochter zu enterben. Die Schwester meiner Schwiegermutter, eine gute Frau, die auch getrennt von ihrem Manne lebt, lädt mich ein, bei ihr auf dem benachbarten Dorfe zu warten, bis

der Sturm sich gelegt habe. Sie kommt persönlich, mich abzuholen. Man steigt zwei Kilometer weit einen Hügel hinauf; von seinem Gipfel aus sieht man in einen runden Talkessel, aus dem sich unzählige tannige Hügel wie Krater eines Vulkans erheben. Inmitten dieses Trichters liegt das Dorf mit seiner Kirche und oben auf dem abschüssigen Berge das Schloß in mittelalterlichem Burgenstil; dazwischen liegen hier und da Felder und Wiesen, von einem unterhalb der Burg in eine Schlucht stürzenden Bach bewässert.

Die seltsame, einzigartige Landschaft berührt mich höchst eigentümlich, und der Gedanke kommt mir: Du mußt sie schon einmal gesehen haben, aber wo, wo?

In der Zinkwanne im Hotel Orfila! im Eisenoxyd! Ohne Frage, das ist dieselbe Landschaft!

Meine Tante geht mit mir ins Dorf hinunter, woselbst sie über eine Wohnung von drei Stuben verfügt. Das weitläufige Gebäude enthält noch außerdem eine Bäckerei, eine Schlächterei und ein Gasthaus. Es hat einen Blitzableiter, weil sein Speicher vor einem Jahre vom Blitz getroffen worden ist. Als mich meine gute Tante, die ebenso streng fromm wie ihre Schwester ist, in das mir zum Gebrauch bestimmte Zimmer führt, bleibe ich auf der Schwelle wie vor einer Vision stehen. Die Mauern sind rosa gestrichen, rosa wie die Morgenröte, die mich während meiner Reise verfolgte. Die Vorhänge sind rosa, und die Fenster stehen so voll Blumen, daß das Tageslicht nur gedämpft hereinfällt. Alles ist von peinlicher Sauberkeit, und das altmodische Bett mit seinem auf vier Säulen ruhenden Himmel ist das Lager einer Jungfrau. Das ganze Zimmer und die Art seiner Einrichtung ist ein Gedicht und verrät eine Seele, die nur halb auf der Erde lebt. Der Gekreuzigte ist nicht da, wohl aber die heilige Maria, und ein Weihkessel behütet den Eingang vor den bösen Geistern.

Ein Gefühl der Scham ergreift mich, ich fürchte, die Phantasie eines reinen Herzens zu besudeln, das diesen Tempel über dem Grabe seiner einzigen und nun seit mehr als zehn Jahren toten Liebe der Jungfrau errichtet hat, und ich will das so freundliche Anerbieten verwirrt ablehnen.

Aber die gute Alte besteht darauf:

„Es wird dir guttun, wenn du deine irdische Liebe der Liebe zu Gott und zu deinem Kinde opferst. Glaube mir auf mein Wort, diese dornenlose Liebe wird dir Herzensfrieden und Heiterkeit des Geistes bewahren, und unter der Hut der Jungfrau wirst du die Nacht ruhig schlafen.“

Ich küsse ihr zum Zeichen der Dankbarkeit für ihr Opfer die Hand, und willige mit einer Zerknirschung, deren ich mich nicht für fähig gehalten, ein. Die Mächte scheinen mir gnädig zu sein und die zu meiner Besserung geplanten Strafen eingestellt zu haben.

Doch behalte ich mir aus irgendeinem Grunde vor, die letzte Nacht in Saxen zu schlafen, und verschiebe die Übersiedelung so auf den nächsten Tag.

Ich kehre also mit meiner Tante wieder zu meinem Kinde zurück. Auf der Dorfstraße entdecke ich, daß der Blitzableiter und sein Leitungsdraht gerade über meinem Bette befestigt ist.

Welch teuflischer Zufall, der mich wieder auf den Gedanken einer persönlichen Verfolgung bringt!

Auch bemerke ich, daß meine Fenster eine recht angenehme Aussicht bieten, nämlich auf ein mit alten freigelassenen Verbrechern, Kranken und Sterbenden bevölkertes Armenhaus.

Eine traurige Gesellschaft fürwahr, die ich da vor Augen haben werde!

In Saxen packe ich meine Sachen und treffe die Vorbereitungen zur Abreise. Mit Bedauern verlasse ich den Aufenthaltsort meines Kindes, der mir so lieb geworden ist. Die Grausamkeit der alten Dame, die mich von Weib und Kind zu trennen gewußt hat, empört mich. Zornig erhebe ich die Hand gegen ihr in Öl gemaltes Porträt über meinem Bett und stoße eine schwere Verwünschung gegen sie aus. Zwei Stunden später bricht ein furchtbares Gewitter über dem Dorfe los. Blitz folgt auf Blitz, der Regen fällt in Strömen, der Himmel ist stockfinster.

Tags darauf bin ich in Klam, wo das rosa Zimmer mich erwartet. Über dem Hause meiner Tante steht eine Wolke von der Form eines Drachen. Dann erzählt man mir, daß der Blitz ganz in der Nähe ein Haus eingeäschert und der Platzregen unserer Gemeinde außerordentlichen Heu- und Brückenschaden zugefügt hat.

Am 10. September hat ein Zyklon Paris verwüstet, und das unter den seltsamsten Umständen! Inmitten vollkommener Ruhe erhebt er sich plötzlich hinter Saint-Sulpice im Jardin du Luxembourg, streift das Theater du Châtelet und die Polizeipräfektur und verschwindet beim St. Ludwigs-Krankenhaus, nachdem er fünfzig Meter Eisengitter umgerissen. Wegen dieses Zyklons und des andern im Jardin des Plantes fragt mich mein theosophischer Freund: „Was ist der Zyklon?

Die Aufwallung irgendeines Hasses, die Schwingung irgendeiner Leidenschaft, die Ausströmung irgendeines Geistes?“

Er fügt noch hinzu: „Ob die Pappusisten sich ihrer Manifestationen bewußt sind?“

Und nun muß es der Zufall, nein, mehr als ein Zufall gewollt haben, daß ich ihn in einem Briefe, der seinen kreuzt, als einen in die Geheimlehren der Hindus Eingeweihten kurz und geradezu frage: „Können die hindostanischen Weisen Zyklone *hervorrufen*?“

Damals begann ich auf die Alchimisten den Argwohn zu werfen, daß sie mich wegen meines Goldes oder auch wegen meines Eigensinnes, ihren Gesellschaften alle Gefolgschaft zu verweigern, verdächtigten. In der germanischen Mythologie von Rydberg und in „ *Wärend och Wirdane*“ von Hiltén-Cavallius, hatte ich zudem erfahren, daß die Hexen in einem Gewitter oder einem kurzen, heftigen Windstoß zu erscheinen liebten. Ich erzähle dies hier zur Beleuchtung meines Seelenzustandes, wie er damals vor meiner Bekanntschaft mit Swedenborgs Lehren war.

Das Heiligtum prangt weiß und rosa, und der Heilige wird sich zu seinem Schüler gesellen, der, als sein Landsmann, das Andenken des vom begnadetsten Weibe Geborenen neuerer Zeit wieder erwecken soll.

Frankreich hat Ansgarius ausgesandt, Schweden zu taufen; tausend Jahre später hat Schweden Swedenborg ausgesandt, um Frankreich durch Vermittelung seines Schülers, des heiligen Martin, wieder zu taufen. Der Martinistenorden, der seine Rolle bei der Gründung eines neuen Frankreichs kennt, wird die Tragweite dieser Worte und noch weniger die Bedeutung von tausend Jahren dieses Millenniums nicht unterschätzen.

IX. Swedenborg

Meine Schwiegermutter und meine Tante sind Zwillingsschwestern von vollkommener Ähnlichkeit, gleichem Charakter, Geschmack und Abneigungen, und jede sieht in der anderen ihr Ebenbild. Wenn ich mit der einen in der Abwesenheit der anderen spreche, so wird die Abwesende alsbald so gut auf dem Laufenden erhalten, daß ich die Unterhaltung, gleichviel mit welcher von beiden, ohne Umschweife fortsetzen kann. Deshalb werfe ich sie oft in dieser Erzählung zusammen, welche kein Roman mit stilistischen Ansprüchen und literarischer Komposition ist.

Am ersten Abend also beichte ich ihnen meine unerklärlichen Abenteuer, Zweifel und Qualen. Da rufen sie, mit einer gewissen Genugtuung in den Zügen, beide auf einmal aus:

„Du bist da, wo wir bereits waren."

Von derselben Gleichgültigkeit für die Religion ausgehend, hatten sie den Okkultismus studiert: Von dem Moment an schlaflose Nächte, geheimnisvolle, von Todesängsten begleitete Vorfälle, endlich nächtliche Angriffe und Wahnsinnsanfälle. Die unsichtbaren Furien treiben die Jagd bis zum Hafen des Heils: der Religion. Aber ehe sie so weit sind, offenbart sich der Schutzengel, und das ist niemand anders als Swedenborg. Man nimmt mit Unrecht an, daß ich meinen Landsmann gründlich kenne. Erstaunt über meine Unwissenheit, geben mir, jedoch mit Vorbehalt, die guten Damen einen alten, deutschen Band.

„Nimm, lies und fürchte dich nicht!"

„Fürchten? wovor?"

In meinem rosa Zimmer schlage ich das alte Buch aufs Geratewohl auf und lese.

Mag der Leser meine Gefühle erraten, als meine Augen sich auf die Beschreibung einer Hölle heften, in der ich die Landschaft von Klam, meine Zinkwannenlandschaft, wie nach der Natur gezeichnet, wiederfinde.

Der Talkessel, der Hügel mit den Tannen, die düsteren Wälder, die Schlucht mit dem Bach, das Dorf, die Kirche, das Armenhaus, die Düngerhaufen, die Mistjauche, der Schweinestall, alles ist da!

Hölle? Aber ich bin in der tiefsten Verachtung der Hölle, als einer zum alten Schutt der Vorurteile geworfenen Phantasie, erzogen. Und doch kann ich die Tatsache nicht leugnen, nur, – und das ist das Neue in der Auslegung der sogenannten ewigen Strafen: wir *sind* schon da unten! Die Erde, die *Erde* ist die Hölle, der von einer höheren Vernunft eingerichtete Kerker, in dem ich nicht einen Schritt gehen kann, ohne das Glück der andern zu verletzen, und die andern nicht glücklich bleiben können, ohne mir wehe zu tun.

So stellt Swedenborg die Hölle dar, und zeichnet, vielleicht ohne es zu wissen, das irdische Leben.

Das Höllenfeuer ist der Wunsch emporzukommen; die Mächte erwecken diesen Wunsch, und gestatten den Verdammten, alles das zu erlangen, wonach sie streben.

Sobald aber das Ziel erreicht ist, die Wünsche erfüllt sind, enthüllt sich alles als wertlos und der Sieg ist nichtig! Oh Eitelkeit, Eitelkeit über Eitelkeit! Darauf fachen nach der ersten Enttäuschung die Mächte das Feuer der Wünsche und des Ehrgeizes von neuem an, und mehr noch als der unbefriedigte Appetit foltert die gesättigte Gier, der Ekel an allem. So erleidet der Teufel eine Strafe ohne Ende, weil er alles, was er wünscht, sofort erhält, so daß er sich nicht mehr darauf freuen kann.

Wenn ich die Beschreibung der Swedenborgschen Hölle mit den Strafen der germanischen Mythologie vergleiche, finde ich eine offenbare Übereinstimmung, aber für mich persönlich bildet die nackte Tatsache, daß diese beiden Bücher mir im rechten Augenblick zur Hand gekommen, das Wesentliche. Ich bin in der Hölle, und die Verdammnis lastet auf mir.

Wenn ich meine Vergangenheit durchgehe, mutet mich meine Kindheit bereits als ein Gefangenenhaus, eine Folterkammer an. Und man braucht, um die einem unschuldigen Kinde auferlegten Leiden zu erklären, nur die Annahme einer früheren Existenz, aus der wir nach hier unten zurückgeworfen worden, um die Folgen vergessener Fehler zu ertragen. Geschmeidigen Geistes, dessen ich mich nur allzusehr anklage, dränge ich die unangenehmen Eindrücke der Swedenborgschen Lektüre tief in die Seele zurück. Aber die Mächte geben keine Ruhe mehr.

Auf einem Spaziergange in die Umgegend des Dorfes gerate ich längs des kleinen Baches zu dem sogenannten Schluchtweg, der sich zwischen den beiden Bergen hinzieht. Der durch eingestürzte Felsen wahrhaft mächtig getürmte Eingang zieht mich sonderbar an. Der Berg, dessen Gipfel die verlassene Burg krönt, bildet, senkrecht zur Tiefe stürzend, das Tor der Schlucht, in welcher der Bach eine Mühle treibt. Ein Naturspiel hat dem Felsen die Form eines Türkenkopfs gegeben. (Eine der ganzen Gegend wohlbekannte Tatsache.)

Darunter lehnt sich der Schuppen des Müllers gegen die Felswand. An der Klinke der Schuppentür hängt ein Bockshorn mit Wagenfett, daneben steht ein Besen.

Das ist gewiß alles ganz natürlich und in der Ordnung, aber dennoch frage ich mich, welcher Teufel mir diese beiden Hexenzeichen, das Bockshorn und den Besen just da und gerade heute morgen in den Weg hat legen müssen.

Auf dem feuchten, dunklen und unbequemen Wege dringe ich weiter und komme zu einem Holzgebäude, dessen ungewöhnlicher Anblick mich stutzig macht. Es ist ein langer, niedriger Kasten mit sechs Ofentüren... Ofentüren!

Ihr Götter, wo bin ich denn?

Das Bild der Danteschen Hölle, die rotglühenden Särge der Ketzer, steigt vor mir auf – und die sechs Ofentüren!! Ist es ein böser Traum? Nein, gemeine Wirklichkeit; denn ein schrecklicher Gestank, ein Strom von Schmutz und ein Grunzchor belehrt mich alsbald, daß ich einen Schweinestall vor mir habe.

Der Weg verengert sich zwischen dem Müllerhaus und dem Berge, gerade unter dem Türkenkopf, zu einem schmalen Gange.

Als ich ihn weitergehe, sehe ich im Hintergrunde eine große, wolfsfarbige dänische Dogge liegen; eine Kopie jenes Ungetüms, welches das Atelier in der Rue de la Santé in Paris bewachte.

Ich weiche zwei Schritt zurück, aber zugleich erinnere ich mich an die Jacques Coeursche Devise „Tapferen Herzen ist nichts unmöglich“ und dringe in die Schlucht ein. Der Zerberus gibt sich den Anschein, als bemerke er mich nicht, und so verfolge ich den Weg, der sich jetzt zwischen niedrigen und düsteren Häusern hinzieht, weiter. Hier läuft ein schwarzes Huhn ohne Schwanz und mit einem Hahnenkamm umher; dort tritt eine auf den ersten Blick schön aussehende und mit einem blutroten Halbmond auf der Stirn gezeichnete Frau aus einem Hause; als sie aber näher kommt, sehe ich, daß sie zahnlos und häßlich ist.

Der Wasserfall und die Mühle vollführen ein Geräusch, ähnlich jenem Ohrensausen, das mich seit meinen ersten Beunruhigungen verfolgt. Die Müllergesellen, weiß wie die Engel, leiten das Räderwerk der Maschine wie Henker, und das große Rad läßt in ewiger Sisyphusarbeit das nie versiegende Wasser herabfließen.

Dann kommt die Schmiede mit ihren nacktarmigen, geschwärzten Arbeitern, die mit Zangen, Hacken, Schraubstöcken und Hämmern bewaffnet sind; in Feuer und Funken liegen rotglühendes Eisen und geschmolzenes Blei. Es ist ein Heidenlärm, der das Gehirn durcheinander schüttelt und das Herz im Leibe springen läßt.

Weiterhin ächzt die große Säge der Sägemühle und martert mit knirschenden Zähnen die auf dem Sägebock liegenden Baumriesen, daß ihr durchsichtiges Blut auf den klebrigen Boden herabträufelt.

Längs des Baches führt der von Zyklon und Wolkenbruch arg verwüstete Schluchtweg weiter; die Überschwemmung hat eine graugrüne Schlammschicht zurückgelassen, welche die scharfen Kiesel, auf denen die Füße beständig ausgleiten, verbirgt. Ich möchte das Wasser überschreiten, aber da der Steg fortgerissen ist, mache ich unter einem Abhang halt, dessen überhängender Fels auf eine heilige Maria zu fallen droht, die allein auf ihren zarten göttlichen Schultern den unterwaschenen Berg noch stützt.

In Nachdenken über diese Vereinigung von Zufällen, welche zusammengefaßt, ohne übernatürlich zu sein, ein großes wunderbares Ganze bilden, kehre ich nach Hause zurück.

Acht Tage und acht ruhige Nächte verbringe ich in dem rosa Zimmer. Mein Herzensfriede kehrt mit den täglichen Besuchen meines Töchterchens wieder, das mich liebt, geliebt wird und liebenswert ist; von meinen Verwandten werde ich wie ein krankes, verzogenes Kind gepflegt.

Die Lektüre Swedenborgs beschäftigt mich den Tag über und erdrückt mich durch den Naturalismus ihrer Beschreibungen. Alle meine Beobachtungen, Empfindungen, Gedanken, alles findet sich dort so sehr wieder, daß jene Visionen mir als ebensoviel Erlebnisse und wahrhafte *documents humains* erscheinen. Von blindem Glauben ist keine Rede; genug, seine eigenen Lebenserfahrungen zu lesen und damit zu vergleichen.

Der hier vorhandene Band ist nur ein Auszug; die Haupträtsel des geistigen Lebens werden mir erst später gelöst, da mir das Originalwerk *Arcana Coelestia* in die Hände fällt.

Mitten in meinen Bedenken, welche die neugewonnene Überzeugung, daß es einen Gott und Strafen gibt, heraufbeschwören, trösten mich einige Zeilen Swedenborgs, und alsbald beginne ich, mich vor mir selbst zu entschuldigen und dem alten Hochmut wieder nachzugeben. Am Abend vertraue ich mich meiner Schwiegermutter an und frage sie:

„Hältst du mich für einen Verdammten?“

„Nein, obgleich ich niemals ein Menschenschicksal wie das deinige gesehen habe; aber du hast noch nicht den rechten Weg gefunden, der dich zum Herrn führt."

„Erinnerst du dich Swedenborgs und seiner *Principia coeli*? Zuerst Durst mit einem höheren Ziel zu herrschen. Nun, mein Herrschergeist hat niemals nach Ehren gestrebt, noch danach, der Gesellschaft sein Können aufzudrängen.

Ferner Liebe zu Glück und Geld, um des öffentlichen Nutzens willen. Du weißt, daß ich keinen Gewinn suche und das Geld verachte. Was mein Goldmachen anbetrifft, so habe ich vor den Mächten das Gelübde getan, daß der allenfalls sich ergebende Gewinn für humanitäre, wissenschaftliche und religiöse Zwecke verwendet werden soll. Endlich eheliche Liebe. Muß ich noch sagen, daß sich seit meiner Jugend meine Liebe zum Weibe auf die Idee der Ehe, der Familie, der Gattin konzentrierte? Wenn mir das Leben vorbehalten hat, die Witwe eines noch lebenden Mannes zu heiraten, so ist dies eine Ironie, die ich mir nicht erklären kann, die indessen den Unregelmäßigkeiten des Junggesellenlebens gegenüber nicht allzusehr ins Gewicht fällt."

Darauf nach einigem Nachdenken die Alte:

„Ich kann, was du da vorbringst, nicht bestreiten; denn ich habe in deinen Schriften einen Geist von hohem Streben gefunden, dessen Trachten stets gegen seinen Willen scheiterte. Gewiß büßest du die anderswo, vor deiner Geburt begangenen Sünden. Du mußt in deinem vorigen Leben ein großer Menschenschlächter gewesen sein und deshalb tausendfältige Todesbangigkeit erleiden, ohne doch, bevor die Buße vollbracht, sterben zu dürfen. Jetzt sei fromm und handle danach!"

„Du meinst, ich soll mich der katholischen Kirche anschließen?"

„Jawohl."

„Swedenborg hält es für unerlaubt, die Religion seiner Väter zu verlassen, denn jeder gehöre zu dem geistigen Gebiet, auf dem sein Volk geboren sei."

„Die katholische Religion nimmt jeden, der sie sucht, gnädig in ihren Schoß auf."

„Ich will schon mit einem niedrigeren Grade zufrieden sein. Im Notfall finde ich einen Platz hinter den Juden und Mohammedanern, die ja auch zugelassen sind. Ich bin bescheiden."

„Die Gnade wird dir angeboten, und du ziehst das Linsengericht dem Erstgeburtsrechte vor!“

„Die Erstgeburt für den Sohn der Magd? Zuviel! viel zuviel!“

Durch Swedenborg wieder zu Ehren gebracht, halte ich mich noch einmal für Hiob, den gerechten und sündenlosen Mann, den der Ewige prüft, um den Bösen das Beispiel eines Rechtschaffenen in Leiden und Unbill zu zeigen.

Meine fromme Eitelkeit verbeißt sich geradezu in diese Vorstellung. Ich rühme mich der Gnade, vom Mißgeschick verfolgt zu werden und werde nicht müde, mein „Siehe, wie ich gelitten habe!“ zu wiederholen. Ich klage mich an, bei meinen Verwandten zu gut zu leben, und mein rosa Zimmer dünkt mir ein bitterer Hohn. Man hält sich über meine aufrichtige Reue auf und überhäuft mich mit Wohltaten und kleinen Genüssen des Lebens. Alles in allem: Ich bin ein Auserwählter, Swedenborg hat es gesagt, und des Schutzes des Ewigen sicher, fordere ich die Dämonen heraus...

Am achten Tage, den ich in meinem rosa Zimmer zubringe, trifft die Nachricht ein, daß die Großmutter, die am Ufer der Donau wohnt, krank geworden sei. Sie hat ein Leberleiden, begleitet von Erbrechen, Schlaflosigkeit und nächtlichem Herzklopfen. Meine Tante, deren Gastfreundschaft ich genieße, wird nach unten gerufen, und ich soll zu meiner Schwiegermutter nach Saxen zurückkehren.

Auf meinen Einwand, daß die Alte es verboten habe, erwidert man mir, sie habe ihren Ausweisungsbefehl zurückgezogen, so daß es mir jetzt freistehe, meinen Aufenthalt nach meinem Belieben einzurichten.

Dieser jähe Gesinnungswechsel setzt mich bei der Grollenden in Erstaunen, und ich wage kaum, diesen glücklichen Umschwung ihrer Krankheit zuzuschreiben. Der nächste Tag bringt eine Verschlimmerung der Krankheit. Meine Schwiegermutter gibt mir im Namen ihrer Mutter ein Bukett als Versöhnungszeichen und vertraut mir an, die Alte bilde sich außer anderen Phantasien ein, eine Schlange im Leibe zu tragen.

Der nächste Bericht erzählt, die Kranke sei um 1000 Gulden bestohlen worden und habe ihre Wirtschafterin im Verdacht.

Diese ist empört über den ungerechten Argwohn, will einen Prozeß wegen Verleumdung anstrengen, und der häusliche Friede im Heim einer gebrechlichen Greisin, die sich zurückgezogen hatte, um in Ruhe zu sterben, ist gebrochen.

Jeder Bote bringt uns irgend etwas, Blumen, Früchte, Wildbret, Fasanen, Hühner, Hechte...

Schlägt der Kranken ihr Gewissen vor der göttlichen Gerechtigkeit? Erinnert sie sich, daß sie mich einmal auf die Landstraße gestoßen und so ins Hospital gebracht hat?

Oder ist sie abergläubisch? Glaubt sie sich von mir behext? Und die angebotenen Geschenke wären vielleicht nur Brocken, die man dem Zauberer, seinen Rachedurst zu stillen, zuwirft?

Unglücklicherweise kommt gerade ein Band Magie aus Paris, der mich über die sogenannten Behexungen belehrt, und dessen Verfasser dem Leser rät, sich nicht für unschuldig zu halten, wenn er die magischen Kunstgriffe zu irgend jemandes Schaden nur schlechtweg meidet: Man muß vielmehr das böse Wollen selbst überwachen, da es für sich allein schon genügt, auf einen andern, sogar wenn er abwesend ist, einen Einfluß auszuüben.

Die Folgen dieser Belehrung sind zwiefach. Einerseits meine Skrupel im gegenwärtigen Falle, denn ich hatte im Zorn die Hand gegen das Bild der Alten erhoben und sie dabei verwünscht. Anderseits die Neuerregung meines alten Argwohns, daß ich selbst Okkultisten oder Theosophen Gegenstand geheimer Freveltaten sei.

Gewissensbisse auf der einen Seite, Furcht auf der andern. Und die beiden Mühlsteine beginnen mich klein zu mahlen.

Swedenborg schildert die Hölle folgendermaßen. Der Verdammte bewohnt einen prachtvollen Palast, findet das Leben dort köstlich und hält sich für einen Auserwählten. Nach und nach verflüchtigen sich die Herrlichkeiten, und der Unglückliche bemerkt, daß er in eine elende Baracke eingeschlossen und von Schmutz umgeben ist. (Siehe das Folgende.)

Das rosa Zimmer ist verschwunden, und da ich in ein großes Zimmer neben dem meiner Schwiegermutter einziehe, fühle ich voraus, daß mein Aufenthalt nicht von langer Dauer sein wird.

Tatsächlich vereinigen sich alle möglichen Bagatellen, mir mein Leben zu vergiften und meiner Arbeit die notwendige Ruhe vorzuenthalten.

Die Bretter des Fußbodens schwanken unter meinen Tritten, der Tisch wackelt, der Stuhl zittert, das Waschgeschirr klirrt, das Bett knirscht, und die andern Möbel bewegen sich, sobald ich über die Diele gehe.

Die Lampe raucht, das Tintenfaß ist zu eng, so daß sich der Federhalter besudelt. Dazu riecht das Landhaus nach Dünger und Jauche, schwefelwasserstoffhaltigem Ammoniak und Schwefelsäure. Den ganzen Tag über lärmen Kühe, Schweine, Kälber, Hühner, Truthühner und Tauben. Fliegen und Wespen stören mich des Tags, Mücken des Nachts.

Beim Dorfkrämer ist fast nichts zu bekommen. In Ermangelung einer andern muß ich mich zu rosenroter Tinte verstehen! Seltsam indessen! In einem Päckchen Zigarettenpapier liegt zwischen hundert weißen ein rosa (!) Blatt!

Es ist die Hölle im kleinen, und ich, der ich so große Leiden zu ertragen gewohnt bin, leide maßlos unter diesen Nadelstichen, um so mehr, als meine Schwiegermutter mich mit ihrer sorgfältigen Pflege unzufrieden glaubt.

17. September. Ich erwache nachts und höre von der Kirche des Dorfes dreizehn Schläge. Sogleich überfällt mich der elektrische Zustand, und ich glaube, auf dem Boden über mir ein Geräusch zu vernehmen.

19. September. Ich durchsuche den Boden und entdecke ein Dutzend Spinnrocken, deren Räder mich an Elektrisiermaschinen erinnern. Ich öffne eine große Truhe, sie ist leer, nur fünf schwarz gestrichene Stäbe, deren Gebrauch mir unbekannt ist, liegen in Form eines Pentagramms auf ihrem Grunde. Wer hat mir diesen Streich gespielt, oder was soll das heißen? Ich wage nicht zu fragen, und das Rätsel bleibt ungelöst.

Zwischen Mitternacht und zwei Uhr bricht ein furchtbares Gewitter los. Gewöhnlich erschöpft und verzieht sich ein Gewitter bald wieder; dieses jedoch bleibt zwei Stunden lang über dem Dorfe stehen. Jeder Blitz ist ein persönlicher Angriff auf mich, aber keiner trifft mich.

Die Abende erzählt mir meine Schwiegermutter die gegenwärtige Chronik der Gegend. Welch ungeheure Sammlung häuslicher und anderer Tragödien. Da spielen Ehebrüche, Scheidungen, Prozesse zwischen Verwandten, Morde, Diebstähle, Notzucht, Blutschande, Verleumdungen. Die Schlösser, die Villen, die Hütten bergen Unglückliche aller Art, und ich kann die Wege nicht entlang gehen, ohne an die Hölle Swedenborgs zu denken.

Bettler, Blödsinnige beiderlei Geschlechts, Kranke, Verkrüppelte besetzen die Gräben der Landstraßen oder knien am Fuß eines Kreuzes, einer Madonna, oder eines Märtyrers.

Des Nachts entfliehen die Unglücklichen ihrer Schlaflosigkeit und ihren bösen Träumen auf die Wiesen und in die Wälder, um müde zu werden und schlafen zu können. Leute aus der guten Gesellschaft, wohlerzogene Damen, ja selbst ein Pfarrer sind unter ihnen.

Nicht weit von uns liegt ein als Strafanstalt für gefallene Mädchen dienendes Kloster. Es ist ein wahres Gefängnis, in dem die strengsten Satzungen herrschen. Im Winter bei 20 Grad Kälte müssen die Büßerinnen in ihren Zellen auf den eiskalten Steinfliesen schlafen, und ihre Hände und Füße bedecken sich, da nicht geheizt werden darf, über und über mit aufspringenden Frostbeulen.

Unter anderm ist da eine Frau, die mit einem Geistlichen gesündigt hat, was eine Todsünde ist. Von Gewissensbissen gemartert, flieht sie in ihrer Verzweiflung zu ihrem Beichtiger, der ihr indessen Beichte und Sakrament verweigert. Auf eine Todsünde gehört Verdammnis! Da verliert die Unglückliche den Verstand, bildet sich ein, gestorben zu sein, irrt so von Dorf zu Dorf und fleht das Mitleid des Klerus an, in geweihter Erde begraben zu werden. Überall verbannt und verjagt, geht und kommt sie, heulend wie ein wildes Tier, und das Volk, das sie sieht, bekreuzigt sich und ruft: „Seht die Verdammte!“ Niemand zweifelt, daß ihre Seele schon im großen Feuer sei, während ihr Schatten, ein wandelnder Leichnam, als schreckliches Beispiel hier umgeht.

Man erzählt mir noch von einem Manne, der, vom Teufel besessen, seine Persönlichkeit so geändert habe, daß ihn der Böse vermocht, wider seinen Willen Gotteslästerungen auszustoßen. Nach langem Suchen entdeckt man in einem jungen, keuschen Franziskaner von anerkannter Herzensreinheit den richtigen Beschwörer. Er bereitet sich durch Fasten und Bußübungen vor, der große Tag bricht an, und der Besessene beichtet in der Kirche, *coram populo*. Darauf geht der junge Mönch ans Werk, und es gelingt ihm durch vom Morgen bis zum Abend währende Gebete und Beschwörungen, den Teufel auszutreiben. Die entsetzten Zuschauer haben die näheren Umstände nicht zu erzählen gewagt. Ein Jahr später stirbt der Franziskaner.

Solche und noch schlimmere Geschichten bestärken mich in meiner Überzeugung, daß diese Gegend ein zu Bußen vorherbestimmter Ort sei, und es zwischen diesem Lande und den Stätten, die Swedenborg als seine Hölle schildert, eine geheimnisvolle Übereinstimmung geben müsse. Hat er diesen Teil von Oberösterreich besucht und, gleichwie Dante die Gegend südlich von Neapel schildert, seine Hölle nach der Natur gezeichnet??

Nach vierzehn Tagen Arbeit und Studien werde ich noch einmal aufgestört, da beim Anbruch des Herbstes Tante und Schwiegermutter zusammen in Klam wirtschaften wollen. Wir brechen unser Lager also ab. Meine Unabhängigkeit zu wahren, miete ich ein aus zwei Zimmern bestehendes Häuschen, ganz nahe bei meinem Töchterchen.

Den ersten Abend nach meinem Einstand im neuen Quartier überfällt mich ein Angstgefühl, als ob die Luft vergiftet sei. Ich gehe zur Mutter:

„Wenn ich da oben schlafen soll, findet ihr mich morgen tot im Bette. Beherberge einen Pilger für diese Nacht, meine gute Mutter!"

Sogleich wird das rosa Zimmer mir zur Verfügung gestellt, aber, gütiger Gott, wie hat es sich nach dem Auszug meiner Tante verändert! Schwarze Möbel stehen darin, ein Bücherschrank mit leeren Fächern gähnt mich wie mit ebensoviel Rachen an; von den Fenstern sind die Blumen fort, ein hoher, schlanker, gußeiserner Ofen, mit Verzierungen einer häßlichen Phantasie, Salamandern und Drachen, starrt, schwarz wie ein Gespenst, mir entgegen. Mit einem Wort, es herrscht eine Disharmonie, die mich krank macht. Überdies fällt mir jede Unregelmäßigkeit auf die Nerven, da ich ein Mensch von geregelten Gewohnheiten bin, der alles zu bestimmten Stunden tut. Trotz meiner Bemühungen, meinen Unwillen zu verbergen, liest meine Mutter doch in meinem Herzen:

„Immer unzufrieden, mein Kind?"

Sie tut ihr Bestes, mich zufriedenzustellen, aber wo die Geister der Zwietracht sich hineinmischen, ist alles umsonst. Sie erinnert sich meiner Lieblingsgerichte, aber immer geht es verkehrt. So mag ich nichts weniger leiden als Gehirn in brauner Butter.

„Heut gibt es was Gutes," sagt sie zu mir; „expreß für dich!" – und setzt mir Kalbshirn in brauner Butter vor. Ich begreife, es ist eine Verwechselung, kann aber nur mit schlecht verhehltem Widerwillen und erkünsteltem Appetit essen.

„Du ißt ja nichts!"

Und sie füllt mir den Teller zum zweitenmal.

Es ist zuviel! Früher schrieb ich alle diese Plagen der weiblichen Bosheit zu, jetzt spreche ich jeden als unschuldig frei, indem ich mir sage: Es ist der Teufel!

Von Jugend auf pflege ich mich auf meinem Morgenspaziergang auf die Arbeit des Tages vorzubereiten. Niemand, selbst meine Frau nicht, hat je die Erlaubnis gehabt, mich dabei zu begleiten.

Und tatsächlich erfreut sich des Morgens mein Geist einer Harmonie und glücklichen Gehobenheit, die an Ekstase streift; ich gehe nicht, ich fliege; alles Körperliche ist wie verschwunden; alle Traurigkeit verflogen, ich bin ganz Seele. Das ist meine Sammlung, meine Gebetstunde, mein Gottesdienst.

Jetzt muß ich alles aufopfern und auf meine gerechtfertigtsten Neigungen verzichten. Die Mächte zwingen mich, auch diesem letzten und höchsten Vergnügen zu entsagen. Mein Töchterchen wünscht mich zu begleiten. Ich umarme sie zärtlich und sage ihr, weshalb ich allein sein möchte, aber sie versteht nichts davon. Sie weint und ich bringe es nicht übers Herz, sie für heute zu kränken, fasse jedoch den festen Entschluß, diesem Mißbrauch der Rechte nicht weiter Folge zu geben. Ja, wie ist ein Kind reizend, hinreißend durch seine Originalität, seine Herzensfröhlichkeit, seine Dankbarkeit für ein Nichts, wohlverstanden, wenn ihr Zeit habt, euch mit ihm zu beschäftigen; wenn ihr aber in Gedanken abwesend, zerstreut seid, wie kann es da eure Seele zerreißen, wenn ihr um lauter Kleinigkeiten willen mit zahllosen Fragen und Augenblickslaunen gequält werdet!

Meine Kleine ist wie eine Verliebte auf meine Gedanken eifersüchtig; sie paßt den Moment trefflich ab, wo ihr Geplauder ein geschickt geknüpftes Gedankennetz zerstören könne ... nein doch, *sie* tut es ja nicht, sie ist ja nur Werkzeug, aber ihr und ich, wir meinen, eine Beute vorbedachter Anschläge einer armen unschuldigen Kleinen zu sein.

Ich gehe mit langsamen Schritten, ich fliege nicht mehr; meine Seele ist gefangen und mein Hirn von der Anstrengung, beständig zum Niveau eines Kindes herabsteigen zu müssen, leer.

Was mich bis zur Folter peinigt, das sind die tiefen, vorwurfsvollen Blicke, die sie mir zuwirft, wenn sie mir lästig zu sein glaubt und sich einbildet, daß ich sie nicht mehr lieb hätte. Dann verfinstert sich das offene, freie, strahlende Gesichtchen, die Blicke wenden sich ab, ihr Herz verschließt sich mir, und ich fühle mich des Lichtes beraubt, das dieses Kind in meine finstere Seele geworfen. Ich küsse sie, nehme sie auf den Arm, suche Blumen und Kiesel, schneide eine Gerte ab und spiele eine Kuh, die sie auf die Weide treiben soll.

Sie ist zufrieden und glücklich, und das Leben lächelt mir wieder.

Ich habe meine Morgenstunde geopfert! So sühne ich das Böse, das ich in einem wahnsinnigen Augenblick auf das Haupt dieses Engels herabwünschen wollte. Welche Buße: geliebt zu werden! Wahrlich, die Mächte sind nicht so grausam wie wir!

X. Auszüge aus dem Tagebuch eines Verdammten

Oktober, November 1896.

Der Brahmane erfüllt seine Pflicht gegen das Leben, indem er ein Kind erzeugt; dann geht er in die Wüste, sich der Einsamkeit und Entsagung zu weihen.

Meine Mutter: Was hast du in deinem früheren Menschsein getan, daß dich das Geschick so schlecht behandelt?

Ich: Rate! Erinnere dich eines Mannes, der zuerst mit der Frau eines andern verheiratet war, wie ich, und von der er sich trennt, um eine Österreicherin zu heiraten, wie ich! Dann raubt man ihm seine kleine Österreicherin, wie man mir die meine entrissen hat, und beider einziges Kind wird am Böhmerwalde, wie mein Kind, festgehalten. Erinnerst du dich des Helden meines Romans „Am offenen Meer," der auf einer Insel mitten im Meer elend zu Grunde geht ...

Meine Mutter: Genug! genug!

Ich: Du weißt nicht, daß die Mutter meines Vaters Neipperg hieß ...

Meine Mutter: Schweig, Unglücklicher!

Ich: ... und daß meine kleine Christine dem größten Menschenschlächter des Jahrhunderts auf ein Haar gleicht; sieh sie nur an, die Despotin, die Menschenbändigerin mit ihren zweieinhalb Jahren...

Meine Mutter: Du bist toll!

Ich: Ja! – Und was mögt ihr andern Weiber früher gesündigt haben, da euer Los noch härter als das unsrige ist? Siehst du, mit wieviel Recht ich das Weib unsern bösen Dämon genannt habe! Jedem nach seinem Verdienst!

Meine Mutter: Ja, Weib zu sein ist doppelte Hölle!

Ich: ... so ist auch das Weib doppelter Teufel. Was die Wiederfleischwerdung anbetrifft, so ist sie eine christliche Lehre, die nur vom Klerus beseitigt worden ist. Jesus Christus behauptet, daß Johannes der Täufer der wieder Mensch gewordene Elias war. Ist das eine Autorität oder nicht?

Meine Mutter: Doch, aber die römische Kirche verbietet das Forschen im Geheimen.

Ich: Und die Geheimwissenschaft erlaubt es, sobald Wissenschaft überhaupt erlaubt ist.

Die Geister der Zwietracht wüten, und ungeachtet unserer vollkommenen Kenntnis ihres Spieles und unserer gegenseitigen Unschuld hinterlassen die sich wiederholenden Mißverständnisse einen bitteren Nachgeschmack.

Zum Überfluß argwöhnen die beiden Schwestern nach der geheimnisvollen Krankheit der Mutter, mein böser Wille sei daran schuld, und können im Hinblick auf mein Interesse, meine Trennung von meiner Frau aufgehoben zu sehen, die ziemlich richtige Idee nicht unterdrücken, daß der Tod der Alten mir Freude machen würde. Das Dasein allein dieses Wunsches macht mich hassenswert, und ich wage nicht mehr, nach dem Befinden der Großmutter zu fragen, weil ich als Heuchler behandelt zu werden fürchte.

Die Situation ist gespannt, und meine beiden alten Freundinnen erschöpfen sich in endlosen Diskussionen über meine Person, meinen Charakter, meine Gefühle und die Aufrichtigkeit meiner Liebe zu meiner Kleinen. Einmal hält man mich für einen Heiligen, und die Risse in meinen Händen sind Wundmale. Und wirklich gleichen die Zeichen in der Handfläche großen Nagellöchern. Um aber jeden Anspruch auf Heiligkeit zu entfernen, bezeichne ich mich als den guten Schacher, der vom Kreuz gestiegen und auf der Pilgerschaft nach dem Paradies begriffen ist.

Ein andermal will man mich damit enträtseln, daß man mich für Robert den Teufel hält. Damals vereinigte sich verschiedenes, um mich eine Steinigung von selten der Bevölkerung befürchten zu lassen. Hier die nackte Tatsache. Meine kleine Christine hat eine außerordentliche Furcht vor dem Schornsteinfeger. Eines Abends fängt sie beim Essen plötzlich zu schreien an, zeigt mit dem Finger auf jemand Unsichtbaren hinter meinem Stuhl und ruft: „Der Schornsteinfeger!“

Meine Mutter, die an das Hellsehen der Kinder und Tiere glaubt, wird bleich; und ich gerate in Furcht, um so mehr, als ich meine Mutter das Zeichen des Kreuzes über den Kopf des Kindes machen sehe. Der Rest ist eine Totenstille, die mich nicht mehr froh werden läßt.

Der Herbst mit seinen Stürmen, Regengüssen und finsteren Nächten ist gekommen. Im Dorfe und im Armenhause mehrt sich die Zahl der Kranken, Sterbenden und Toten. In der Nacht hört man die Schelle des Chorknaben, welcher der Hostie vorangeht. Den Tag über läuten die Totenglocken der Kirche, und ein Leichenzug folgt dem andern. Tod und Leben sind ein einziges Grauen. Und meine nächtlichen Anfälle beginnen wieder. Man läßt für mich beten, man spart nicht mit Rosenkränzen, und der Weihkessel in meinem Schlafzimmer ist vom Pfarrer selbst mit Weihwasser gefüllt.

„Die Hand des Herrn ruht schwer auf dir!" – mit diesen Worten zermalmt mich meine Mutter.

Aber langsam richte ich mich wieder auf. Meine geistige Elastizität und ein eingewurzelter Skeptizismus befreien mich wieder von diesen schwarzen Gedanken, und nach dem Lesen gewisser okkultistischer Schriften sehe ich mich von Elementargeistern, Inkuben und Lamien verfolgt, die mich alle an der Durchführung meines großen alchimistischen Werkes hindern wollen. Durch die Eingeweihten belehrt, verschaffe ich mir einen dalmatinischen Dolch und stelle mir vor, gegen die bösen Geister nun trefflich bewaffnet zu sein.

Im Dorfs stirbt ein Schuhmacher, ein Atheist und Gotteslästerer. Er war Besitzer einer Dohle, die jetzt, sich selbst überlassen, auf dem Dach eines Nachbars haust. Bei der Totenwache entdeckt man plötzlich die Dohle im Zimmer, ohne daß die Anwesenden sich ihre Gegenwart erklären können. Am Tage des Begräbnisses begleitet der schwarze Vogel den Leichenzug und setzt sich auf dem Kirchhof vor der Zeremonie auf den Sargdeckel. Jeden Morgen folgt mir dieses Tier längs des Weges, was mich wegen des Aberglaubens der Bevölkerung beunruhigt. Eines Tages, und das sollte ihr letzter sein, begleitet mich die Dohle unter greulichen Schreien, ja sogar Schimpfworten, die ihr der Gotteslästerer beigebracht hatte, durch die Straßen des Dorfes. Da kommen zwei Vögelchen, ein Rotkehlchen und eine gelbe Bachstelze und verfolgen die Dohle von Dach zu Dach. Die Dohle rettet sich aus dem Dorfe hinaus und setzt sich auf den Schornstein einer Hütte. In demselben Augenblick springt ein schwarzes Kaninchen vor dem Hause auf und verschwindet im Grase. Einige Tage nachher hören wir vom Tode der Dohle. Sie war von den Gassenjungen erschlagen worden, die sie wegen ihres Hanges zu stehlen nicht leiden mochten.

Den Tag über arbeite ich in meinem Häuschen. Aber es scheint, daß die Mächte mir seit einiger Zeit nicht mehr wohlwollen. Bei meinem Eintritt finde ich oft die Luft stickig, wie vergiftet, und muß Türe und Fenster öffnen. In einen dicken Mantel gehüllt und eine Pelzmütze auf dem Kopfe, sitze ich am Tisch und schreibe, und kämpfe gegen die sogenannten elektrischen Anfälle, die mir die Brust beengen und mich in den Rücken stechen. Oft scheint es mir, daß jemand hinter meinem Stuhle stehe. Dann steche ich mit dem Dolch hinter mich und bilde mir ein, mit einem Feinde zu kämpfen. So geht es bis fünf Uhr abends. Wenn ich länger sitzen bleibe, wird der Kampf schrecklich, bis ich endlich, völlig erschöpft, meine Laterne anstecke und zu meiner Mutter und meinem Kinde gehe. Ein einziges Mal herrscht schon zwischen zwei und drei Uhr in meinem Zimmer solch eine dicke und erstickende Luft. Aber ich setze den Kampf bis sechs Uhr fort, um noch einen Artikel über Chemie zu beenden. Auf einem Blumenstrauß sitzt ein schwarz und gelb – also in den österreichischen Farben – geflecktes Marienkäferchen Es klettert, tastet und sucht nach einem Abstieg. Endlich läßt es sich auf mein Papier fallen und breitet die Flügel gerade wie der Hahn auf der Kirche Notre-Dame des Champs in Paris aus, dann kriecht es das Manuskript entlang und meine rechte Hand hinauf. Es sieht mich an und stiegt dann nach dem Fenster; der Kompaß auf dem Tische zeigt nach Norden.

Wohlan, sage ich mir, nach Norden also! aber erst, wann es mir belieben wird; bis zu einer neuen Aufforderung bleibe ich noch, wo ich bin.

Es schlägt sechs Uhr, und es wird unmöglich, in diesem spukenden Hause zu bleiben. Unbekannte Gewalten heben mich vom Stuhl und ich muß die Bude schließen.

Es ist Allerseelen, gegen drei Uhr nachmittags, die Sonne leuchtet, die Luft ist klar. Die Bewohner ziehen in Prozession unter Vorantritt des Klerus, der Bannerträger und der Musik nach dem Friedhof, um die Toten zu begrüßen. Die Glocken fangen an zu läuten. Da, ohne ein Vorzeichen, ohne daß sich auch nur eine Wolke als Vorbote auf dem blaßblauen Himmel gezeigt hätte, bricht ein Sturm los. Das Fahnentuch klatscht gegen die Stangen, die Festgewänder der Männer und Frauen sind ein Spiel des Windes, Staubwolken erheben sich in Wirbeln, die Bäume biegen sich... Es ist ein wahres Wunder.

Ich fürchte mich vor der nächsten Nacht, und meine Mutter weiß davon. Sie hat mir ein Amulett gegeben, damit ich es um den Hals trage. Es ist eine Madonna und ein Kreuz aus heiligem Holz, das zu einem Balken einer mehr als tausendjährigen Kirche gehört. Ich nehme es als ein kostbares und aus gutem Herzen angebotenes Geschenk an, aber ein Rest der Religion meiner Väter verbietet mir, es um den Hals zu hängen.

Es ist etwa acht Uhr, und wir essen zu Abend; die Lampe brennt, eine unheilvolle Ruhe herrscht in unserem kleinen Kreise. Draußen ist es finster, die Bäume schweigen; also auch dort herrscht Ruhe. Da dringt ein Windstoß, ein einziger nur, durch die Ritzen der Fenster, – gleich dem Brummen einer Maultrommel. Dann ist es vorbei.

Meine Mutter wirft mir einen entsetzten Blick zu und preßt das Kind in ihre Arme.

In einer Sekunde begreife ich, was mir dieser Blick sagen sollte: Weiche von uns, Verdammter, und ziehe die rächenden Dämonen nicht auf Unschuldige herab!

Alles stürzt ein; das einzige Glück, das mir bleibt, bei meiner Tochter zu weilen, wird mir entzogen, und unter dem düsteren Schweigen des Abends sage ich in Gedanken der Welt ade.

Nach dem Abendessen ziehe ich mich in das rosa – jetzt schwarze – Zimmer zurück und bereite mich, da ich mich bedroht fühle, auf einen nächtlichen Kampf vor. Mit wem? Ich weiß es nicht, aber ich fordere den Unsichtbaren, sei es der Teufel oder der Ewige, heraus und will mit ihm ringen wie Jakob mit Gott.

Man klopft an der Türe! Es ist meine Mutter, die eine schlimme Nacht für mich ahnt und mich auf dem Diwan im Salon zu schlafen einlädt.

„Die Gegenwart des Kindes wird dich retten!“

Ich danke und versichere ihr, daß keine Gefahr vorhanden sei, und daß mich nichts erschrecken könne, solange mein Gewissen rein sei.

Mit einem Lächeln wünscht sie mir gute Nacht.

Ich ziehe den Schlachtmantel und die Stiefel wieder an und setze die Mütze auf, fest entschlossen, so angekleidet mich niederzulegen, bereit, wie ein tapferer Krieger zu sterben, der den Tod herausfordert, nachdem er das Leben verachtet hat. Gegen elf Uhr fängt die Luft in dem Zimmer an, dick zu werden, und eine tödliche Angst bemächtigt sich meines mutigen Herzens. Ich mache die Fenster auf. Ein Luftzug droht die Lampe auszulöschen. Ich schließe wieder. Die Lampe fängt zu singen, zu seufzen, zu wimmern an; dann wieder Stille.

Ein Dorfhund heult. Nach dem Volksglauben zeigt dies den Tod eines Menschen an.

Ich sehe zum Fenster hinaus, nur der Große Bär ist sichtbar. Unten im Armenhause brennt ein Licht, eine Alte sitzt über ihre Arbeit gebückt, als wartete sie auf ihre Erlösung; vielleicht fürchtet sie den Schlaf mit seinen Träumen.

Ermüdet lege ich mich wieder aufs Bett und versuche zu schlafen. Alsbald erneuert sich das alte Spiel. Ein elektrischer Strom sucht mein Herz, die Lungen hören auf zu arbeiten, ich muß mich erheben, oder ich sterbe. Ich setze mich auf einen Stuhl, bin aber zu erschöpft, um lesen zu können, und verharre so eine halbe Stunde lang, stumpfsinnig abwartend.

Dann entschließe ich mich, bis Tagesanbruch spazieren zu gehen. Ich verlasse das Haus. Die Nacht ist finster, und das Dorf schläft; aber die Hunde schlafen nicht, und beim Anschlag des ersten umringt mich die ganze Bande: Ihre gähnenden Rachen und leuchtenden Augen zwingen mich zum Rückzug.

Als ich die Zimmertür öffne und eintrete, scheint es mir, als sei die Stube von feindlichen Lebewesen erfüllt, und das so sehr, daß ich meine, mich durch ihre Menge hindurchdrängen zu müssen, als ich mein Bett erreichen will. Resigniert und zu sterben entschlossen, werfe ich mich auf mein Lager. Aber im letzten Augenblick, als der unsichtbare Geier mich unter seinen Flügeln ersticken will, reißt mich jemand in die Höhe, und die Jagd der Furien geht ihren Weg. Besiegt, zu Boden geschmettert, zurückgeschlagen, verlasse ich das Schlachtfeld eines ungleichen Kampfes und weiche den Unsichtbaren.

Ich klopfe an die Salontüre auf der andern Seite des Korridors. Meine Mutter, noch im Gebet wach, öffnet mir.

Der Ausdruck ihres Gesichts in dem Augenblick, da sie mich erblickt, flößt mir vor mir selbst ein tiefes Entsetzen ein.

„Du wünschest, mein Kind?“

„Ich wünsche den Tod und dann, verbrannt zu werden, oder besser, verbrennt mich lebendig!“

Kein einziges Wort. Sie hat mich verstanden, und Mitleid und religiöse Barmherzigkeit besiegen ihr Entsetzen, so daß sie mir mit eigener Hand das Kanapee zurechtmacht. Dann zieht sie sich in ihr Zimmer, wo sie mit dem Kinde schläft, zurück. Durch einen Zufall – immer dieser satanische Zufall! – steht das

Kanapee gegenüber dem Fenster, und derselbe Zufall hat gewollt, daß keine Vorhänge da sind, so daß mich die schwarze Fensteröffnung, die in die dunkle Nacht hinausgeht, angähnt. Zum Überfluß muß es auch noch gerade das Fenster sein, durch welches der Windstoß heute beim Abendessen gepfiffen hat.

Zu Ende mit meinen Kräften, sinke ich aufs Lager. Ich verfluche diesen allgegenwärtigen, unvermeidlichen Zufall, der mich in der offenkundigen Absicht verfolgt, mich verfolgungswahnsinnig zu machen.

Fünf Minuten habe ich Ruhe, während sich meine Augen auf das schwarze Quadrat heften, da gleitet mir das unsichtbare Gespenst über den Leib, und ich stehe auf. Mitten im Zimmer bleibe ich stehen, wie eine Statue, stundenlang ... ich weiß nicht mehr... zu Stein verwandelt, schlafe ich oder nicht.

Wer gibt mir die Kraft zu leiden? Wer verweigert mir den Tod und überliefert mich den Qualen?

Ist er es, der Herr über Leben und Tod, dem ich Ärgernis gegeben habe, als ich unter dem Einfluß der Broschüre *"La jour de mourir"* Versuche zu sterben machte, und so mich schon für reif zum ewigen Leben hielt?

Bin ich der für seinen Hochmut zu den Ängsten des Tartarus verdammte Phlegyas, oder Prometheus, der, weil er das Geheimnis der Mächte den Sterblichen enthüllt hatte, durch den Geier gezüchtigt ward?

(Indem ich dieses schreibe, erinnere ich mich der Szene im Leiden Christi, wo die Soldaten ihm ins Gesicht speien, die einen ihm Backenstreiche geben und die andern ihn mit Ruten schlagen und zu ihm sprechen: Christe, sage uns doch, wer ist's, der dich schlug?

Mögen sich meine Jugendgefährten an jene Stockholmer Orgie zurückerinnern, wo der Verfasser dieses Buches die Rolle des Soldaten spielte.) ...

Wer ist's, der dich schlug? Frage ohne Antwort, Zweifel, Ungewißheit, Geheimnis, – da habt ihr meine Hölle!

Daß er sich enthüllte, daß ich mit ihm kämpfen, ihm Trotz bieten könnte! Aber das gerade vermeidet er, damit er mich mit Wahnsinn schlagen, damit er mich durch das böse Gewissen geißeln kann, das mich überall Feinde suchen läßt. Feinde, das heißt die von meinem bösen Wollen Verletzten. Und zwar schlägt jedesmal, wenn ich einem neuen Feind auf die Spur komme, mein Gewissen.

Als mich am andern Morgen nach einigen Stunden Schlaf das Geplauder meiner kleinen Christine aufweckt, ist alles vergessen, und ich gebe mich meinen gewöhnlichen Arbeiten hin, die auch Erfolg haben. Alles, was ich schreibe, wird alsbald auch gedruckt, ein Beweis, daß meine Sinne und mein Verstand unversehrt sind.

Unterdessen verbreiten die Zeitungen das Gerücht, daß ein amerikanischer Gelehrter eine Methode, Silber in Gold zu verwandeln, erfunden habe, was mich von dem Verdacht, ein Schwarzkünstler, ein Narr oder ein Schwindler zu sein, rettet. Mein theosophischer Freund, der mich bis jetzt unterstützt hat, bietet mir die Hand, mich für seine Sekte zu gewinnen.

Indem er mir die Geheimlehre der Frau Blawatsky sendet, verbirgt er seine Unruhe schlecht, wie meine Meinung darüber ausfallen würde; auch ich bin in Verlegenheit, da ich mutmaße, daß unsere freundschaftlichen Beziehungen von eben dieser meiner Antwort abhängen. Diese Geheimlehre ist eine Usurpation aller sogenannten okkultistischen Theorien, ein Ragout aller alten und neuen wissenschaftlichen Ketzereien, insoweit nichtig und wertlos, als die Dame selbst einfältige und anmaßende Meinungen vorbringt, interessant durch Zitate wenig bekannter Schriftsteller, abscheulich durch bewußten oder unbewußten Betrug, durch das Dasein der Mahatmas betreffende Märchen. Es ist die Arbeit eines Mannweibes, das, den Rekord des Mannes zu schlagen, es darauf anlegte, Wissenschaft, Religion und Philosophie zu stürzen und eine Isispriesterin auf den Altar des Gekreuzigten zu erheben.

Mit aller Zurückhaltung und Schonung, die man einem Freunde schuldet, lasse ich ihn wissen, daß der kollektivistische Gott, Karma, mir nicht gefällt, und daß ich unmöglich zu einer Partei halten könne, die einen persönlichen Gott leugnet, der allein meine religiösen Bedürfnisse zu befriedigen vermag.

Es ist ein Glaubensbekenntnis, das man von mir verlangt, und obgleich ich überzeugt bin, daß mein Wort einen Bruch und damit die Einstellung meiner Unterstützungen nach sich ziehen wird, spreche ich es doch frei aus.

Da verwandelt sich der treue Freund mit seinem ausgezeichneten Herzen in einen Rachegeist. Er schleudert mir eine Exkommunikation entgegen, droht mir mit okkultistischen Mächten, schüchtert mich durch Unterstellung einer tadelnswerten Natur ein und donnert wie ein heidnischer Opferpriester. Endlich lädt er mich vor ein okkultistisches Gericht und schwört mir, daß ich den 13. November nie vergessen solle. Meine Lage ist peinlich, ich habe einen Freund verloren und bin dem Elend nahe. Durch einen teuflischen Zufall ereignet sich mitten in unserem brieflichen Kriege noch folgendes: Die Initiation bringt einen Aufsatz von mir, der das gegenwärtige astronomische System kritisiert. Einige Tage nach der Veröffentlichung stirbt Tisseraud, der Chef des Pariser Observatoriums. In einem Anfalle fröhlicher Laune stelle ich diese beiden Tatsachen zusammen und erinnere mich außerdem daran, daß Pasteur am Tage nach der Ausgabe von Sylva Sylvarum gestorben ist. Mein Freund, der Theosoph, versteht keinen Scherz, und da er leichtgläubig wie kein anderer ist, ja vielleicht selbst eingeweihter in die schwarze Magie als ich, läßt er nachdrücklich durchblicken, daß er mich für einen Hexenmeister halte.

Man stelle sich mein Entsetzen vor, als nach dem letzten Briefe unserer Korrespondenz der berühmteste schwedische Astronom an einem Schlaganfall stirbt. Ich ängstigte mich, und mit Recht. Der Hexerei bezichtigt zu werden, ist ein Hauptprozeß, und „selbst nach seinem Tode wird man der Strafe nicht entgehen".

Schrecken ohne Ende! Im Laufe eines Monats sterben nacheinander fünf mehr oder weniger bekannte Astronomen.

Ich fürchte einen Fanatiker, dem ich die Grausamkeit eines Druiden zutraue, und mit ihr jene Macht der hindostanischen Zauberer, aus der Ferne zu töten.

Eine neue Hölle von Ängsten! Und von diesem Tage an vergesse ich die Dämonen und richte alle meine Gedanken auf die unheilvollen Ränke der Theosophen und ihrer Magier, jener vermutlichen, mit unglaublichen Kräften begabten Hindus. Jetzt fühle ich mich zum Tode verdammt; und ich verwahre versiegelt meine Papiere, in denen ich für den Fall eines plötzlichen Todes die Mörder angegeben habe. Dann warte ich.

Zehn Kilometer weiter im Osten liegt an der Donau die kleine Bezirkshauptstadt Grein. Dort, erzählt man mir, habe sich Ende November, mitten im Winter, ein Fremder aus Zanzibar als Tourist niedergelassen. Dies genügt, alle Zweifel und schwarzen Gedanken eines Kranken aufzuwecken. Ich lasse Erkundigungen über den Fremden einziehen, ob er wirklich Afrikaner, woher er gekommen sei, was er beabsichtige.

Man erfährt nichts, ein geheimnisvoller Schleier umhüllt den Unbekannten, der Tag und Nacht wie ein Gespenst vor meiner geängstigten Seele steht. Mein bester Trost ist immer noch das Alte Testament, und ich rufe des Ewigen Schutz und Rache wider meine Feinde an.

Die Psalmen Davids sprechen am tiefsten meine Seele aus, und der alte Javeh ist mein Gott. Besonders der sechsundachtzigste Psalm hat sich meinem Geiste eingeprägt, und ich zögere nicht, ihn zu wiederholen:

„Gott, es setzen sich die Stolzen wider mich und der Haufe der Tyrannen steht mir nach meiner Seele, und haben dich nicht vor Augen.

Tue ein Zeichen an mir, daß mir's wohlgehe, daß es sehen, die mich hassen und sich schämen müssen, daß du mir beistehst, Herr, und tröstest mich."

Dies ist das Zeichen, das ich anrufe, und merket wohl auf, Leser, wie mein Gebet erhört werden wird.

XI. Der Ewige hat gesprochen

Der Winter mit seinem graugelben Himmel ist gekommen; kein Sonnenstrahl hat seit Wochen die Wolken durchleuchtet. Die kotigen Wege hindern uns, Spaziergänge zu unternehmen; die Blätter der Bäume faulen, die ganze Natur löst sich in stinkende Verwesung auf.

Das Morden des Herbstes hat begonnen, den ganzen Tag erheben sich die Schreie der Opfer gegen das schwarze Himmelsgewölbe; Blut und Leichen, wohin man tritt.

Es ist zum Sterben traurig, und meine Traurigkeit überträgt sich auf die beiden guten, barmherzigen Schwestern, die mich wie ihr krankes Kind pflegen. Dazu drückt mich meine Armut, die ich vor ihnen verbergen muß, und die Eitelkeit meiner Versuche, dem nahenden Elend vorzubeugen.

Zu meinem eigenen Besten wünscht man meine Abreise, da solch einsames Leben für einen Mann nichts tauge; im übrigen ist man darüber einig, daß ich einen Arzt nötig habe. Umsonst erwarte ich aus meiner Heimat das nötige Geld und bereite mich zu einer Flucht auf der Landstraße vor.

„Ich bin wie ein Pelikan der Wüste geworden und wie eine Eule in ihrem Versteck."

Meine Gegenwart peinigt meine Verwandten, und wenn nicht meine Liebe zu dem Kinde wäre, so hätte man mich sicher schon hinausgejagt. Jetzt, da Kot oder Schnee das Spazierengehen erschweren, trage ich die Kleine auf meinen Armen die Wege entlang, steige auf Hügel hinauf und erklettere Felsen, so daß die beiden Alten sagen:

„Du machst dich krank, du wirst dir die Schwindsucht holen, du wirst dich töten!“

„O schöner Tod!“

Am 20. November, einem grauen, dunklen, häßlichen Tage, sitzen wir beim Mittagessen. Ich bin nach einer ruhelosen Nacht und neuen Kämpfen mit den Unsichtbaren bis aufs Blut zermartert, verfluche das Leben und jammere, daß keine Sonne scheint.

Meine Mutter hat mir prophezeit, daß ich erst zu Lichtmeß, wenn die Sonne wiederkehren wird, genesen werde.

„Das ist mein einziger Sonnenstrahl,“ sage ich zu ihr und zeige auf meine kleine Christine mir gegenüber.

Da zerteilen sich in diesem Augenblick die seit Wochen aufgehäuften Wolken, und durch die Spalte dringt ein Lichtstrahl ins Zimmer und erhellt mein Gesicht, das Tischtuch, die Gläser ...

„Sieh doch die Sonne, Papa! sieh doch die Sonne!“ ruft das Kind und faltet die Händchen.

Verwirrt erhebe ich mich, eine Beute der ungleichartigsten Empfindungen. Ein Zufall? Nein, sage ich mir.

Das Wunder, das Zeichen? Doch das wäre zuviel für einen in Ungnade Gefallenen wie mich! Der Ewige mischt sich nicht in die kleinen Angelegenheiten der Erdenwürmer. Und dennoch bleibt mir dieser Sonnenstrahl im Herzen, wie ein großes Lächeln im Antlitz eines Unzufriedenen ...

Während der paar Minuten, die mein Gang nach meinem Häuschen erfordert, ballen sich die Wolken zu Gruppen seltsamster Art, und im Osten, wo sich der Schleier gehoben hat, ist der Himmel grün wie ein Smaragd, wie eine Wiese mitten im Sommer. Ich stehe in meinem Zimmer und erwarte in einer sanften Zerknirschung, die aber frei von aller Furcht ist, etwas Unerklärliches.

Da erdröhnt ein einziger Donnerschlag über meinem Haupte. Kein Blitz ist ihm vorangegangen. Zuerst fürchte ich mich und erwarte den gewöhnlichen Regen und Sturm. Aber nichts geschieht; es herrscht vollständige Ruhe, und alles ist vorüber.

Warum, so frage ich mich, bin ich nicht vor der Stimme des Ewigen demütig niedergesunken?

Weil, als der Allmächtige mit einer majestätischen Inszenierung ein Insekt seiner Stimme würdigte, dieses Insekt sich von einer solchen Ehre erhoben und aufgebläht fühlte, indem es sich sogar in seinem Hochmut für ein besonders verdientes Wesen hielt. Es frei herauszusagen, ich fühlte mich dem Herrn auf gleicher Stufe, als einen integrierenden Teil seiner Person, einen Ausfluß seines Wesens, ein Organ seines Organismus. Er brauchte mich, um sich zu offenbaren, denn sonst hätte er mir sofort seinen Blitz gesendet. Woher dieser ungeheure Hochmut eines Sterblichen? Stamme ich vom Anfang der Jahrhunderte her, wo die gefallenen Engel sich zu einem Aufruhr gegen einen Herrscher verbanden, der sich mit der Herrschaft über ein Reich von Sklaven begnügte? Ist deshalb meine Erdenpilgerschaft eine Spießrutenstrafe geworden, wo die Letzten der Letzten eine Freude daran haben, mich zu peitschen, anzuspeien, zu besudeln?

Keine erdenkbare Demütigung, die ich nicht erduldet hätte; und dennoch wächst mein Hochmut immer im direkten Verhältnis zu meiner Erniedrigung. Was ist das? Jakob, mit dem Ewigen ringend und, ob auch ein wenig gelähmt, den Kampf ehrenvoll bestehend. Hiob, geprüft, und darauf beharrend, sich vor den ungerecht auferlegten Strafen zu rechtfertigen.

Von so viel unzusammenhängenden Gedanken bestürmt, stürze ich voll Müdigkeit aus meinem Größenwahn wieder herab und werde so klein, daß die verflossene Szene sich auf ein Nichts reduziert: auf einen Donnerschlag Ende November.

Aber das Echo des Donners wacht wieder auf, und ich öffne, von neuem in Ekstase, aufs Geratewohl die Bibel und bitte den Herrn, lauter zu reden, damit ich ihn verstehe!

Meine Blicke fallen alsbald auf diesen Vers Hiobs:

„Würdest du meinen Verstand vernichten wollen? Würdest du mich verdammen, um dich zu rechtfertigen? Hast du einen Arm wie der starke Gott? *Donnerst du mit der Stimme wie er*?“

Kein Zweifel mehr! Der Ewige hat gesprochen! Ewiger! was verlangst du von mir? Rede, dein Knecht hört.

Keine Antwort!

Gut! ich demütige mich vor dem Ewigen, der es für seiner würdig gefunden, sich vor seinem Knechte zu demütigen. Aber das Knie vor Volk und Mächtigen beugen? Niemals!

Am Abend empfängt mich meine gute Schwiegermutter auf eine Weise, die mir noch rätselhaft ist. Sie sieht mich mit einem forschenden Blick von der Seite an, als wolle sie den Eindruck erkennen, den das majestätische Schauspiel auf mich gemacht hat.

„Du hast gehört?"

„Ja, es ist sonderbar, ein Donnerschlag im November!"

Wenigstens hält sie mich nicht mehr für einen Verdammten!

XII. Die entfesselte Hölle

Mittlerweile verbreitet eine Nummer des Evènement, um die richtigen Ideen über die Natur meiner Krankheit vollends zu verwirren, folgende Notiz:

„Der unglückliche Strindberg, der seinen Weiberhaß nach Paris mitbrachte, wurde unverzüglich wieder zur Flucht genötigt. Und seitdem verstummen seinesgleichen bestürzt vor dem Banner der Frauen. Sie möchten nicht des Orpheus Schicksal erleiden, dem die thrazischen Bacchantinnen den Kopf abrissen" ...

So hat man mir also tatsächlich in der Rue de la Clef eine Falle gestellt, und die krankhaften Erscheinungen, deren Symptome sich heute noch äußern, sind Folgen jenes Mordversuches. Oh, diese Weiber! Gewiß, mein Artikel über die feministischen Bilder meines dänischen Freundes hat ihnen nicht gefallen. Endlich doch eine Tatsache, eine greifbare Wirklichkeit, die mich von meinen entsetzlichen Zweifeln an der Gesundheit meines Geistes erlöst.

Ich eile mit der guten Nachricht zu meiner Mutter: „Da sieh, daß ich kein Narr bin!"

„Nein, du bist nicht geistesgestört, nur krank, und der Arzt wird dir körperliche Übungen anraten, zum Beispiel Holz hacken" ...

„Hilft das auch gegen die Frauen oder nicht?"

Der übereilte Einwurf entfernt uns voneinander. Ich habe vergessen, daß eine Heilige immer eine Frau bleibt, das heißt des Mannes Feind.

Alles ist vergessen, die Russen, die Rothschilds, die Schwarzkünstler, die Theosophen und der Ewige selbst. Ich bin das unschuldige Opfer, Hiob ohne Fehl, Orpheus, den die Weiber töten wollten, ihn, den Verfasser von Sylva Sylvarum, den Erneuerer der toten Naturwissenschaft. Verirrt in einem Wald von Zweifeln, lasse ich den neugeborenen Gedanken von einem übernatürlichen Eingreifen der Mächte in geistiger Absicht fallen und vergesse über der nackten Tatsache eines Attentats, nach seinem ursprünglichen Urheber zu fragen.

Brennend vor Begierde, mich zu rächen, mache ich mich daran, der Pariser Polizeipräfektur und den Pariser Zeitungen Anzeige zu erstatten, als ein wohlgelenkter Umschwung dem verdrießlichen Drama ein Ende macht, das beinahe in eine Posse ausgelaufen wäre.

Eines graugelben Wintertages, nach dem Mittagessen um ein Uhr, besteht meine kleine Christine darauf, mir in mein Häuschen zu folgen, wo ich gewöhnlich mein Mittagsschläfchen halte.

Ich kann ihr nicht widerstehen und füge mich denn ihren Bitten.

Oben angelangt, verlangt meine Christine Feder und Papier; dann befiehlt sie Bilderbücher, und ich muß dabeibleiben, erklären und zeichnen.

„Nicht schlafen, Papa!“

Obwohl müde und erschöpft, gehorche ich doch meinem Kinde, ich weiß selbst nicht warum, aber es liegt ein Ausdruck in seiner Stimme, dem ich nicht widerstehen kann.

Draußen vor der Türe spielt ein Drehorgelmann einen Walzer. Ich mache der Kleinen den Vorschlag, mit dem Kindermädchen, das sie begleitet hat, zu tanzen. Durch die Musik angezogen, kommen die Nachbarskinder herbei, der Spielmann wird in die Küche eingeladen und auf meinem Flur ein Ball improvisiert.

Das währt eine Stunde, und meine Traurigkeit schwindet.

Um mich zu zerstreuen und den Schlaf zu verscheuchen, nehme ich die Bibel, mein Orakel, und schlage sie aufs Geratewohl auf. Und ich lese:

„Der Geist aber des Herrn wich von Saul, und ein böser Geist vom Herrn machte ihn sehr unruhig. Da sprachen die Knechte Sauls zu ihm: Siehe, ein böser Geist von Gott macht dich sehr unruhig. Unser Herr sage seinen Knechten, die vor ihm stehen, daß sie einen Mann suchen, der auf der Harfe wohl spielen könne, auf daß, wenn der böse Geist Gottes über dich kommt, er mit seiner Hand spiele, daß es besser mit dir werde."

Der böse Geist, das ist gewiß der, den ich immer mutmaße.

Während die Kinder so spielen, ist meine Schwiegermutter gekommen, um die Kleine zu holen, und als sie den Ball sieht, bleibt sie erstaunt stehen.

Und sie erzählt mir, daß gerade zu dieser Stunde drunten im Dorfe eine Dame aus bester Familie von einem Wahnsinnsanfall ergriffen worden sei.

„Was fehlt ihr?"

„Sie tanzt, die Alte tanzt unermüdlich, dabei hat sie sich als Braut gekleidet und hält sich für Bürgers Leonore."

„Sie tanzt? Und dann!"

„Weint sie, voll Furcht vor dem Tod, der sie fortholen wolle."

Was das Schreckliche dieser Lage erhöht, ist, daß die Dame dasselbe Haus, in dem ich jetzt wohne, bewohnt hat, und daß ihr Gatte da gestorben ist, wo jetzt der Kinderball seinen Lärm vollführt.

Erklärt mir das, Ärzte, Psychiater, Psychologen, oder gebt den Bankrott der Wissenschaft zu!

Mein Töchterchen hat den Bösen beschworen, und der durch ihre Unschuld ausgetriebene Geist ist in eine alte Frau gefahren, die sich eine Freidenkerin zu sein brüstete.

Der Totentanz dauert die ganze Nacht. Die Dame wird von Freundinnen überwacht, die sie vor den Angriffen des Todes beschützen sollen; sie nennt es „Tod", weil sie nicht an die Existenz von Dämonen glaubt. Manchmal jedoch behauptet sie, daß ihr verstorbener Mann sie quäle.

Meine Abreise ist aufgeschoben, aber um nach so vielen schlaflosen Nächten wieder zu Kräften zu kommen, ziehe ich in die Wohnung meiner Tante auf der andern Seite der Straße.

Ich verlasse also das rosa Zimmer.

Welcher Zufall, daß die Stockholmer Folterkammer in der guten alten Zeit auch Rosenkammer (*Rosenkammaren*) hieß.

Endlich wieder eine Nacht in einem ruhigen Zimmer. Die Wände sind weiß gestrichen und mit Heiligenbildern übersät. Über meinem Bett hängt ein Kruzifix. Aber die Nacht darauf beginnt das Spiel der Geister von neuem.

Ich zünde die Kerzen an, um die Zeit mit Lesen totzuschlagen. Eine unheimliche Ruhe herrscht, in der ich mein Herz klopfen höre. Da durchzuckt mich ein schwaches Geräusch wie ein elektrischer Funke.

Was ist das?

Ein großes Stück Stearin ist von der Kerze zur Erde getropft. Nichts weiter, aber bei uns gilt das als Todesvorzeichen! Meinethalben! Nach einer Viertelstunde Lesen will ich mein Taschentuch unter dem Kopfkissen hervornehmen. Es ist nicht da, und als ich es suche, finde ich es auf dem Fußboden. Ich bücke mich, es aufzuheben. Mir fällt etwas auf den Kopf, und als ich es mit den Fingern aus den Haaren loslöse, ist es wieder ein Stück Stearin.

Anstatt zu erschrecken, kann ich mich nicht enthalten zu lächeln, eine solche Eulenspiegelei scheint mir das Ganze.

Lächeln beim Tode! Wie wäre das möglich, wenn nicht das Leben an und für sich lächerlich wäre! So viel Lärm um so wenig! Vielleicht verbirgt sich sogar auf dem Grunde unserer Seele ein schattenhaftes Bewußtsein, daß alles hier unten nur Verstellung, Grimasse, eitler Schein ist, und all unser Leiden ein Spaß für Götter.

Hoch über den Hügel, auf dem das Schloß erbaut ist, erhebt sich ein Berg, der mit seiner Aussicht auf die höllische Landschaft alle andern beherrscht. Der Weg dahin führt durch einen wohl tausendjährigen Eichenhain, welcher der Sage nach ein Druidenhain war, da die Mistel dort auf den Linden- und Apfelbäumen üppig wuchert. Oberhalb dieses Waldes steigt der Weg steil durch Tannenholz empor.

Mehrere Male schon habe ich den Gipfel zu erreichen versucht, aber immer trieb mich etwas Unvorhergesehenes zurück. Bald war es ein Reh, welches die Stille durch einen unerwarteten Sprung unterbrach, bald ein Hase, der keinem gewöhnlichen Hasen glich, bald eine Elster mit ihrem betäubenden Geschrei. Am letzten Morgen, dem Tage vor meiner Abreise, drang ich endlich trotz aller Hindernisse durch den dunklen, melancholischen Tannenwald bis zum Gipfel empor. Von dort bot sich mir eine prachtvolle Aussicht auf das Donautal und die steirischen Alpen. Ich atme zum ersten Male auf, nun ich dem düsteren Taltrichter da unten endlich einmal entronnen bin. Die Sonne erhellt die Gegend mit ihrem unendlichen Horizont, und die weißen Kämme der Alpen vermählen sich mit den Wolken. Es ist schön wie im Himmel! Ist die Erde Himmel und Hölle zugleich, gibt es keine andern Stätten der Strafe und Belohnung? Vielleicht! Ja, sicherlich, denn wenn ich mich der schönsten Augenblicke meines Lebens erinnere, dünken sie mir himmlisch, ebenso wie mir die schlimmen als höllisch erscheinen.

Hat mir die Zukunft noch Stunden oder Minuten jenes Glückes vorbehalten, das sich nur durch Sorgen und ein halbwegs reines Gewissen erkaufen läßt?

Ich fühle wenig Lust, in das Tal der Schmerzen wieder hinabzusteigen und gehe auf dem Plateau, die Schönheit der Erde bewundernd, hin und her. Der Gipfelfelsen selbst ist von der Natur wie eine ägyptische Sphinx gebildet. Auf dem Riesenkopfe liegt ein Haufen Steine, daraus ein Stock mit einem weißen Stück Leinwand als Fahne aufragt.

Ohne mich um die Bedeutung dieser Zurüstung weiter zu kümmern, lasse ich mich von dem einzigen unwiderstehlichen Gedanken beherrschen: die Fahne fortzunehmen.

Mit Todesverachtung nehme ich den steilen Abhang und erobere die Fahne. Im selben Augenblick ertönt unerwartet von der Donau unten ein Brautmarsch, von triumphierenden Stimmen gesungen, empor. Es ist ein Hochzeitszug, ich kann ihn nicht sehen, aber die bei solchen Gelegenheiten üblichen Flintenschüsse stellen es außer Zweifel.

Kind genug und genugsam unglücklich, um die gewöhnlichsten und natürlichsten Vorgänge poetisch umzugestalten, nehme ich dies als ein gutes Zeichen an.

Und mit Bedauern und langsamen Schrittes steige ich wieder in das Tal der Schmerzen, des Todes, der Schlaflosigkeit und der Dämonen hinab, wo meine kleine Beatrice mich mit der versprochenen Mistel erwartet, dem grünen Zweig, mitten im Schnee, mit goldener Sichel schneiden müßte.

Schon lange hatte die Großmutter den Wunsch ausgesprochen, mich zu sehen, sei es nun, um eine Versöhnung herbeizuführen, sei es aus okkultistischen Gründen, da sie eine Hellseherin und Visionärin ist. Unter verschiedenen Vorwänden hatte ich den Besuch aufgeschoben; nun aber, da meine Abreise entschieden, nötigt mich meine Mutter, die alte Frau zu besuchen und ihr Lebewohl zu sagen, wahrscheinlich das letzte diesseits des Grabes.

Am sechsundzwanzigsten November, einem kalten und klaren Tage, treten meine Mutter, das Kind und ich die Pilgerschaft nach der Donau an, wo der Stammsitz der Familie liegt.

Wir steigen im Gasthaus ab, und während meine Schwiegermutter ihrer Mutter meinen Besuch anmeldet, durchstreife ich die Wiesen und Wälder, die ich seit zwei Jahren nicht mehr gesehen habe. Die Erinnerungen überwältigen mich, und in alles flicht sich das Bild meiner Frau. Und alles liegt durch den Reif des Herbstes verwüstet; keine Blume mehr, kein grüner Grashalm, wo wir beide alle Blumen des Lenzes, des Sommers, des Herbstes gepflückt!

Nach dem Mittagessen werde ich zu der Alten geführt, welche die Dependance der Villa bewohnt, das Häuschen, in dem mein Kind geboren wurde. Die Zusammenkunft ist, den Umständen angemessen, ohne Herzlichkeit; man scheint die Szene vom verlorenen Sohn zu erwarten; aber ich habe keine Lust dazu, diesen Wunsch zu erfüllen.

Ich beschränke mich darauf, in Erinnerungen an ein verlorenes Paradies zu schwelgen. Sie und ich haben das Getäfel der Türen und Fenster zu Ehren der Ankunft der kleinen Christine auf dieser Welt gestrichen. Die Rosen und die Waldreben, welche die Fassade schmücken, sind von meiner eigenen Hand gepflanzt. Der Fußweg, der den Garten durchquert, ist von mir ausgehackt. Aber der Nußbaum, den ich am Morgen nach der Geburt Christinens gepflanzt, ist verschwunden. Der „Lebensbaum", wie er getauft wurde, ist tot.

Zwei Jahre, zwei Ewigkeiten, sind verrollt seit den Abschiedsgrüßen zwischen ihr am Ufer und mir auf dem Schiffe, auf dem ich nach Linz fuhr, um von dort nach Paris zu reisen.

Wer hat den Bruch verschuldet? Ich; denn ich habe meine und ihre Liebe gemordet. Ade mein weißes Haus, ade Dornach, du Dornau und Rosenau. Ade Donau! Ich sage mir zum Troste: Ihr wart nur ein Traum, kurz wie ein Sommer, weit süßer als alle Wirklichkeit, ... und ich bedauere diesen Traum nicht.

Die Nacht kommt. Meine Schwiegermutter und mein Kind haben auf meine Bitten ihr Nachtlager im Gasthause genommen, um mich gegen die Angriffe des Todes zu schützen, die sich durch den sechsten Sinn, der sich unter dem Einfluß sechsmonatlicher Verfolgungsqualen entwickelt hat, bei mir angemeldet haben.

Um 10 Uhr abends fängt ein Windstoß meine Türe, die nach dem Flur führt, zu rütteln an. Ich befestige sie mit Holzkeilen. Es nützt nichts; sie zittert weiter.

Die Fenster klirren, der Ofen heult wie ein Hund, das ganze Haus bäumt sich wie ein Schiff.

Ich kann nicht schlafen. Bald stöhnt die Mutter, bald weint die Kleine.

Am andern Morgen ist meine Schwiegermutter von Schlaflosigkeit und anderem, das sie mir verbirgt, erschöpft und sagt zu mir:

„Reise ab, mein Kind, ich habe genug von diesem Höllengeruch!"

Und ich reise ab, nach Norden, ein ruheloser Pilger, ins feindliche Feuer einer neuen Bußstation.

XIII. Pilgerschaft und Buße

Es gibt in Schweden 90 Städte, und zu derjenigen, die ich am meisten hasse, haben mich die Mächte verdammt.

Zuerst besuche ich die Ärzte.

Der erste spricht von Neurasthenie, der zweite von *Angina pectoris*, der dritte von *Paranoia*, einer Geisteskrankheit, der vierte von Emphysem ...

Dies genügt mir, um vor einer Internierung in einem Irrenhause sicher zu sein.

Indessen bin ich, um mir Subsistenzmittel zu schaffen, gezwungen, für eine Zeitung Artikel zu schreiben. Stets, wenn ich mich an den Tisch setze, um zu schreiben, ist die Hölle entfesselt. Nun bringt mich eine neue Entdeckung um den Verstand. Sobald ich in ein Hotel eingezogen bin, bricht ein Höllenlärm, gleich dem in der Rue de la Grande Chaumière in Paris, los; ich vernehme schlürfende Schritte und Rücken von Möbeln. Ich wechsele das Zimmer, ich gehe in ein anderes Hotel, auch dort ist der Lärm über meinem Kopfe. Ich besuche die Restaurants, aber sobald ich im Speisesaal sitze, fängt auch dort der Lärm an. Wohlgemerkt, stets, wenn ich die Anwesenden frage, ob sie dasselbe Geräusch wie ich hören, bejaht man es mir und gibt mir die entsprechende Beschreibung.

Also ist es keine Halluzination des Gehörs; überall Intrigen, sage ich mir.

Aber als ich eines Tages zufällig in eine Schusterwerkstatt trete, fängt das Geräusch in demselben Augenblick an. Also doch keine Intrige! Es ist der Teufel selber! Verjagt von Hotel zu Hotel und überall von elektrischen Drähten bis an mein Bett verfolgt, überall von elektrischen Strömen angegriffen, die mich vom Stuhl oder aus dem Bett heben, bereite ich in aller Ordnung einen Selbstmord vor.

Es herrscht das entsetzlichste Wetter, und in meiner Traurigkeit suche ich mich durch Zechereien mit Freunden zu zerstreuen.

Eines verzweifelten Tages nach einem Bacchanal habe ich das erste Frühstück in meinem Zimmer beendet. Das Geschirrtablett bleibt auf dem Tische stehen, und ich drehe mich nach dem Tische, auf dem das Eßgeschirr steht, um. Ein kurzes Geräusch erregt meine Aufmerksamkeit, und ich sehe, daß ein Messer zur Erde gefallen ist. Ich hebe es auf und lege es so hin, daß das Unglück nicht noch einmal geschehen kann. Das Messer bewegt sich und fällt.

Also Elektrizität!

Am selben Morgen schreibe ich einen Brief an meine Schwiegermutter und beklage mich über das schlechte Wetter und das Leben im allgemeinen. Bei dem Satz: „Die Erde ist schmutzig, das Meer ist schmutzig, und der Himmel läßt Kot regnen" ... stellt euch meine Überraschung vor, als ich sehe, wie ein klarer Wassertropfen auf das Papier fällt.

Keine Elektrizität! Ein Wunder!

Des Abends, als ich noch am Tische arbeite, erschreckt mich ein Geräusch vom Waschtische her. Ich sehe hin, und siehe da, eine Wachsleinwand, die ich bei morgendlichen Waschungen brauche, ist herabgefallen. Um die Sache genau zu kontrollieren, hänge ich die Leinwand so, daß ein Herunterfallen unmöglich ist.

Sie fällt noch einmal!

Was ist das?

Jetzt nehmen meine Gedanken ihren Lauf zu den Okkultisten und ihrem geheimen Können. Ich verlasse die Stadt, den Beschuldigungsbrief in der Tasche, und begebe mich nach Lund, wo alte Freunde, Ärzte, Irrenärzte, selbst Theosophen wohnen, auf deren Beistand ich rechne.

Warum und wie bin ich dazu gekommen, mich in dieser kleinen Universitätsstadt niederzulassen, diesem Verbannungs- und Bußort für die Studenten von Upsala, wenn sie zuviel auf Kosten ihres Geldbeutels und ihrer Gesundheit gelebt haben? Ist hier mein Kanossa, wo ich meine überspannten Meinungen vor derselben Jugend zurückziehen muß, die mich einmal zwischen

1880 und 1890 zu ihrem Bannerträger machte? Ich kenne meine Lage sehr genau und weiß wohl, daß ich von den meisten Professoren als Verführer der Jugend exkommuniziert bin und die Väter und Mütter mich wie den Bösen selber fürchten.

Überdies habe ich mir hier noch persönliche Feinde zugezogen und habe hier Schulden gemacht unter Umständen, die auf meinen Charakter ein schlechtes Licht werfen; es wohnt hier die Schwägerin Popoffskys mit ihrem Mann, und diese beiden, die eine einflußreiche Stellung in der Gesellschaft einnehmen, sind imstande, mir gewichtige Feinde zu schaffen. Ich habe hier sogar Verwandte, die mich verleugnet, und Freunde, die mich im Stiche gelassen haben, um meine Feinde zu werden. Mit einem Wort, es ist der schlechtgewählteste Platz für einen ruhigen Aufenthalt; es ist die Hölle, aber mit meisterhafter Logik und göttlichem Scharfsinn zusammengesetzt. Hier muß ich den Kelch leeren und die Jugend mit den erzürnten Mächten wieder verbünden.

Durch einen, übrigens malerischen, Zufall, kaufe ich einen modernen Mantel mit Pelerine und Kapuze von flohbrauner Farbe und dem Aussehen einer Franziskanerkutte. Im Büßerkleid also kehre ich nach einer sechsjährigen Verbannung wieder nach Schweden zurück.

Gegen 1885 bildete sich in Lund eine Studentenverbindung, „Die alten Jungen" genannt, deren literarische, wissenschaftliche und soziale Interessen sich durch die Parole Radikalismus aussprechen ließen. Ihr Programm schloß sich den modernen Ideen an, wurde zuerst sozialistisch, dann nihilistisch, um mit dem Ideal allgemeiner Auflösung und einem *fin de siècle*-Anstrich von Satanismus und *Décadence* zu endigen. Der Häuptling jener Partei, der gewaltigste ihrer Paladine, ein Freund von mir, den ich seit drei Jahren nicht mehr gesehen habe, sucht mich auf.

Wie ich in eine Franziskanerkutte, aber eine von grauer Farbe, gekleidet, gealtert, mager, mit jämmerlicher Miene, erzählt er mir allein durch seine Physiognomie seine Geschichte.

„Du auch?"

„Ja! Die Sache ist aus!"

Auf meine Einladung, ein Glas Wein zu trinken, entpuppt er sich als Temperenzler, der keinen Wein trinkt.

„Und die ›alten‹ Jungen?"

„Gestorben, gepurzelt, Bourgeois; einregistriert in die verdammte gute Gesellschaft."

„Kanossa?"

„Kanossa auf der ganzen Linie."

„So hat mich also die Vorsehung selbst hierher geführt!"

„Vorsehung! das ist das rechte Wort!"

„Sind die Mächte in Lund anerkannt?"

„Die Mächte bereiten ihre Rückkehr vor."

„Schläft man nachts in Schonen?"

„Nicht viel, jedermann beklagt sich über Alpdrücken, Brust- und Herzbeklemmungen."

„Wie bin ich da am Platze; denn das ist auch gerade mein Fall!"

Wir haben uns einige Stunden über die wunderbaren gegenwärtigen Zeiten unterhalten, und mein Freund hat mir außerordentliche Dinge erzählt, die sich hier und da ereignet haben. Zum Schlusse überschlägt er die Stimmung der heutigen Jugend, die etwas Neues erwartet.

„Man wünscht eine Religion; eine Aussöhnung mit den Mächten (das ist das Wort), wieder eine Annäherung an die Welt des Unsichtbaren. Die naturalistische große, fruchtbare Epoche hat ihre Zeit gehabt. Man kann nichts gegen sie sagen, nichts bedauern, denn die Mächte haben gewollt, daß wir sie durchmachen. Es war eine experimentelle Epoche, deren negative Resultate die Eitelkeit gewisser in Prüfung gezogener Theorien bewiesen haben! Ein Gott, bis auf weiteres unbekannt, scheint sich zu entwickeln, zu wachsen und sich von Zeit zu Zeit zu offenbaren. Inzwischen läßt er die Welt, so scheint es, gehen, wie der Landmann, der Unkraut und Weizen bis zur Ernte wachsen läßt. Jede Offenbarung zeigt ihn von neuen Gedanken beseelt und läßt in seiner Regierung praktisch neugewonnene Verbesserungen zum Ausdruck gelangen.

Die Religion wird also wiederkehren, aber unter neuen Gesichtspunkten, denn ein Kompromiß mit den alten Religionen scheint unmöglich. Nicht eine Epoche der Reaktion erwartet uns, auch nicht eine Rückkehr zu abgelebten Idealen, vielmehr ein Fortschritt zum Neuen.

„Zu welchem Neuen? Warten wir ab!"

Am Ende unseres Gesprächs entflieht mir eine Frage, wie ein Pfeil, der zum Himmel fährt.

„Kennst du Swedenborg?“

„Nein, aber meine Mutter besitzt seine Werke, und es ist ihr sogar etwas Wunderbares begegnet ...“

Vom Atheismus zu Swedenborg ist nur ein Schritt!

Ich bitte ihn, mir Swedenborgs Werke zu leihen, und mein Freund, der Saul der jungen Propheten, bringt mir die *Arcana Coelestia*. Außerdem stellt er mir einen jungen Mann vor, ein von den Mächten begnadetes Wunderkind, der mir ein den meinigen nur allzu analoges Abenteuer seines Lebens erzählt, und als wir zuletzt unsere Prüfungen vergleichen, wird es Licht in uns; denn wir sehen uns beide durch Swedenborg erlöst.

Ich danke der Vorsehung, die mich in diese kleine, verachtete Stadt geschickt hat, daß der Büßende endlich gerettet werde.

XIV. Der Erlöser

Als Balzac mir meinen erhabenen Landsmann Emanuel Swedenborg, den „Buddha des Nordens“, durch Seraphitas Vermittelung vorstellte, hat er mich die evangelistische Seite des Propheten kennen gelehrt. Jetzt ist es das Gesetz, das mich trifft, vernichtet und erlöst.

Durch ein Wort, ein einziges, wird es Licht in meiner Seele, und zerstoben sind die Zweifel und nichtigen Grübeleien über eingebildete Feinde, Elektriker, Schwarzkünstler... und dieses kleine Wort ist: *Devastatio*. Alles, was mir geschehen war, finde ich bei Swedenborg wieder; die Angstgefühle (*angina pectoris*), Brustbeklemmung und Herzklopfen, der Gürtel, den ich „elektrisch“ nannte, alles trifft zu, und die Gesamtheit dieser Phänomene bildet die geistige Reinigung, die schon dem hl. Paulus bekannt war, wie dies aus seinen Briefen an die Korinther und an Timotheus hervorgeht. „Ich habe beschlossen, einen solchen Menschen dem Satan zu übergeben, zum Verderben des Fleisches, auf daß der Geist selig werde am Tage des Herrn Jesu!“ – und: „Unter welchen ist Hymenaeus und Alexander, welche ich habe dem Satan gegeben, daß sie gezüchtigt werden, nicht mehr zu lästern.“

Als ich die Träume Swedenborgs von 1744 lese, dem Jahre, das seinen Verbindungen mit der unsichtbaren Welt vorausgeht, entdecke ich, daß der Prophet dieselben nächtlichen Qualen erduldet hat, die ich erlitten habe, und was mich noch mehr in Erstaunen setzt, ist die vollkommene Gleichartigkeit der Symptome, welche über den Charakter meiner Krankheit keinen Zweifel mehr übrigläßt.

In *Arcana Coelestia* erklären sich die Rätsel der letzten zwei Jahre mit einer so zwingenden Genauigkeit, daß ich, das Kind des berühmten 19. Jahrhunderts, der unerschütterlichen Überzeugung werde, daß es die Hölle wirklich gibt, jedoch hier auf Erden selbst, und daß ich eben aus ihr komme.

Swedenborg erklärt mir die Ursache meines Aufenthaltes im Hospital Saint-Louis und zwar so: Die Alchimisten werden von der Lepra ergriffen und kratzen sich den Schorf wie Fischschuppen ab. Es ist dies eine unheilbare Hautkrankheit.

Swedenborg deutet mir den Sinn der hundert Aborte im Hotel Orfila; sie bilden die Kothölle. Auch der Schornsteinfeger, den meine Tochter in Österreich gesehen hat, findet sich wieder. „Unter den Geistern gibt es eine Art des Namens Schornsteinfeger, so genannt, weil sie wirklich rauchgeschwärzte Gesichter haben und rußfarbene Kleider zu tragen scheinen... Einer dieser Schornsteinfeger-Geister kam zu mir und drang inständig in mich, für ihn zu beten, daß er in den Himmel aufgenommen würde; ich glaube nicht, sagte er, irgend etwas getan zu haben, das mich davon ausschließt. Ich habe den Bewohnern der Erde manchen Verweis gegeben, aber ich habe immer dem Verweise und der Bestrafung die Belehrung folgen lassen...“

„Die tadelnden, verbessernden oder belehrenden Geister treten den Menschen von der linken Seite aus an, neigen sich nach dem Rücken, und da schlagen sie in dem Buch seines Gedächtnisses nach und lesen darin seine Werke, ja selbst seine Gedanken; denn wenn ein Geist in einen Menschen eindringt, so bemächtigt er sich zuerst seines Gedächtnisses. Wenn sie irgendeine böse Handlung oder die Absicht zu einer solchen sehen, so bestrafen sie ihn durch einen Schmerz im Fuß oder in der Hand (!) oder in der Nähe der Magengegend, und sie tun dies mit einer beispiellosen Geschicklichkeit. Ein Schauder kündet ihr Nahen an.“

„Außer Gliederschmerzen wenden sie noch ein schmerzhaftes Drücken gegen den Nabel an, als ob einem ein stachliger Gürtel umgelegt würde, ferner zeitweilige Brustbeklemmungen, die sie bis zur Todesangst treiben, endlich tagelang anhaltenden Ekel vor allen Speisen außer Brot."

„Andere Geister bemühen sich, ihr Opfer vom Gegenteil dessen zu überzeugen, was die belehrenden Geister gesagt haben. Diese widersprechenden Geister sind in ihrem Erdendasein wegen ihrer Ruchlosigkeit aus der Gesellschaft verbannte Menschen gewesen. Man erkennt ihr Herannahen an einem fliegenden Feuer, das am Gesicht herabzugleiten scheint; ihr Platz ist oberhalb des Rückens, von wo aus sie sich nach den einzelnen Teilen hin vernehmbar machen."

(Diese fliegenden Feuer oder Funken haben sich mir zweimal und immer in Augenblicken gezeigt, wo ich mich gegen mein besseres Selbst auflehnte und alle Erscheinungen als leere Träume verwarf.)

„Sie predigen, den belehrenden Geistern nicht zu glauben, was diese im angeblichen Auftrag der Engel gesagt haben, und sein Betragen ja nicht nach den Lehren dieser Geister zu richten, sondern in aller Freiheit und Zügellosigkeit nach seinem Gutdünken zu leben. Gewöhnlich kommen sie, sobald die andern sich entfernt haben. Die Menschen wissen, was sie von ihnen zu halten haben, und beunruhigen sich nicht viel über sie, aber sie lernen dadurch den Unterschied zwischen Gut und Böse kennen. Denn man erwirbt die Erkenntnis des Guten am ersten durch die seines Gegenteils, wie sich eine jegliche Wahrnehmung oder Idee einer Sache auf die verschiedenartigste Betrachtung dessen gründet, was sie von ihrem Gegenteil unterscheidet."

Der Leser erinnert sich der – antiken Skulpturen ähnlichen – Gesichter, die ich aus dem weißen Überzug meines Kopfkissens im Hotel Orfila sich habe bilden sehen. Swedenborg sagt darüber folgendes: „Zwei Zeichen lassen erkennen, daß sie (die Geister) bei einem Menschen weilen; das eine ist ein Greis mit weißem Gesicht; dieses Zeichen will ihm bedeuten, stets nur die Wahrheit zu sagen und gerecht zu handeln ... Ich selbst habe solch ein antikes menschliches Antlitz gesehen ... Es sind Gesichter von schimmernder Weiße und großer Schönheit, aus denen zugleich Aufrichtigkeit und Bescheidenheit leuchten."

(Um den Leser nicht zu erschrecken, habe ich absichtlich verhehlt, daß sich all dies Obige auf die Bewohner des Jupiter bezieht. Man stelle sich nun meine Überraschung vor, als man mir eines Frühlingstages eine Revue bringt, welche das Haus Swedenborgs auf dem Planeten Jupiter, von Viktorien Sardou gezeichnet, zeigt. Zunächst: Warum auf dem Jupiter? Welch merkwürdiges Zusammentreffen! Und hat der Meister und Älteste der französischen Komödie beobachtet, daß, in genügender Entfernung betrachtet, die linke Fassade ein antikes menschliches Gesicht bildet? Dieses Gesicht ist das meines Kopfkissens! Aber in der Zeichnung Sardous gibt es noch mehr solche durch das Spiel der Linien geschaffene menschliche Bilder.

Ist die Hand des Meisters von einer andern Hand geführt worden, so daß er mehr gegeben hat, als er selbst wußte?)

Wo hat Swedenborg diese Himmel und Höllen gesehen? Sind es Visionen, Intuitionen, Inspirationen? Ich wüßte es nicht zu sagen, aber die Verwandtschaft seiner Hölle mit der des Dante, der griechischen und römischen und der germanischen Mythologie führt zum Glauben, daß die Mächte sich immer ungefähr gleichartiger Mittel zur Verwirklichung ihrer Absichten bedient haben. Und diese Absichten? Die Vervollkommnung des menschlichen Typus, die Erzeugung des höheren Menschen. Der Übermensch, wie ihn Nietzsche, jene vor der Zeit verbrauchte und ins Feuer geworfene Zuchtrute, voraus verkündet hat.

So richtet sich also das Problem von Gut und Böse wieder auf, und die moralische Gleichgültigkeit eines Taine fällt, als eine Plattheit, vor neuen Forderungen.

Die nächste Folge davon ist die Annahme von Dämonen. Was sind Dämonen? Sobald wir die Unsterblichkeit eingestanden haben, sind die Toten nichts als Überlebende, welche ihre Beziehungen zu den Lebendigen fortsetzen. Die bösen Geister sind also nicht böse, denn ihr Zweck ist gut, und es wäre besser, sie mit Swedenborg verbessernde Geister zu nennen, als sich Furcht und Verzweiflung hinzugeben.

Den Teufel, als selbständige und Gott gleiche Macht, gibt es demnach nicht, und die unleugbare Erscheinung des Bösen in der traditionellen Gestalt muß nur ein von der Vorsehung hervorgerufenes Schreckbild sein, jener einzigen, gütigen Vorsehung, die mit einer aus lauter Verstorbenen zusammengesetzten ungeheueren Verwaltung regiert.

Tröstet euch also und seid stolz auf die euch erwiesene Gnade, ihr alle, die ihr von Schlaflosigkeit, Alpdrücken, Erscheinungen und Todesängsten gequält und heimgesucht seid! *Numen adest*! Gott verlangt nach euch!

XV. Trübsale

Interniert in der kleinen Musenstadt, ohne Hoffnung herauszukommen, liefere ich die furchtbare Schlacht gegen meinen größten Feind, mich selbst.

Alle Morgen, wenn ich auf dem Wall unter den Platanen spazieren gehe, erinnert mich das große, rote Irrenhaus an die Gefahr, der ich entgangen bin, und an das, was mir bei einem etwaigen Rückfall bevorsteht. Swedenborg hat mich, indem er mich über die Natur der Schrecken des letzten Jahres aufklärte, von den Elektrikern, Schwarzkünstlern, Zauberern, der Eifersucht der Goldmacher und dem Wahnsinn erlöst. Er hat mir den einzigen Weg zum Heile gezeigt: die Dämonen in ihrer Höhle, in mir selber aufzusuchen und sie dort durch ... Reue zu töten. Balzac, der Adjutant des Propheten, hat mich in Seraphita gelehrt, daß „der Gewissensbiß eine Schwäche ist, die der Wiederholung des Fehlers nichts in den Weg stellt, und die Reue die einzige Kraft, die den Menschen alles beenden läßt."

Also bereuen! Aber heißt das nicht die Vorsehung mißbilligen, die mich zu ihrer Geißel auserwählt hat; heißt das nicht zu den Mächten sagen: Ihr habt mein Schicksal schlecht geleitet; ihr habt mich geschaffen mit der Berufung, zu strafen, Götzenbilder zu stürzen, zur Empörung aufzureizen, und dann entzieht ihr mir euren Schutz und verleugnet mich auf eine lächerliche Weise. Zu Kreuze kriechen und Buße tun!

Sonderbarer *circulus vitiosus*, den ich in meinem zwanzigsten Jahre voraussah, als ich mein Drama „Meister Olaf" schrieb, das die Tragödie meines Lebens geworden ist. Wozu dreißig Jahre hindurch ein geplagtes Dasein führen, um endlich das erfahrungsgemäß zu erkennen, was man schon damals vorausgeahnt? Jung war ich aufrichtig fromm, und ihr habt mich zum Freidenker gemacht. Aus dem Freidenker habt ihr mich zum Atheisten gemacht, aus dem Atheisten zum Gottesfürchtigen. Von humanitären Ideen begeistert, bin ich ein Herold des Sozialismus gewesen. Fünf Jahre später habt ihr den Sozialismus *ad absurdum* geführt. Alles was ich prophezeit habe, habt ihr für nichtig erklärt! Und angenommen, ich werde wieder religiös, so bin ich sicher, daß ihr in zehn Jahren auch die Religion widerlegt habt.

Ei, was die Götter doch mit uns Sterblichen Spaß und Spiel haben! Und darum können auch wir bewußten Spötter in den gequältesten Augenblicken unseres Lebens so lachen!

Wie mögt ihr wollen, daß man dasjenige ernst nimmt, was nichts ist als ein ungeheurer schlechter Spaß?

Jesus Christus, der Heiland, für wen war er Heiland? Betrachtet die christlichsten aller Christen, unsere skandinavischen Pietisten, diese bleichen, ärmlichen, eingeschüchterten Menschen, die nicht lächeln können, mit ihren Mienen von Besessenen.

Sie scheinen den bösen Geist im Herzen zu tragen, beachtet nur, wie all ihre Führer im Gefängnis wie Übeltäter geendigt haben. Warum hat sie ihr Herr dem Feind überliefert?

Ist die Religion eine Züchtigung und Christus ein Rachegeist?

Alle alten Götter sind in der ihrer Herrschaft folgenden Epoche zu Dämonen verwandelt worden. Die Olympier sind Dämonen geworden, Odin, Thor der Teufel in Person; Prometheus-Luzifer, der Lichtbringer, ist zum Satan herabgewürdigt. Ward – Gott verzeihe mir – Christus auch in einen Dämon verwandelt? Weil er ein Mörder der Vernunft, des Fleisches, der Schönheit, der Freude, der reinsten menschlichen Gefühle geworden ist. Der Mörder der Tugenden Freimut, Tapferkeit, Liebe, Ruhmfreude, Barmherzigkeit.

Die Sonne scheint, das tägliche Leben geht seinen Gang, der geschäftige Lärm des Tages ermuntert die Lebensgeister. Dann erhebt sich der Mut der Empörung, und man stürmt mit herausfordernden Zweifeln den Himmel.

Wenn aber Nacht, Stille und Einsamkeit herabsinken, zerstiebt der Stolz, das Herz klopft, und die Brust krampft sich zusammen. Dann springt ihr aus dem Fenster in die Dornenhecke und bittet fußfällig den Arzt, euch zu helfen und sucht einen Gefährten, der mit euch zusammen schlafe.

Tretet allein wieder in euer Zimmer, und ihr werdet jemanden da finden; er ist unsichtbar, aber ihr fühlt die Gegenwart dieses Unsichtbaren. Geht dann hinüber ins Irrenhaus und fragt den Irrenarzt, so wird er euch etwas über Neurasthenie, Paranoia, *angina pectoris* und dergleichen vorfabeln, aber euch niemals heilen! Wohin also wollt ihr gehen, ihr alle, die ihr in euerer Schlaflosigkeit Straße um Straße durchirrt, den Tagesanbruch heranzuharren?

Die Mühle des Weltalls, die Mühle Gottes sind zwei geflügelte Worte geworden. Habt ihr jenes Brausen in euren Ohren gehabt, das dem Rauschen einer Wassermühle gleicht? Habt ihr in der Einsamkeit der Nacht oder selbst am hellen Tage beobachtet, wie die Erinnerungen des vergangenen Lebens sich rühren und einzeln, paarweise wieder auferstehen? Alle eure Fehler, Verbrechen und Torheiten jagen euch das Blut bis in die Ohren hinauf. Schweiß auf die Stirn und Schauder über den Rücken hinab. Ihr lebt das gelebte Leben noch einmal von der Geburt an bis auf den gegenwärtigen Tag; ihr leidet noch einmal all die erlittenen Leiden; ihr leert noch einmal alle Kelche, die ihr so oft bis zur Neige getrunken; ihr kreuziget euch euer Skelett, wenn kein Fleisch mehr da ist, es zu ertöten; ihr verbrennt euch eure Seele, wenn euer Herz schon eingeäschert ist.

Ihr kennt das!

Das ist die Mühle des Herrn, die langsam mahlt aber fein – und grausam. Ihr seid zu Staub gemahlen und glaubt euch am Ende. Aber nein, – man bringt euch abermals zur Mühle! Seid glücklich! Das ist die Hölle auf Erden, wie sie Luther erkannt hat, der es noch als eine besondere Gnade schätzt, auf dieser Seite des Himmels zermahlen zu werden.

Seid glücklich und dankbar!

Was tun? Sich demütigen!

Aber demütigt euch vor Menschen, und ihr werdet ihren Hochmut erwecken; denn alle werden sich, gleichviel wie groß ihre Ruchlosigkeit sei, für besser halten als ihr!

Also vor Gott sich demütigen! Aber ist es nicht schimpflich, den Höchsten zu einem Plantagenbesitzer, der über Sklaven herrscht, erniedrigen zu wollen?

Betet! Wie? Sich das Recht anmaßen, Willen und Urteil des Ewigen durch Schmeichelei und Kriecherei zu beugen!

Ich suche Gott und finde den Teufel! Das ist mein Schicksal.

Ich habe Buße getan und mich gebessert.

Ich werde Temperenzler und komme gegen neun Uhr abends nüchtern nach Hause, um Milch zu trinken. Das Zimmer ist von tausend Dämonen erfüllt, die mich unter der Decke ersticken wollen und aus dem Bette reißen. Komme ich aber um Mitternacht und betrunken, so schlafe ich ein wie ein Engel und wache auf, stark wie ein junger Gott und bereit, zu arbeiten wie ein Galeerensträfling.

Ich meide das weibliche Geschlecht, und ungesunde Träume plagen mich zur Nacht.

Ich gewöhne mich, nur Gutes von meinen Freunden zu denken, vertraue ihnen meine Geheimnisse, mein Geld an und werde verraten. Lehne ich mich gegen eine Verräterei auf, so bin stets ich es, der bestraft wird.

Ich versuche, die Menschen in Bausch und Bogen zu lieben, ich stelle mich blind gegen ihre Fehler und lasse mit einer Langmut ohne Grenzen ihre Niederträchtigkeiten und Verleumdungen über mich ergehen; und eines schönen Tages finde ich mich als ihren Mitschuldigen. Sobald ich mich von einer Gesellschaft zurückziehe, die ich für schlecht halte, fallen mich sofort die Dämonen der Einsamkeit an, und während ich bessere Freunde suche, komme ich den schlimmsten auf die Spur. Ja, mich selbst finde ich, nachdem ich meine bösen Neigungen besiegt habe und durch die Einsamkeit zu einem gewissen Grade von Herzensfrieden gekommen bin, in einer Selbstzufriedenheit befangen, die mich hoch über meinen Nächsten erhebt. Und das ist die Todsünde, dieser Eigendünkel, der sich auf der Stelle rächt.

Wie erklärt man die Tatsache, daß jede Lehrzeit in der Tugend ein neues Laster zur Folge hat?

Swedenborg löst den Knoten auf, indem er aussagt, daß die Laster eines Menschen ihm auf höheren Befehl für seine Sünden auferlegte Strafen seien. So werden die Machtgierigen zur sodomitischen Hölle verdammt. Angenommen, die Theorie sei wahr, so müssen wir unsere Laster ertragen, und uns der sie begleitenden Gewissensbisse wie einer Zahlung am Schalter einer Kasse erfreuen. Also: die Tugend suchen, gleicht einer Flucht aus dem Gefängnis und seinen Strafen. Das ist, was Luther in Artikel XXXIX gegen die römische Bulle sagen will, wenn er verkündet, daß „die Seelen im Fegefeuer beständig sündigen, weil sie den Frieden suchen und den Qualen ausweichen."

Ebenso in Artikel XXXIV: „Die Türken bekämpfen, ist nichts anderes, als gegen Gott sich auflehnen, der uns durch die Türken um unserer Sünden willen züchtigt."

Es ist also klar, daß „alle unsere guten Werke Todsünden sind" und daß „die Welt vor Gott sündhaft sein muß und wissen soll, daß niemand zur Rechtfertigung kommt, denn durch Gnade."

Leiden wir also, ohne eine einzige wahre Lebensfreude zu erhoffen; denn, meine Brüder, wir sind in der Hölle.

Und klagen wir nicht den Herrn an, wenn wir unsere kleinen, unschuldigen Kinder leiden sehen. Niemand weiß warum, aber die göttliche Gerechtigkeit läßt uns erraten, daß es um vor ihrer Geburt von ihnen begangener Sünden willen geschehe. Freuen wir uns unserer Foltern, als ob es ebensoviel bezahlte Schulden seien, und halten wir es für eine Barmherzigkeit, daß wir die ursprünglichen Ursachen unserer Strafen nicht kennen.

XVI. Wohin gehen wir?

Sechs Monate sind verstrichen, und ich gehe immer noch auf dem Stadtwall spazieren und lasse die Blicke über das Irrenhaus schweifen und spähe nach dem blauen Meeresstreifen in die Ferne. Von dort wird die neue Zeit, die neue Religion kommen, von welcher die Welt träumt.

Der düstere Winter ist begraben, die Felder grünen, die Bäume blühen, die Nachtigall singt im Garten des Observatoriums, aber die Traurigkeit des Winters lastet noch auf unseren Seelen; denn soviel Unheimliches, Unerklärliches ist geschehen, daß selbst die Ungläubigsten wankend geworden sind. Die Schlaflosigkeit nimmt zu, die Nervenanfälle vermehren sich, Visionen sind an der Tagesordnung, wahre Wunder geschehen. Man erwartet irgend etwas.

Ein junger Mann macht mir seinen Besuch.

„Was muß man tun, um die Nacht ruhig schlafen zu können?"

„Weshalb?"

„Auf mein Wort, ich kann es nicht sagen, aber mein Schlafzimmer ist mir ein Grauen geworden, und ich ziehe morgen aus."

„Junger Mann, Atheist, Naturalist, weshalb?"

„Teufel! wenn ich des Nachts die Tür meines Zimmers öffne und eintrete, faßt mich jemand bei den Armen und schüttelt mich."

„So ist also jemand in Ihrem Zimmer?"

„Aber nein! Wenn ich Licht anzünde, ist niemand zu sehen."

„Junger Mann, es gibt jemanden, den man nicht bei Kerzenlicht sieht!"

„Wer ist das?"

„Der Unsichtbare, junger Mann! Haben Sie Sulfonal, Bromkali, Morphium, Chloral genommen?"

„Ich habe alles versucht!"

„Und der Unsichtbare räumt nicht das Feld. Nun wohl. Sie wollen in der Nacht ruhig schlafen und verlangen von mir ein Mittel. Hören Sie, junger Mann, ich bin weder ein Arzt noch ein Prophet, ich bin ein alter Sünder, der Buße tut. Verlangen Sie also weder Predigten noch Prophezeiungen von einem Schächer, der alle seine Muße braucht, sich selbst zu predigen. Ich habe an Schlaflosigkeit und Armlähmungen gelitten; ich habe Körper an Körper mit dem Unsichtbaren gerungen und endlich Schlaf und Gesundheit wiedergewonnen. Wissen Sie, wie? Raten Sie!"

Der junge Mann errät mich und schlägt die Augen nieder.

– „Sie erraten es! So gehen Sie in Frieden und schlafen Sie gut!"

Ja, ich muß schweigen, mich erraten lassen, denn denselben Augenblick, da ich mir den Sünden-Bruder zu spielen einfallen ließe, würde man mir den Rücken kehren.

Ein Freund fragt mich:

„Wohin gehen wir?"

„Ich kann es nicht sagen, aber was mich persönlich anbetrifft, so scheint es, daß der Weg des Kreuzes mich zum *Glauben meiner Väter* zurückführt."

„Zum Katholizismus?"

„Es scheint so! Der Okkultismus hat seine Rolle gespielt, indem er die Wunder und die Dämonologie wissenschaftlich erklärte. Die Theosophie, die Vorläuferin der Religion, hat ausgelebt, nachdem sie die Weltordnung, welche straft und belohnt, wieder errichtet hat. Karma wird Gott werden, und die Mahatmas werden sich als die verjüngten Mächte, als die verbessernden Geister (die Dämonen) und die unterrichtenden (inspirierenden) Geister enthüllen. Der Buddhismus des jungen Frankreich hat den Verzicht auf die Welt proklamiert und den Kultus des Leidens, der geraden Wegs nach Golgatha führt.

Was mein Heimweh in den Schoß der Mutterkirche anbetrifft, so ist das eine lange Geschichte, die ich kurz wiedergeben möchte.

Als Swedenborg mich lehrte, daß es nicht erlaubt sei, von der Religion der Vordern zu lassen, hat er diesen Ausspruch über den Protestantismus getan, welcher ein Verrat an der Mutterkirche ist. Oder besser, der Protestantismus ist eine den Barbaren des Nordens auferlegte Strafe, der Protestantismus ist das Exil, die babylonische Gefangenschaft; aber die Rückkehr scheint nahe, die Rückkehr nach dem gelobten Lande. Die ungeheuren Fortschritte, die der Katholizismus in Amerika, England und Skandinavien macht, prophezeien eine große Wiederversöhnung, wobei die griechische Kirche, deren Hand sich schon nach dem Abendlande ausgestreckt hat, nicht zu vergessen ist.

Der Traum der Sozialisten von der Wiederherstellung der Vereinigten Staaten des Abendlandes, aber in einem geistigen Sinne gefaßt! Nun bitte ich euch, nicht zu glauben, daß es politische Theorien seien, die mich zur römischen Kirche zurückführen; nicht ich habe den Katholizismus gesucht, er hat sich bei mir eingeschlichen, nachdem er mich jahrelang verfolgt hat. Mein Kind, das wider meinen Willen katholisch wurde, hat mir die Schönheit eines Kultus gezeigt, der seit seinem Ursprung sich rein erhalten hat, und ich habe stets das Original der Kopie vorgezogen. Der längere Aufenthalt im Lande meines Kindes ließ mich in den Handlungen, die ich beobachtete, eine hohe Aufrichtigkeit des religiösen Lebens bewundern. Fügen wir noch meinen Aufenthalt im St. Ludwigs-Krankenhaus und schließlich die Erlebnisse meiner letzten Monate hinzu.

Nachdem ich so mein Leben, das mich wie gewisse Verdammte in Dantes Hölle umhergewirbelt hat, geprüft, und dabei entdeckt hatte, daß mein Dasein im allgemeinen keinen anderen Zweck gehabt, als mich zu demütigen und zu besudeln, entschloß ich mich, selbst vor meine Henker zu treten und meine Folterung selbst in Angriff zu nehmen. Ich wollte inmitten der Leiden, des Schmutzes und der Todesängste leben, und zu diesem Zwecke bereitete ich mich vor, als Krankenwärter im Hospital der Frères Saint Jean de Dieu in Paris eine Stelle zu suchen. Dieser Gedanke kam mir den Morgen des 29. April, nachdem ich einer Alten mit einem totenkopfähnlichen Schädel begegnet war. Nach Hause zurückgekehrt, finde ich auf meinem Tisch Seraphita aufgeschlagen und auf der Seite rechts einen Holzsplitter, der auf folgenden Satz zeigt:

„Tut für Gott das, was ihr für eure ehrgeizigen Pläne tun würdet, was ihr tut, wenn ihr euch einer Kunst widmet, was ihr getan habt, wenn ihr ein Wesen mehr als ihn liebt, oder wenn ihr ein Geheimnis der menschlichen Wissenschaft verfolgt! Ist Gott nicht die Wissenschaft selbst ..."

Am Nachmittag kam die Zeitung „*l'Eclair*" an, und – welcher Zufall! – das Hospital der Frères Saint Jean de Dieu wird zweimal im Text genannt.

Am 1. Mai las ich zum erstenmal in meinem Leben Sar Peladans „Wie man Magier wird".

Sar Peladan, mir bis dahin ein Unbekannter, überwältigt mich wie ein Sturm, eine Offenbarung des höheren Menschen, des Nietzscheschen Übermenschen, und mit ihm hält der Katholizismus seinen feierlichen und sieghaften Einzug in mein Leben.

Ist „der da kommen soll" in der Person Peladans gekommen? Der Dichter-Denker-Prophet, ist er es wohl, oder sollen wir noch eines andern warten?

Ich weiß es nicht, aber nachdem ich durch diese Vorhallen in ein neues Leben eingetreten bin, fange ich am 3. Mai an, dieses Buch zu schreiben.

Den 5. Mai besuchte mich ein katholischer Priester, Konvertit.

Den 9. Mai sah ich Gustav Adolf in der Asche des Kamins.

Den 17. Mai las ich in Sar Peladan: „Um das Jahr Eintausend mochte es gut sein, an Zauberei zu glauben; heute beim Nahen des zweiten Jahrtausend stellt ein Beobachter einfach fest, daß solch ein Individuum eine fatale Eigentümlichkeit besitzt, nämlich, demjenigen Unglück zu bringen, der es kränkt. Ihr verweigert ihm eine Bitte, und eure Geliebte wird euch untreu; ihr schlagt es halbtot und müßt das Bett hüten; alles Böse, was ihr ihm antut, trifft euch doppelt. Nun, der Zufall wird diesen unerklärlichen Zusammenhang erklären, der Zufall genügt dem Determinismus des Modernen."

18. Mai. Ich las den Dänen Jörgensen, einen konvertierten Katholiken, über das Kloster Beuron.

20. Mai. Ein Freund, den ich seit sechs Jahren nicht gesehen habe, kommt nach Lund und mietet sich in dem Hause, wo ich wohne, ein. Wer beschreibt meine Bewegung, als ich erfahre, daß er sich soeben zum Katholizismus bekehrt hat. Er leiht mir sein römisches Gebetbuch (das meine hatte ich vor einem Jahre verloren), und als ich die Hymnen und lateinischen Gesänge wieder lese, fühle ich mich wieder wohl.

27. Mai. Nach einer Reihe von Unterhaltungen über die Mutterkirche hat mein Freund an das belgische Kloster, in dem er die Taufe erhalten, einen Brief mit der Bitte um einen Ruhesitz für den Verfasser dieses Buches abgesandt.

28. Mai. Ein unbestimmtes Gerücht ist im Umlauf, daß Anniet Besan katholisch geworden sei.

Ich erwarte noch die Antwort des belgischen Klosters.

Wenn dieses Buch gedruckt sein wird, muß die Antwort eingetroffen sein. Und dann? Danach? – Ein neuer Spaß für Götter, die aus vollem Halse lachen, wenn wir heiße Tränen weinen?

Lund, 3. Mai–25. Juni 1897.